btb

Buch

Wir schreiben das Jahr 1868. Während auf den Straßen
die Unzufriedenheit tobt, das Volk die Demokratie fordert
und der Hof aus Madrid flieht, hat sich der Fechtmeister
Don Jaime Astarloa in die Rolle des bedächtigen, über den
Dingen stehenden Zuschauers geflüchtet. Sein Milieu war
die Welt des Fechtens und der noblen Gesinnung gewesen,
in der Auge in Auge gekämpft wurde, Mann gegen Mann,
aber nun haben die Zeiten sich geändert. Wo mit Pistolen geschossen wird, ist ein Fechtlehrer überflüssig. Eines
Tages jedoch bedrängt eine geheimnisvolle Frau den alten
Fechtmeister. Die schöne Unbekannte trägt die feinsten
Kleider, aber ihr Handgelenk ist stark und sie will fechten. Woher weiß sie, daß er einen beinahe unparierbaren
Stoß beherrscht, einen tödlichen Stoß? Warum will sie ihm
dieses Wissen unbedingt entreißen? Unversehens ist Don
Jaime in eine mörderische Intrige verwickelt und muß in
einem Kampf auf Leben und Tod begreifen lernen, daß er
nicht der Mann ist, der er bisher zu sein glaubte...

Autor

Arturo Pérez-Reverte, Jahrgang 1951, arbeitete als Repor-
ter für Presse, Funk und Fernsehen. »Der Fechtmeister« ist
sein erster Roman, der ihm sofort zu Bestsellerehren ver-
half. Inzwischen ist er einer der erfolgreichsten Schrift-
steller Europas: In insgesamt elf Sprachen übersetzt und in
achtzehn Ländern erschienen, wurden bisher weltweit über
zwei Millionen Exemplare seiner Bücher verkauft. 1997
erhielt Arturo Pérez-Reverte für seinen Roman »Jagd auf
Matutin« den *Jean Monnet Preis für Europäische Literatur.*

Arturo Pérez-Reverte bei btb
Der Club Dumas. Roman (72193)

Arturo Pérez-Reverte

Der Fechtmeister

Roman

Aus dem Spanischen
von Claudia Schmitt

btb

Die Originalausgabe erschien
unter dem Titel »El maestro de esgrima«

Die Übersetzung des vorliegenden Bandes
wurde dank einer Förderung der
Dirección General del Libro y Bibliotecas
des Spanischen Kultusministeriums ermöglicht.

Umwelthinweis:
Alle bedruckten Materialien dieses Taschenbuches
sind chlorfrei und umweltschonend.

btb Taschenbücher erscheinen im Goldmann Verlag,
einem Unternehmen der Verlagsgruppe Bertelsmann.

2. Auflage
Genehmigte Taschenbuchausgabe August 1998
Copyright © 1988 by Arturo Pérez-Reverte
Copyright © der deutschsprachigen Ausgabe 1996
by Weitbrecht Verlag in K. Thienemanns Verlag,
Stuttgart – Wien – Bern
Umschlaggestaltung: Design Team München
Umschlagfoto: AKG, Berlin
Satz: IBV Satz- und Datentechnik GmbH, Berlin
MD · Herstellung: Augustin Wiesbeck
Made in Germany
ISBN 3-442-72322-1

FÜR CARLOTA. UND FÜR DEN
RITTER IM GELBEN WAMS

Ich bin der höflichste Mensch von der Welt.
Ich tue mir was darauf zugute, niemals grob
gewesen zu sein auf dieser Erde, wo es so viele
unerträgliche Schlingel gibt, die sich zu einem
hinsetzen und ihre Leiden erzählen oder gar ihre
Verse deklamieren.

HEINRICH HEINE, *Reisebilder*

Inhalt

Prolog

»Guten Abend, Señor Astarloa.«

Adela de Otero glich in nichts dem Bild, das er sich von ihr gemacht hatte. Ihre Augen waren groß, veilchenblau und mit goldenen Pünktchen gesprenkelt, das Haar schwarz und üppig. Eine winzige Narbe in ihrem rechten Mundwinkel zauberte beständig den Anflug eines geheimnisvollen Lächelns auf ihre Lippen.

Sie bat ihn Platz zu nehmen, bot Kaffee an und kam dann ohne Umschweife zur Sache. »Ich möchte den Stoß der zweihundert Escudos von Ihnen lernen.«

Don Jaime glaubte, nicht richtig gehört zu haben. »Pardon?«

Die junge Dame sah ihm fest in die Augen. »Ich habe mich ausführlich erkundigt«, sagte sie ruhig, »und weiß, daß Sie der beste Fechtmeister hier in Madrid sind. Ich weiß auch, daß Sie das Geheimnis eines bestimmten Florettstoßes hüten, den Sie interessierten Schülern zum Preis von zweihundert Escudos beibringen. Das ist eine stattliche Summe, aber ich kann sie bezahlen. Ich möchte also Ihre Dienste in Anspruch nehmen.«

Jaime Astarloa kam aus dem Staunen nicht heraus. »Verzeihen Sie, gnädige Frau, Ihr Ansinnen ist, wie soll ich mich ausdrücken... etwas ungewöhnlich. Bitte haben Sie Verständnis, aber ich finde ... nun ja, das Fechten ... ist nichts für eine Frau. Damit will ich sagen ...«

Die veilchenblauen Augen sahen ihn von oben nach unten an. »Ich weiß, was Sie sagen wollen«, erwiderte Adela de Otero. »Aber daß ich eine Frau bin, hat nichts zu bedeuten. Ich besitze nämlich gründliche Kenntnisse in der Kunst, die Sie lehren, wenn es das ist, was Ihnen Sorge bereitet.«

»Nein, darum geht es nicht.« Don Jaime rückte nervös auf seinem Stuhl herum. »Sehen Sie, ich bin jetzt sechsundfünfzig und übe meinen Beruf seit über dreißig Jahren aus. Bis heute hat es sich bei meinen Klienten immer und ausschließlich um Männer gehandelt.«

»Die Zeiten wandeln sich, mein Herr.«

Auf der blaßblauen Blümchentapete spielten die letzten Strahlen der Abendsonne. Die Hitze quälte Madrid wie jeden Sommer, man schrieb den Juli des Jahres 1868, und in Spanien regierte Ihre katholische Majestät Doña Isabella II.

I. Über den Assaut

Ein Assaut unter Ehrenmännern ist eine Vergnügung
von gutem Geschmack und vornehmer Erziehung.

Sehr viel später, als Jaime Astarloa versuchte, die Scherben
der Tragödie zusammenzulesen und sich zu erinnern, wie alles begonnen hatte, fiel ihm als erstes der Marquis wieder ein.
Der Marquis und sein Fechtsaal, aus dessen Fenstern der be-
rühmte Madrider Stadtpark zu sehen war. Ihm fiel ein, wie
die erste Sommerhitze durch die großen, offenen Fenster her-
eingeflutet war und daß es dem Marquis damals nicht gut-
ging. Er schnaufte wie ein kaputter Blasebalg, das Hemd unter
dem Brustschutz war schweißgetränkt. Wahrscheinlich hatte
er in der Nacht zuvor mal wieder über die Stränge geschlagen
und büßte nun dafür, aber Jaime Astarloa enthielt sich wie gewöhnlich jeden Kommentars. Das Privatleben seiner Kunden
ging ihn nichts an. Er beschränkte sich darauf, mit einer Terzparade einen geradezu stümperhaften Angriff abzuwehren, ripostierte und setzte einen Treffer. Der geschmeidige italienische Stahl bog sich, als die abgestumpfte Florettspitze hart
auf der Brust seines Gegners aufprallte. »Touché, Exzellenz.«
Luis de Ayala-Velate y Vallespín, Marqués de los Alumbres, unterdrückte einen derben Fluch und riß sich wütend
die Maske vom Gesicht. Sein Kopf war hochrot vor Hitze
und Anstrengung, dicke Schweißtropfen rannen ihm vom
Haaransatz in die Augenbrauen und den Schnurrbart.
»Zum Teufel, Don Jaime« – die Stimme des Aristokraten

klang beinahe beleidigt –, »wie schaffen Sie das? In weniger als einer Viertelstunde haben Sie mich dreimal ins Gras beißen lassen.«

Jaime Astarloa zuckte mit angemessener Bescheidenheit die Schultern und nahm ebenfalls seinen Korb ab. »Heute ist nicht Ihr bester Tag, Exzellenz.«

Ein joviales Auflachen war die Antwort. Luis de Ayala durchmaß mit großen Schritten den Fechtsaal, dessen Wände wertvolle flämische Gobelins und eine Sammlung alter Degen, Säbel und Florette schmückten. Seine Haare glichen einer Löwenmähne. Alles an ihm war vital, die große, stämmige Gestalt, die laute Stimme, die theatralische Gestik, seine Gefühlsausbrüche und seine fröhliche Kameradschaftlichkeit. Als gutaussehender Junggeselle, Glücksspieler und unverbesserlicher Frauenheld, der noch dazu als wohlhabend galt, war der Marquis des los Alumbres mit seinen vierzig Jahren der typische Lebemann seiner Zeit: Er hatte im Leben noch kein einziges Buch gelesen, statt dessen kannte er die Stammbäume sämtlicher Rennpferde auswendig, die irgendwann einmal in London, Paris oder Wien gesiegt hatten.

Was das schöne Geschlecht betraf, so beschenkte er die vornehme Madrider Gesellschaft immer wieder mit Skandalen. Die bloße Erwähnung seines Namens genügte, um die Damen von romantischen Liebesabenteuern und wilden Leidenschaften träumen zu lassen. Hinter vorgehaltenen Fächern wurde gemunkelt, er habe während eines Gelages in einer Schenke in Cuatro Caminos sogar eine Messerstecherei provoziert, was allerdings nicht zutraf. Richtig war dagegen, daß er in seinem Gutshof in Malaga den Sohn eines berüchtigten Banditen aufgenommen hatte, nachdem dessen Vater von ihm ins Jenseits befördert worden war. Er hatte auch eine kurze politische Laufbahn absolviert, aber darüber kursierten kaum Gerüchte. Dafür waren seine Liebschaften stadtbekannt, und es hieß, mehr als ein erlauchter Gatte habe hinreichend Anlaß, Satisfaktion von ihm zu fordern – ob er das tat oder nicht, stand freilich auf einem anderen Blatt. Vier oder fünf von ihnen hatten, mehr unter dem Druck der öffentlichen Meinung als aus innerem Bedürfnis, ihre Sekundanten zu ihm geschickt, diese Geste jedoch ausnahmslos bereut: zuerst, als sie sich in aller Herrgottsfrühe aus den Federn quälen mußten, und später, als sie im Morgengrauen auf irgendeiner Wiese am Stadtrand von Madrid verbluteten.

Der Marquis zog den wattierten Brustschutz aus und legte sein Florett auf einen kleinen Tisch, auf dem ein Diener bereits ein Silbertablett mit einer Flasche abgestellt hatte. »Genug für heute, Don Jaime. Ich lande keinen einzigen anständigen Treffer. Also lassen Sie uns einpacken und einen Sherry trinken.«

Ein guter Schluck nach der täglichen Fechtstunde war den beiden zur Gewohnheit geworden. Jaime Astarloa trat, Korb und Florett unterm Arm, neben den Hausherrn und nahm das Glas aus geschliffenem Kristall entgegen.

»Halten Sie ihn gegen's Licht, Maestro: pures Gold, spanische Sonne. Hundertmal besser als dieses fade ausländische Zeug.«

Don Jaime nickte zufrieden. Er mochte Luis de Ayala, und es gefiel ihm auch, daß dieser ihn Maestro nannte, obwohl der Marquis strenggenommen nicht sein Schüler war. Seine Beziehung zu Jaime Astarloa war anderer Natur: Der Adlige liebte nämlich das Fechten ebenso leidenschaftlich wie die Frauen, das Spiel und die Pferde. Aus diesem Grunde sowie zur körperlichen Ertüchtigung verbrachte er täglich eine Stunde mit Fechtübungen, was ihm angesichts seines abenteuerlichen Lebens auch beim Austragen von Ehrenhändeln sehr zustatten kam. Auf der Suche nach einem ebenbürtigen Gegner hatte sich Luis de Ayala vor fünf Jahren an den besten Fechtmeister Madrids gewandt, denn als solcher galt Don Jaime, wenngleich Fechter, die mit der Mode gingen, dessen klassischen Stil für veraltet hielten. Seitdem kam der Fechtlehrer an jedem Wochentag pünktlich um zehn in den Palacio de Villaflores, die Residenz des Aristokraten. In der prunkvollen Villa war ein großer, den höchsten Ansprüchen der Kunst genügender Fechtboden eingerichtet. Dort stürzte sich der Marquis allmorgendlich mit verbissener Hartnäckigkeit ins Gefecht, obwohl er letzten Endes meist den kürzeren zog. Als guter Spieler war Luis de Ayala jedoch auch ein guter Verlierer, und außerdem bewunderte er das Können des Alten.

»Heiliges Kanonenrohr, Sie haben mir schön zugesetzt, Meister. Nach diesem Auftritt muß ich mich bestimmt zehnmal mit Branntwein einreiben.«

Jaime Astarloa lächelte bescheiden. »Ich habe Ihnen ja schon gesagt, daß heute nicht Ihr bester Tag ist, Exzellenz.«

»Bei Gott nicht. Wenn unsere Florettspitzen keine Knöpfe hätten, würde ich jetzt die Veilchen von unten wachsen sehen. Tut mir leid, daß ich ein so unwürdiger Gegner war.«

»Alles hat seinen Preis.«

»Das können Sie laut sagen! Vor allem in meinem Alter. Bin kein junger Bursche mehr, verflixt noch mal. Aber ich kann es nicht ändern, Don Jaime... Sie würden nie erraten, was mir passiert ist.«

»Ihre Exzellenz hat sich verliebt, nehme ich an.«

»In der Tat«, seufzte der Marquis und schenkte nach. »Bis über die Ohren habe ich mich verliebt. Wie ein Grünschnabel.«

Der Fechtmeister strich sich mit einem Räuspern über das Menjoubärtchen. »Wenn ich mich nicht irre«, sagte er, »so ist es das dritte Mal in diesem Monat.«

»Genau. Und das schlimmste ist, daß ich mich jedesmal richtig verliebe... Feuer fange, als wäre es das erste Mal. Verstehen Sie, was ich meine?«

»Bestens, Exzellenz.«

»Schon seltsam. Je älter ich werde, desto häufiger passiert mir das. Da hilft alles nichts. Der Arm bleibt stark, aber das Herz ist schwach, wie es bei den Klassikern heißt. Wenn Sie wüßten...«

An diesem Punkt begann der Marquis mit vielsagenden Andeutungen und blumigen Umschreibungen die kräftezehrende Leidenschaft zu schildern, die ihn bis zum Morgengrauen beschäftigt und völlig erschöpft hatte. Eine echte Señora, natürlich. Und der Gatte – ahnungslos.

»Lange Rede, kurzer Sinn...« Dem Marquis stand jetzt ein zynisches Grinsen im Gesicht. »...ich habe gesündigt, und deshalb geht es mir heute so dreckig.«

Don Jaime wiegte ironisch und nachsichtig den Kopf. »Fechten ist wie zur Kommunion gehen«, mahnte er lächelnd. »Man muß es in der entsprechenden körperlichen und seelischen Verfassung tun, das ist oberstes Gebot. Jeden Verstoß dagegen bekommt man zu spüren.«

»Teufel, Meister. Das muß ich mir aufschreiben.«

Jaime Astarloa führte sein Glas an die Lippen. Astarloa, der die Fünfzig weit überschritten hatte, war mittelgroß und so dünn, daß er schon beinahe zerbrechlich wirkte. Die leicht gebogene Nase unter der freien Stirn, das weiße, aber immer noch üppige Haar und die feinen, gepflegten Hände verliehen ihm Würde, eine gelassene Würde, die noch vom ernsten Ausdruck seiner grauen Augen unterstrichen wurde. Wenn er lächelte, bildete sich um diese Augen herum ein Strahlenkranz winziger Fältchen, der sie lebhaft und sympathisch machte. Das Bärtchen trug er nach alter Sitte säuberlich gestutzt, ja, er wirkte überhaupt etwas gestrig. Mehr als ordentlich konnte er sich nicht kleiden, viel Geld hatte er nicht, tat dies jedoch mit einer Eleganz, die sich über das Diktat der Mode hinwegsetzte. Seine Anzüge, selbst die neuesten, waren nach zwanzig Jahre alten Schnitten gefertigt, auch das trug dazu bei, daß man den alten Fechtmeister für einen zeitfremden Menschen hielt, der den Moden seiner Epoche, einer sehr bewegten Epoche, gleichgültig gegenüberstand. Ihn störte das kein bißchen, insgeheim genoß er es sogar, hätte aber nicht erklären können, warum.

Der Diener brachte zwei Schüsseln Wasser und Handtücher herein, damit Meister und Kunde sich waschen konnten. Luis de Ayala zog sein Hemd aus. Auf seinem mächtigen Oberkörper, der vor Schweiß glänzte, zeichneten sich die roten Abdrücke der Florettknöpfe ab.

»Donnerwetter, Meister, Sie haben mich vielleicht traktiert... Und dafür bezahle ich Sie auch noch!«

Jaime Astarloa trocknete sich das Gesicht ab und sah den Marquis freundlich an. Luis de Ayala wusch sich schnaubend die Brust.

»Noch übler kann es einem natürlich in der Politik ergehen«, fuhr er fort. »Wissen Sie, was González Bravo mir vorgeschlagen hat? Ich soll meinen Sitz im Parlament wieder einnehmen. Im Hinblick auf ein neues Amt, sagt er. Dem muß das Wasser bis zum Hals stehen. Seit April erst ist er Ministerpräsident und anscheinend so unbeliebt, daß er auf Typen wie mich zurückgreifen muß.«

Die Miene des Fechtmeisters drückte höfliches Interesse aus, obwohl er in Wirklichkeit wenig für Politik übrig hatte. »Und was werden Ihre Exzellenz tun?«

Der Marqués de los Alumbres zuckte geringschätzig mit den Schultern. »Tun? Gar nichts werde ich tun. Ich habe meinem illustren Kollegen geraten, sich nach einem Dümmeren umzusehen. Natürlich nicht wortwörtlich. Was ich brauche, ist Zerstreuung, ein Spieltisch im Kasino und ein Paar schöner Augen in Reichweite. Alles andere habe ich satt.«

Luis de Ayala war Abgeordneter der Cortes gewesen und

hatte als Mitglied eines der letzten Narváez-Kabinette vorübergehend sogar ein ziemlich wichtiges Sekretariat im Innenministerium bekleidet. Allerdings war drei Monate später der Minister – sein Onkel Vallespín Andreu – gestorben, ebenso plötzlich wie der verhaßte Marschall Narváez. Die Königin Isabella hatte über Nacht die zuverlässigsten Stützen ihres Regimes verloren. Statt nun nachzugeben und das allgemeine Wahlrecht zuzulassen, Pressefreiheit und einen Haufen anderer Dinge, nach denen das Volk verlangte, hatte sie González Bravo als starken Mann eingesetzt, denn bei der allgemeinen Unzufriedenheit befürchtete die Königin eine Verschwörung der Generäle am Hofe. Umsturzversuche hatte es bereits gegeben; General Juan Prim hatte sie angezettelt und saß deswegen in London im Exil. Andere Verschwörer saßen in Frankreich, in Afrika oder in Festungshaft, und sie alle warteten darauf, die Königin und ihre Leute zum Teufel zu jagen – nein, als sein Onkel starb, war es Luis de Ayala zu heiß geworden in der Regierung. Er hatte kurz darauf sogar sein Mandat in der Deputiertenkammer niedergelegt und war aus der Partei der Moderados, der gemäßigten Liberalen, ausgetreten, für die er sich sowieso nur sehr halbherzig engagiert hatte.

Jedes Kind in Madrid spürte, daß eine Entscheidung bevorstand. Eine monarchistische Regierung nach der anderen versuchte sich an der Quadratur des Kreises: die Leute beruhigen, ohne ihnen die Bürgerrechte zu gewähren. Da war der Marqués de los Alumbres klug genug, am Rande des politischen Geschehens zu stehen und die Dinge mit dem Lächeln eines Außenstehenden zu verfolgen. Er lebte auf großem Fuße und ließ riesige Summen auf den Spieltischen der Kasinos. Wollte man den Klatschmäulern glauben, so stand Luis de Ayala ständig am Rande des finanziellen Ruins, aber bisher hatte er es noch immer geschafft, seine Kasse aus unbekannten Quellen wieder aufzufüllen.

»Was macht denn Ihre Entdeckung, Don Jaime?«

Der Fechtmeister, der gerade dabei war, sein Hemd zuzuknöpfen, unterbrach sich und sah den Marquis mit bekümmerter Miene an. »Gar nichts. Überhaupt nichts, würde ich sogar sagen... Ich frage mich oft, ob ich mir nicht zu viel vorgenommen habe. Es gibt Augenblicke, wo ich am liebsten aufgeben würde, das muß ich Ihnen ehrlich gestehen.«

Luis de Ayala beendete seine Waschung, trocknete sich mit einem Handtuch die Brust ab und griff wieder nach dem Sherryglas. Er schnippte mit dem Nagel gegen das Kristall und hielt es sich entzückt ans Ohr. »Unsinn, Meister. Unsinn. Sie sind sehr wohl in der Lage, eine so ehrgeizige Aufgabe zu bewältigen.«

Ein trauriges Lächeln trat auf die Lippen des Fechtmeisters. »Schön, daß wenigstens Sie überzeugt sind, Exzellenz. In meinem Alter verliert man den Glauben an so vieles... Inzwischen frage ich mich manchmal, ob es das überhaupt geben kann, was ich suche.«

»Papperlapapp.«

Jaime Astarloa arbeitete seit vielen Jahren an einer Abhandlung über die Fechtkunst, und wer von seinem überragenden Können und seiner Erfahrung wußte, war überzeugt, daß das Werk im Falle seines Erscheinens zu einem der wichtigsten auf diesem Gebiet zählen würde, vergleichbar mit den Lehrbüchern berühmter Meister wie Gomard, Grisier und Lafaugère. Leider hegte der Verfasser selbst seit kurzem ernsthafte Zweifel an seiner Fähigkeit, kurz und verständlich über das Fechten zu schreiben. Außerdem sollte ein solches Werk, ein Nonplusultra der Fachliteratur, unbedingt den Meisterstoß enthalten, den perfekten, unparierbaren Stoß, die ausgeklügeltste Erfindung, zu der ein Mensch überhaupt fähig war. Sein Leben lang hatte Don Jaime über diesen Stoß nachgegrübelt, seit der Stunde, in der seine Klinge zum erstenmal die eines Gegners gekreuzt hatte. Bis heute war seine Forschung, wie er selbst es nannte, jedoch erfolglos geblieben. Nun, da seine Lebenskurve sich dem Ende zuneigte, fühlte der Fechtmeister, wie die Last der Jahre auf seine Beweglichkeit und sein Talent zu drücken begann. Beinahe täglich versuchte Jaime Astarloa in der Abgeschiedenheit seines bescheidenen Arbeitszimmers, im Licht einer Petroleumlampe über längst vergilbte Blätter gebeugt, seinen grauen Zellen den Schlüssel zu entreißen. Er spürte, daß er in irgendeiner Windung seines Gehirns versteckt war, dieser Stoß, und durchwachte auf diese Weise viele Nächte bis zum Morgengrauen. Manchmal sprang er, von einer plötzlichen Eingebung aus dem Schlaf gerissen, im Nachthemd aus dem Bett, packte verzweifelt eines seiner Florette und stellte sich vor die Spiegel, mit denen die Wände seines kleinen Fechtsaals verkleidet waren. Dort versuchte er zu tun, was wenige Minuten vorher als Geistesblitz durch sein schläfriges Gehirn gezuckt war. Mit tödlicher Verbissenheit jagte er ihn, diesen Meisterstoß, und kämpfte nachts mit seinem eigenen Spiegelbild, das die nutzlosen Bemühungen mit einem sarkastischen Lächeln quittierte.

Jaime Astarloa trat, sein Florettetui unterm Arm, auf die Straße hinaus. Der Morgen war heiß, die Sonne stach erbarmungslos vom Himmel, und ganz Madrid stöhnte unter den mörderischen Temperaturen. An den Stammtischen sprach man ausschließlich übers Wetter und über die Politik. Die Tage Isabellas II. waren gezählt, da waren sich alle einig, aber wie würde es Prim anstellen zurückzukehren? Wer wäre mit von der Partie, und auf wessen Seite würden sich die Aufständischen schließlich schlagen? Während das gemäßigte Lager auf eine Abdankung der Königin zugunsten ihres Sohnes Alfons spekulierte, liebäugelten die Radikalen unverhohlen mit der Republik. Angeblich sollte General Prim jeden Moment aus London aufbrechen, aber der legendäre Held hatte sich bereits zweimal kurz blicken lassen und jedesmal wieder Reißaus nehmen müssen. Die Feige war noch nicht reif, wie es in einem Gassenhauer jener Tage hieß. Andere vertraten die Meinung, die Feige verfaule langsam am Baum. Es war alles Ansichtssache.

Don Jaime glaubte vor Hitze fast zu ersticken, obwohl er nur einen leichten Sommerrock trug. Er mußte im Laufe des Vormittags noch zwei Schüler aufsuchen, Söhne aus gutem Hause, deren Eltern das Fechten für eine der standesgemäßen Leibesübungen hielten, die sich für einen vornehmen jungen Herrn ziemten. Mit diesen Honoraren und denen von drei oder vier weiteren Schülern, die nachmittags in seinen eigenen Fechtsaal kamen, verdiente sich der Fechtmeister einen einigermaßen anständigen Lebensunterhalt. Er brauchte ja nicht viel: die Miete für seine Wohnung in der Calle Bordadores, Mittag- und Abendessen in einem nahe gelegenen Gasthaus, Kaffee und eine Schnitte Röstbrot im Café Progreso... Darüber hinaus erlaubte ihm die vom Marqués de los Alumbres pünktlich zu jedem Monatsersten unterschriebene Zahlungsanweisung, sich die eine oder andere Nebenausgabe zu leisten sowie eine kleine Summe zu sparen, deren Zinsen ihn vielleicht einmal vor dem Armenhaus bewahren würden, wenn er seinen Beruf nicht mehr ausüben konnte. Und dieser Tag rückte näher.

Plötzlich ritt, prächtige englische Reitstiefel an den Füßen, der Graf von Sueca, seines Zeichens Abgeordneter der Cortes, an ihm vorbei, dessen ältester Sohn zu den wenigen Schülern Don Jaimes gehörte.

»Guten Tag, Maestro.« Vor sechs oder sieben Jahren hatte der Graf selbst Unterricht bei Jaime Astarloa genommen. Er war damals zum Duell herausgefordert worden und hatte seinen Fechtstil vor dem Kampf schnell noch etwas verbessern wollen. Es hatte sich gelohnt, er konnte seinem Gegner die Klinge einen Zoll tief in den Leib stoßen. Seither war er dem Fechtmeister verbunden geblieben, eine freundschaftliche Beziehung, in die nun auch sein Sohn einbezogen worden war.

»Wie ich sehe, tragen Sie Ihr Werkzeug unterm Arm... Dann sind Sie also auf Ihrem morgendlichen Rundgang.«

Der Graf hatte ihn durch leichtes Tippen an die Hutkrempe begrüßt, freundlich, aber ohne vom Pferd zu steigen, und dem Fechtmeister war wieder einmal die höfliche Distanz zu Bewußtsein gekommen, die seine Kunden ihn durchweg spüren ließen. Luis de Ayala war eine Ausnahme. Man entlohnte ihn für seine Dienste, und damit war der Fall erledigt. Allerdings hatte der Fechtmeister mittlerweile ein Alter erreicht, in dem er das gelassen hinnehmen konnte.

»Ganz recht, Don Manuel... Ich drehe meine tägliche Runde, so schwer mir das bei dieser Hitze fällt. Aber Arbeit ist Arbeit, da kann man nichts ändern.«

Der Graf von Sueca, der in seinem ganzen Leben noch nie gearbeitet hatte, drückte ihm mit einer Geste sein Mitgefühl aus und zügelte dabei sein ungeduldig tänzelndes Pferd, eine schöne isabellinische Stute. Dann fuhr er sich mit dem kleinen Finger über den Bart, ließ zerstreut seinen Blick schweifen und heftete ihn schließlich auf eine Gruppe von Damen, die am Tor zum Botanischen Garten vorübergingen.

»Wie steht es mit Manolito? Ich hoffe, er macht Fortschritte.«

»Das tut er, das tut er. Der Junge ist begabt... ein bißchen zu stürmisch vielleicht, aber mit siebzehn ist das bekanntlich noch eine Tugend. Mit ein wenig Ausdauer und Disziplin bekommen wir das schon in den Griff.«

»Er ist in Ihren Händen, Maestro.«

»Sehr geehrt, Exzellenz.«

Der Fechtmeister ging die Calle de las Huertas entlang. In

fünfzehn Minuten hatte er im Hause Don Matías Soldevillas zu sein – Tuchgeschäft Soldevilla & Brüder, Lieferant des königlichen Hofes und der Kolonialtruppen –, um dessen Sohn Salvadorin die Grundkenntnisse des Fechtens einzurichten, was angesichts der Begriffsstutzigkeit des Jungen beileibe kein einfaches Unterfangen war: »Parade, Bindung, lösen, und Rimesse... Eins, zwei, Salvadorin, eins, zwei, recht so, Körperparade, jetzt eine Finte, gut, achten Sie auf die Spitzenführung, Schritt rückwärts, ja, so, Parade, schlecht, sehr schlecht, so hat es keinen Sinn, noch einmal, halten Sie die Positionen ein, eins, zwei, Parade, Bindung, lösen, Rimesse. Der Junge macht Fortschritte, Don Matías, große Fortschritte. Er ist noch unerfahren, aber er hat Einfühlungsvermögen und Begabung. Jetzt kommt es nur auf Geduld und Disziplin an...« Und das alles für sechzig Reales im Monat.

Die Sonne stach senkrecht vom Himmel und brachte die Luft über dem Kopfsteinpflaster zum Flimmern. Ein Wasserverkäufer kam die Straße entlang. Neben Körben mit Obst und Hülsenfrüchten kauerte eine Gemüsehändlerin im Schatten. Sie stöhnte vor Hitze und verscheuchte mit trägen Handbewegungen Schwärme von Mücken, die ihr um den Kopf schwirrten. Don Jaime nahm seinen Hut ab, zog ein altes Taschentuch aus dem Rockärmel und wischte sich den Schweiß von der Stirn. Er warf einen Blick auf das vom vielen Waschen verblichene Wappen, das mit blauem Garn in das abgenutzte Seidentuch gestickt war, und setzte dann gebückt seinen Weg unter der erbarmungslosen Sonne fort. Sein Schatten war nur ein kleiner dunkler Fleck auf der Straße.

Das Café hieß »Progreso«, aber von Fortschritt war hier wenig zu sehen: ein halbes Dutzend ramponierter Marmortischchen und uralte Stühle. Der Holzboden knarrte mit jedem Schritt; staubige Vorhänge, Dämmerlicht. Fausto, der alte Kellner, döste neben der Küchentür, aus der das angenehme Aroma vor sich hinköchelnden Kaffees strömte. Eine abgemagerte, triefäugige Katze machte zwischen den Tischbeinen Jagd auf unsichtbare Mäuse. Im Winter roch es in dem Lokal ständig nach Moder, auf den Tapeten breiteten sich dann große gelbe Flecken aus, und die Kunden behielten in dieser Umgebung fast immer die Mäntel an, was ein deutlicher Vorwurf gegen den altersschwachen Eisenofen war, dessen Feuer in einer Ecke leise glomm.

Im Sommer dagegen stellte das Café Progreso eine schattige, kühle Oase inmitten der Bruthitze Madrids dar, beinahe als habe sich die Kälte des Winters hierher verkrochen. Das war auch der Grund, weshalb sich Jaime Astarloas bescheidener Stammtisch während der heißen Jahreszeit jeden Nachmittag hier traf.

»Sie drehen mir das Wort im Mund um, Don Lucas. Wie immer.«

Agapito Cárceles hatte das Aussehen eines exkommunizierten Pfarrers, was er tatsächlich auch war. Beim Diskutieren hob er den Zeigefinger in die Höhe, wie um den Himmel als Zeugen anzurufen, eine Angewohnheit aus der kurzen Zeit, in der es ihm erlaubt gewesen war, die Gläubigen von der Kanzel herab zu beschimpfen. Agapito Cárceles verbrachte sein Leben damit, Bekannte anzupumpen und in kleinen Zeitschriften unter dem Pseudonym »Der vermummte Patriot« Artikel zu veröffentlichen. Er bezeichnete sich als Republikaner und Föderalisten, deklamierte antimonarchistische Sonette, die er selbst zusammenschusterte, und erzählte jedem, der es hören wollte, Marschall Narváez sei ein Tyrann gewesen, Espartero eine Memme, und Serrano und Prim seien verdächtige Brüder. Zu den unpassendsten Gelegenheiten ließ er lateinische Zitate vom Stapel und führte ständig Rousseau an, von dem er keine einzige Zeile gelesen hatte. Seine Hauptsündenböcke waren der Klerus und die Monarchie. Er vertrat die Meinung, die wichtigsten Beiträge zur Geschichte der Menschheit hätten die Buchdruckerkunst und die Guillotine geleistet, und auch heute ließ er wieder niemanden zu Wort kommen.

Tock, tock, tock. Don Lucas Rioseco trommelte sichtlich nervös mit den Fingern auf dem Tisch herum. Mit der anderen Hand zwirbelte er seinen Schnurrbart, während er die Wasserflecken an der Decke anstarrte, als könnte er aus ihnen die nötige Geduld beziehen, um sich die Unverschämtheiten seines Stammtischbruders anzuhören.

»Die Sache ist klar«, sagte Cárceles. »Rousseau hat eine Antwort auf die Frage gegeben, ob der Mensch von Natur aus gut oder schlecht ist. Und seine Argumentation ist erdrückend, meine Herren. Erdrückend, Don Lucas, sehen Sie das endlich ein. Alle Menschen sind gut, also müssen sie frei sein. Alle Menschen sind frei, also müssen sie gleich sein. Und jetzt kommt der springende Punkt: Alle Menschen sind gleich, ergo sind sie souverän. Ist doch ganz einfach, oder? Aus der natürlichen Güte des Menschen resultieren also die Freiheit, die Gleichheit und die Souveränität des Volkes. Alles andere« – Faustschlag auf den Tisch – »ist leeres Geschwätz.«

»Es gibt aber auch schlechte Menschen, lieber Freund«, wandte Don Lucas in schelmischem Ton ein, denn er glaubte, er könnte Cárceles mit den eigenen Waffen schlagen.

Der grinste nur. »Was Sie nicht sagen. Natürlich gibt es die! Wer hat das denn bezweifelt? Denken wir an Narváez, den Haudegen von Loja, der jetzt hoffentlich in der Hölle schmort; an González Bravo und seine Bande, an den Hof... mit einem Wort: die traditionellen Hindernisse, Sie wissen schon, was ich meine. Nun gut. Für sie alle hat die französische Revolution ein ganz formidables Gerät erfunden: ein Beilchen, das rauf- und runtersaust. Zack. Erledigt. Zack. Erledigt. Auf diese Weise lassen sich sämtliche Hindernisse aus dem Weg räumen, die traditionellen und alle anderen. Nox atra cava circunvolat umbra. Und das gleiche, freie und souveräne Volk verdient das Licht der Vernunft und des Fortschritts.«

Don Lucas ärgerte sich schon wieder. Er ging auf die Sechzig zu, stammte aus einer vornehmen, wenn auch verarmten Familie und stand im Ruf, ein hochnäsiger Menschenfeind zu sein. Jeder wußte, daß der kinderlose Witwer seit den Zeiten König Ferdinands II. keinen einzigen Silberling mehr zu Gesicht bekommen hatte und sich mit einer erbärmlichen Rente und dank der Barmherzigkeit wohlgesinnter Nachbarinnen über Wasser hielt. Trotzdem war er sehr auf seine äußere Erscheinung bedacht. Seine wenigen Anzüge waren stets makellos gebügelt, und es gab unter seinen Bekannten niemanden, der nicht die Eleganz bewundert hätte, mit der er seine einzige Krawatte zu knoten wußte und sein Monokel im linken Auge trug. Von der Einstellung her war er erzkonservativ. Monarchist, Katholik und Ehrenmann, lautete seine Devise. Mit Agapito Cárceles lag er sich ständig in den Haaren.

Noch zwei weitere Männer gehörten zu Jaime Astarloas Stammtischrunde: Marcelino Romero, Klavierlehrer an einer Mädchenschule, und Antonio Carreño, der beim staatlichen Versorgungsamt arbeitete. Romero war ein unscheinbares, schwindsüchtiges Männchen, zartbesaitet und melancholisch. Seine Hoffnungen, sich in der Welt der Musik einen Namen zu machen, hatte er schon lange begraben. Nun brachte er nur noch jungen Damen der vornehmen Gesellschaft bei, wie man auf einem Klavier herumhackt, ohne die Ohren der Zuhörer allzusehr zu strapazieren. Carreño wäre ebenso unscheinbar gewesen, aber er war rothaarig und trug einen gepflegten Rauschebart. Er gab sich den Anstrich eines Verschwörers und Freimaurers, war jedoch weder das eine noch das andere.

25

Don Lucas wollte noch nicht aufgeben und attackierte erneut: »Sie haben uns soeben zum hundertsten Male die Lage des Landes auseinandergesetzt, destruktiv wie immer«, sagte er in bissigem Ton. »Keiner hatte Sie darum gebeten, aber wir haben Ihren Erguß geduldig über uns ergehen lassen. Sei es drum. Ich bin mir übrigens sicher, daß wir Ihre scharfsinnige Analyse morgen noch einmal in irgendeinem dieser Revoluzzerpamphlete nachlesen können... Aber jetzt hören Sie mir gut zu, mein Freund. Ich sage Ihnen nämlich ebenfalls zum hundertsten Male: nein. Und ich bin nicht gewillt, mir Ihre Argumente noch länger anzuhören, merken Sie sich das. Für Sie gibt es nur eins: Kopf ab, und damit ist das Problem gelöst. Sie würden einen schönen Innenminister abgeben!... Darf ich Sie daran erinnern, was Ihr geliebter Pöbel achtzehnvierunddreißig verbrochen hat? Achtzig Ordensbrüder hat das Lumpenpack ermordet, aufgewiegelt von gewissenlosen Demagogen.«

»Achtzig, sagen Sie? Das ist noch viel zuwenig! Und ich weiß, wovon ich rede, das können Sie mir glauben. Ich kenne die Kutte in- und auswendig. Und wie ich sie kenne!« Cárceles genoß es, Don Lucas auf die Palme zu bringen. »Auf der einen Seite der Klerus, auf der anderen die Bourbonen... ein rechtschaffener Mann hält es in diesem Land nicht aus.«

»Aha! Da müßte man wohl Ihre berühmten Formeln zur Anwendung bringen, was?!«

»Formeln? Ich kenne nur eine Formel: Für Pfaffen und Bourbonen Pulver und Kanonen. Fausto! Bringen Sie uns noch mal fünf Röstbrote, Don Lucas möchte eine Runde ausgeben.«

»Fällt mir im Traum nicht ein.« Der Alte lehnte sich in seinen Stuhl zurück, die Daumen in den Westentäschchen, das Monokel fest unter die Augenbraue geklemmt. »Ich bezahle meinen Freunden alles – vorausgesetzt ich bin bei Kasse, was momentan nicht der Fall ist. Aber ich weigere mich, einen fanatischen Vaterlandsverräter einzuladen.«

»Lieber ein fanatischer Vaterlandsverräter sein, wie Sie es nennen, als ein Leben lang die Unterdrückung bejubeln!«

Jetzt war der Punkt erreicht, an dem die übrigen Stammtischbrüder eingreifen mußten. »Ruhig, Caballeros, ruhig«, sagte Jaime Astarloa, während er bedächtig seinen Kaffee umrührte. Marcelino Romero, der Pianist, der die ganze Zeit melancholisch vor sich hingestarrt hatte, versuchte das Gespräch auf die Musik zu bringen.

»Lenken Sie nicht vom Thema ab«, wies Cárceles ihn zurecht.

»Ich lenke nicht vom Thema ab«, protestierte Romero. »Auch die Musik hat einen gesellschaftlichen Wert. Sie schafft Gleichheit auf dem Gebiet der Gefühle, überwindet Grenzen, vereint die Völker…«

»Die einzige Musik, die dieser Caballero gelten läßt, ist die Hymne der Radikalen!«

»Fangen Sie nicht schon wieder an, Don Lucas.«

Die Katze huschte unter dem Tisch hindurch, Antonio Carreño hatte seinen Zeigefinger in ein Glas Wasser getaucht und malte damit mysteriöse Zeichen auf die abgenutzte Marmortischplatte.

»Es scheint loszugehen. Die Nachrichten kommen aus Valencia, aus Valladolid. In Cadiz soll General Topete angeblich Geheimboten empfangen haben. Und Marschall Prim kann jeden Augenblick vor der Tür stehen. Diesmal gibt es wirklich einen Heidenkrawall!«

Darauf begann er, geheimnistuerisch und ohne sich mit Einzelheiten aufzuhalten, seinen Freunden die jüngste Verschwörung auseinanderzulegen, von der er – todsichere Quelle, meine Herren – aus den vertraulichen Mitteilungen gewisser Logenbrüder wußte, herausragender Persönlichkeiten, deren Namen er lieber verschwieg. Daß die Nachrichten, auf die er sich bezog, bereits Stadtgespräch waren, wie ein halbes Dutzend weiterer Intrigen, machte ihm nichts aus. Er sprach leise, sah dabei mißtrauisch in die Runde: »Ich vertraue auf Ihre Verschwiegenheit, Caballeros.« Die Logen seien eifrig am Werk. Für Karl VII. interessiere sich natürlich niemand. Alfonsito, Isabellas Sohn Alfons, komme als Thronfolger ebensowenig in Frage, man wolle keinen Bourbonen mehr. Dann schon eher einen Ausländer, konstitutionelle Übergangsregierung und so, obwohl gemunkelt werde, General Prim setze sich für den Schwager der Königin ein. Aber wenn alle Stricke rissen, bleibe eben nur noch die »glorreiche« Revolution übrig, die Freund Cárceles so glücklich machen würde.

»Glorreich und föderalistisch«, warf der Zeitungsschreiber mit einem boshaften Seitenblick auf Don Lucas ein. »Damit die Hofschranzen endlich kapieren, woher der Wind weht.«

Don Lucas, naiv wie immer, legte gleich wieder los. »Sie sagen es«, rief er. »Föderalistisch, demokratisch, antiklerikal, freidenkerisch, pöbelhaft und abgerissen. Alle Menschen sind von heute auf morgen gleich, und bei der Puerta del Sol wird eine Guillotine aufgebaut, die Don Agapito mit Vergnügen bedient. Wozu brauchen wir ein Parlament?« höhnte er. »In Zukunft werden nur noch Volksversammlungen abgehalten, in Cuatro Caminos, in Ventas, in Vallecas, in Carabanchel, in sämtlichen Stadtvierteln Madrids... Das ist es doch, was Ihren Gesinnungsgenossen vorschwebt, Señor Cárceles. Weiter so, die Wirtschaft ist sowieso am Boden!«

»Und das ist die Schuld der kleinen Leute, was?« rief Cárceles. »Es wird ja immer besser!«

Gespannt saß er da und wartete nur darauf, daß Don Lucas wieder von Preußen anfing, was er manchmal tat, denn über die Königshäuser Europas wußte er bestens Bescheid, und nicht alle standen so mit dem Rücken an der Wand wie seine geliebte spanische Krone. Aber Don Lucas winkte nur ab: »Wir sind das Afrika Europas!«

Fausto stellte einen weiteren Teller mit geröstetem Brot auf den Tisch. Jaime Astarloa nahm sich eine Scheibe und tunkte sie in seinen Kaffee. Die Streitereien seiner Stammtischbrüder langweilten ihn schrecklich. Trotzdem fühlte er sich in ihrer Gesellschaft so wohl oder unwohl wie in jeder anderen. Immerhin halfen ihm die zwei Stunden, die er täglich mit ihnen verbrachte, ein wenig über die Einsamkeit hinweg. Griesgrämige Nörgler, die seine Freunde waren, boten sie einander doch die Gelegenheit, sich ihre Verbitterung von der Seele zu reden. In dem kleinen Kreis gelangte jeder für sich insgeheim zu der tröstlichen Einsicht, nicht der einzige zu sein, der im Leben gescheitert war. Das war es, was die Stammtischbrüder mehr als alles andere miteinander verband und täglich zusammenführte. Wie einsame Lebewesen, die sich wärmesuchend aneinanderdrängen, hegten sie – allen Streitgesprächen, politischen Differenzen und Charakterverschiedenheiten zum Trotz – ein Gefühl der Solidarität füreinander, das freilich alle geleugnet hätten, wäre es offen zur Sprache gekommen. So dachte Don Jaime, während er seine Augen umherwandern ließ und dem schwermütig sanften Blick des Musiklehrers begegnete. Marcelino Romero, der um die Vierzig war, verzehrte sich seit zwei Jahren nach einer frommen Familienmutter, deren Tochter bei ihm Klavierstunden genommen hatte. Seit die Lehrer-Mutter-Beziehung vor ein paar Monaten zu Ende gegangen war, spazierte der arme Kerl jeden Tag unter dem Balkon der Angebeteten in der Calle Hortaleza auf und ab und litt die Qualen einer unerwiderten Liebe.

Der Fechtmeister schenkte Romero ein aufmunterndes Lächeln, das dieser, in sein Unglück versunken, zerstreut erwiderte.

Von der Uhr des Postamts schlug es sieben. Die Katze machte noch immer erfolglos Jagd auf Mäuse, Agapito Cárceles rezitierte ein anonymes Sonett auf den verblichenen Marschall Narváez, diesen Despoten, und behauptete, er habe es selbst geschrieben.

> *»Kommst von Loja her, so findest du*
> *am Wegesrand einen Hut, o Wanderer...«*

Don Lucas riß den Mund auf und gähnte, mehr um seinen Freund zu ärgern, als weil er wirklich müde gewesen wäre. Von der Straße her warfen zwei hübsche Señoras im Vorübergehen einen Blick zum Fenster des Cafés herein. Die Stammtischbrüder neigten höflich die Köpfe, mit Ausnahme von Cárceles, der völlig aufs Deklamieren konzentriert war:

> *»...raste, denn hier liegt zur Ruh*
> *ein Held Spaniens wie kein anderer.*
> *Der Glatzkopf mit der starken Hand*
> *regierte nach algerischer Sitte das Land...«*

Studenten betraten das Café. Sie hatten Zeitungen in der Hand und redeten laut über das letzte Eingreifen der Guardia Civil in eine Straßenschlacht. Einige von ihnen kamen näher, um sich Cárceles' poetischen Nachruf auf den »Grafen von Valencia« anzuhören:

> *»...Hat nie eine einzige Schlacht bestritten,*
> *zur Göttin der Fleischeslust betete er,*
> *stets nur, welch ein Glück, die Frauen beritten,*
> *vögeln und fressen, nun kann er's nicht mehr.*
> *Willst du was für ihn tun, wohlauf,*
> *nimm seinen Hut, spuck kräftig drauf,*

scheiß auf sein Grab, sprich ein Gebet,
o wackerer Wanderer, das wär nett.«

Die jungen Leute klatschten Cárceles Beifall, und der grüßte zurück, entzückt von der Reaktion des unerwarteten Publikums. Gemeinsam ließen sie ein paarmal die Demokratie hochleben, und dann wurde Gárceles zu einer Runde eingeladen. Don Lucas zwirbelte vor Wut seinen Schnurrbart, während sich die Katze wie zum Trost neben seinen Füßen zusammenrollte und ihn anblinzelte.

Waffenklirren im Fechtsaal.

»Vorsicht mit dieser Körperparade... Ja, so, sehr gut. Gehen Sie in die Quart. Gut. In die Terz. Gut. In die Prim. Gut. Und jetzt zweimal Primparade, jawohl... Ruhe bewahren. Parade, Schritt zurück. So ist es richtig. Und aufgepaßt. Klinge hoch und... zustoßen! Macht nichts, noch einmal. Zustoßen! Zwingen Sie mich zu einer doppelten Primparade. Schön. Stehenbleiben! Ausweichen. Genau so. Jetzt direkter Angriff und... Ausfall! Gut. Touché. Ausgezeichnet, Don Alvaro.«

Jaime Astarloa klemmte sich das Florett unter den linken Arm, nahm den Korb ab und schöpfte Atem. Alvaro Salanova massierte sich die Handgelenke. Er hatte die typische, etwas unsicher klingende Stimme eines Heranwachsenden.

»Wie war ich, Maestro?« fragte er hinter dem Drahtgeflecht seiner Maske.

Der Fechtlehrer lächelte anerkennend. »Gar nicht schlecht, mein Herr. Gar nicht schlecht.« Er deutete auf das Florett, das der junge Mann in der Hand hielt. »Nur an Ihrer Mensur müssen Sie noch arbeiten. Sie lassen den Gegner zu nah an sich herankommen. Wenn es brenzlig wird, dürfen Sie ruhig die Mensur erweitern. Scheuen Sie sich das nächstemal nicht, einen Schritt rückwärts zu machen.«

»Ja, Maestro.«

Alvaro und Don Jaime kehrten zu den anderen Schülern zurück, die in voller Montur, ihre Masken unterm Arm, dem Gefecht gefolgt waren.

»Wer aus einer zu engen Mensur ficht, liefert sich dem Gegner aus. Sind wir uns da alle einig?«

Drei junge Männer, im Alter zwischen vierzehn und siebzehn, bejahten im Chor die Frage. Zwei von ihnen, die Cazorlas, waren Brüder, Blondschöpfe, die sich glichen wie ein Ei dem anderen; ihr Vater war Offizier. Bei dem dritten, einem Jungen mit Pickelgesicht, handelte es sich um Manuel de Soto, den Sohn des Grafen von Sueca. Der Fechtmeister hatte längst die Hoffnung aufgegeben, einen einigermaßen anständigen Fechter aus ihm zu machen, denn der Junge war viel zu nervös und brauchte nur viermal die Klinge eines Gegners zu kreuzen, um völlig aus dem Konzept zu kommen. Was den jungen Salanova betraf, einen schmucken, dunkelhaarigen Burschen aus sehr gutem Hause, so war er zweifellos der Beste in der Gruppe. Früher hätte er bei entsprechender Ausbildung und Disziplin einen Klassefechter abgegeben, der in allen Salons gefeiert worden wäre. Aber in der heutigen Zeit würde sein Talent bald verkümmern, dessen war Don Jaime sich leider ziemlich sicher. Die moderne Jugend begeisterte sich für Reisen, Schießen, Jagen. Solcher Schnickschnack paßte nicht zu der inneren Verfassung, mit der eine Kunst wie das Fechten ausgeübt werden mußte.

Der Meister faßte mit der linken Hand an die Florettspitze und bog leicht die Klinge. »Und jetzt, Caballeros, möchte ich, daß einer von Ihnen mit Don Alvaro diese Sekondparade übt, die uns allen so zu schaffen macht.« Jaime Astarloa beschloß, den Jungen mit dem Pickelgesicht für heute zu verschonen, und deutete auf den jüngeren der beiden Cazorla-Brüder. »Wie wäre es mit Ihnen, Don Francisco?«

Der Angesprochene trat vor und setzte die Maske auf. Wie seine Kameraden war er von Kopf bis Fuß weiß gekleidet.

»En piste, s'il vous plaît.«

Die Jungen zogen ihre Handschuhe an und begaben sich auf die Fechtbahn.

»En garde, messieurs.«

Die beiden Gegner grüßten sich mit erhobenem Florett und nahmen dann die klassische Fechtstellung ein, indem sie den rechten Fuß um etwa zwei Fußlängen nach vorn setzten, leicht in die Hocke gingen, den linken, freien Arm nach hinten führten und die Hand im rechten Winkel dazu einknickten.

»Denken Sie bitte an das alte Prinzip. Der Griff des Floretts muß geführt werden, als hätten wir einen Vogel in der Hand: gerade so leicht, daß wir ihn nicht zerdrücken, aber doch fest genug, damit er uns nicht fortfliegt ... Letzteres gilt vor allem für Don Francisco, der einen bedauerlichen Hang dazu hat, sich entwaffnen zu lassen. Verstanden?«

»Ja, Maestro.«

»Dann wollen wir keine Zeit mehr verlieren. Legen Sie los, Caballeros. Allez!«

Die stählernen Klingen der beiden Fechter begannen leise zu klirren. Der junge Cazorla leitete geschickt einen schönen Angriff ein. Er war leichtfüßig und flink und schwebte wie eine Feder über die Planche. Alvaro Salanova für seinen Teil verstand es, sich gewandt zu decken, indem er in gefährlichen Momenten nicht aufgeregt zurücksprang, sondern lediglich einen Schritt rückwärts machte und alle Vorstöße seines Gegners tadellos parierte. Nach einer Weile wendete sich das Blatt. Nun war es Salanova, der ein ums andere Mal gegen seinen Kontrahenten ausfiel und ihn zwang, sich mit Sekondparaden vor Treffern zu schützen. Angriffe, Paraden, Riposten, da machte Francisco Cazorla den Fehler, sich einen Augenblick ablenken zu lassen. Mit einem Schrei des Triumphes warf sich sein Gegner auf ihn und stieß ihm zweimal hintereinander den Knopf seiner Florettspitze auf die Brust.

Don Jaime fuhr mit seinem Florett zwischen die beiden Fechter. »Ich muß Ihnen einen Verweis erteilen, Caballeros«, sagte er streng. »Wer ein Florett oder einen Säbel in die Hand nimmt, muß mit Ernst an die Sache gehen, auch wenn die Klinge seiner Waffe stumpf und die Spitze mit einem Knopf geschützt ist. Das hier ist kein Spiel. Wenn Sie spielen möchten, dann tun Sie das mit Reifen, Kreisel oder Zinnsoldaten. Habe ich mich klar ausgedrückt, Señor Salanova?«

Der Angesprochene machte eine ruckartige Kopfbewegung, ohne jedoch seine Maske abzunehmen. Don Jaimes graue Augen sahen ihn scharf an.

»Ich hatte nicht das Vergnügen, Ihre Antwort zu hören«, sagte er in hartem Ton. »Und ich bin es nicht gewöhnt, mit Personen zu sprechen, deren Gesicht ich nicht sehe.«

Der junge Mann stammelte eine Entschuldigung und legte seinen Korb ab. Er war puterrot angelaufen und starrte beschämt auf seine Schuhspitzen.

»Ich fragte Sie, ob ich mich klar ausgedrückt habe.«

»Ja.«

»Ich habe Ihre Antwort nicht verstanden.«

»Ja, Maestro.«

Jaime Astarloa sah die anderen Schüler an, die mit ernsten Gesichtern um ihn herumstanden.

»Was ich Ihnen beizubringen versuche, läßt sich in einem Wort zusammenfassen: Nützlichkeit. Sie kommen nicht hierher, um Eindruck zu schinden mit zweifelhaften Bravourstückchen, wie sich Don Alvaro soeben eines geleistet hat. In einem Kampf mit ungeschützter Klinge hätte ihn das teuer zu stehen kommen können... Unsere Absicht besteht darin, den Gegner auf saubere, schnelle und wirksame Art außer Gefecht zu setzen, und zwar mit dem geringstmöglichen Risiko für uns selbst. Niemals zwei Florettstöße, wenn auch einer genügen würde; auf den zweiten könnte eine gefährliche Riposte folgen. Niemals großspurige oder übertrieben elegante Posen, wenn sie unsere Aufmerksamkeit vom Ziel ablenken, und das besteht einzig und allein darin, nicht getötet zu werden beziehungsweise den Gegner zu töten, wenn es sich nicht umgehen läßt. Das Fechten ist in erster Linie eine praktische Übung.«

»Mein Vater sagt, Fechten ist gut, weil es den Körper ertüchtigt«, wagte der ältere der beiden Cazorla-Brüder einzuwerfen. »Das, was die Engländer Sport nennen.«

Don Jaime sah seinen Schüler an, als habe der soeben einen unglaublichen Unsinn von sich gegeben. »Ich bezweifle nicht, daß Ihr Herr Vater seine Gründe hat, so etwas zu behaupten. Das bezweifle ich nicht im geringsten. Aber ich versichere Ihnen, daß das Fechten noch sehr viel mehr ist. Es stellt eine mathematisch exakte Wissenschaft dar, in der verschiedene Faktoren zusammentreffen. Sie sind letztendlich alle auf denselben Nenner zu bringen: Sieg oder Niederlage, Leben oder Tod... Ich widme Ihnen nicht meine Zeit, damit Sie Sport treiben. Ich versuche, Sie in die Kunstgriffe einer Technik einzuführen, die Ihnen eines Tages nützlich sein könnte, um Ihr Vaterland oder Ihre Ehre zu verteidigen. Mir ist es völlig gleich, ob Sie stark oder schwach sind, gewandt oder ungeschickt, schwindsüchtig oder kerngesund... Mir kommt es einzig und allein darauf an, daß Sie mit einem Florett oder Säbel in der Hand jedem anderen Mann ebenbürtig oder überlegen sind.«

»Aber was ist mit den Feuerwaffen, Maestro?« meldete sich Manuel de Soto schüchtern zu Wort. »Die Pistole zum Beispiel: Sie ist doch viel wirkungsvoller als ein Florett und macht alle Menschen gleich.« Er kratzte sich an der Nase. »Wie die Demokratie.«

Jaime Astarloa zog die Augenbrauen zusammen. »Die Pistole ist keine Waffe, sondern eine Zumutung. Ein Kampf auf Leben und Tod muß von Angesicht zu Angesicht ausgetragen werden. Nur infame Wegelagerer töten aus der Ferne. Mit der blanken Waffe ist eine Ethik verbunden, die es für keine andere Waffengattung gibt, ja, ich würde sogar sagen, eine Geisteshaltung. Das Fechten ist die Geisteshaltung der Kavaliere. Und das gilt ganz besonders für die heutige Zeit.«

Francisco Cazorla hob mit zweifelnder Miene die Hand. »Meister, ich habe letzte Woche in der Illustrierten einen Artikel übers Fechten gelesen ... Die modernen Waffen würden es langsam überflüssig machen, heißt es darin. Säbel und Florette könne man bald nur noch in Museen bewundern.«

Don Jaime nickte, als sei er es leid, ständig dieselbe Leier zu hören. Er betrachtete sich in den großen Spiegeln des Fechtsaals: der alte Meister, von seinen letzten Schülern umringt, die tapfer mit ihm aushielten. Wie lange noch? »Ein Grund mehr zur Treue«, sagte er dann.

Alvaro Salanova, die Maske unterm Arm und das Florett auf die Spitze seines rechten Schuhs gestützt, verzog skeptisch das Gesicht. »Vielleicht sterben eines Tages auch die Fechtmeister aus«, sagte er.

Es folgte ein langes Schweigen. Jaime Astarloa blickte gedankenverloren in die Ferne, als betrachte er die Welt jenseits der vier Wände seines Fechtsaals.

»Vielleicht«, murmelte er, in Bilder versunken, die nur er selbst sehen konnte. »Aber glauben Sie mir eines: Mit dem letzten Fechtmeister werden auch alle vornehmen und edlen Grundsätze sterben, die den uralten Kampf des Menschen gegen seinesgleichen bestimmt haben. Dann wird es nur noch Gewehr und Messer geben, Hinterhalt und Überfall.«

Die vier Schüler hörten ihm zu, aber sie waren zu jung, um zu verstehen. Don Jaime sah einen nach dem anderen an.

»Wenn ich ehrlich sein soll«, sagte er, während sich um seine spöttisch lächelnden grauen Augen unzählige Fältchen bildeten, »so beneide ich Sie nicht um die Kriege, die Sie in zwanzig oder dreißig Jahren erleben werden.«

In diesem Moment klopfte es an der Tür, und von da an sollte im Leben des Fechtmeisters nichts mehr so sein wie zuvor.

II. Der Doppelfintangriff

Doppelfintangriffe werden angewendet, um den Gegner
zu täuschen. Sie beginnen mit einem einfachen Angriff.

Jaime Astarloa zog das Kärtchen aus der Tasche seines grauen
Gehrocks. Sehr aufschlußreich war es nicht:

> Doña Adela de Otero ersucht den Fechtmeister D. Jaime
> Astarloa, sich morgen um 19 Uhr in ihrer Wohnung in
> der Calle Riaño Nummer 14 einzufinden.
> Mit vorzüglicher Hochachtung   *A. d. O.*

In der Annahme, daß es sich bei der Absenderin um die Mutter eines zukünftigen Schülers handelte, hatte sich Don Jaime
sorgfältig zurechtgemacht, bevor er das Haus verließ. Bekanntlich kam es in solchen Fällen immer auf den ersten
Eindruck an. Als er vor der Wohnungstür stand, prüfte er
ein letztes Mal den Sitz seiner Krawatte. Erst dann schlug er
mit dem schweren bronzenen Türklopfer – einem Ring, den
ein Löwe im Maul trug – mehrmals an die Tür. Weibliche
Schritte näherten sich, rasch wurde ein Riegel zurückgescho-
ben, und dann lächelte ihn ein hübsches Dienstmädchen mit
weißem Häubchen an. Er überreichte ihr sein Visitenkärt-
chen, die junge Frau entfernte sich, und Don Jaime trat in
ein elegant eingerichtetes Empfangszimmer. Die Fensterläden waren der Hitze wegen angelehnt, trotzdem konnte man
den Lärm der Kutschen hören, die zwei Stockwerke tiefer auf

der Straße vorüberholperten. Jaime Astarboas Blick wanderte durch das Zimmer: exotische Pflanzen in eisernen Blumentrögen, zwei wertvolle Ölbilder an der Wand, und mehrere Sessel, die mit kostbarem scharlachroten Samt bezogen waren. Offenbar handelte es sich um eine wohlhabende Kundin, was ihn angesichts seiner prekären Finanzlage ausgesprochen optimistisch stimmte.

Das Dienstmädchen kehrte nach wenigen Minuten zurück, nahm ihm Handschuhe, Stock und Zylinder ab und geleitete ihn durch den halbdunklen Korridor zum Salon. Dort ließ es ihn allein. Don Jaime verschränkte die Hände hinter dem Rücken und inspizierte diskret den Raum. Auf der blaßblauen Blümchentapete spielten die letzten Strahlen der Abendsonne. Das Mobiliar zeugte von erlesenem Geschmack. Über einem englischen Sofa prangte ein signiertes Ölgemälde mit romantischem Sujet: Ein Mädchen im Rüschenkleid schaukelte in einem Garten und spähte dabei neugierig über die Schulter, als erwarte es die Ankunft des Geliebten. Es gab auch ein Klavier, aufgeklappt, auf dem Notenpult eine Partitur. Jaime Astarloa trat näher, um einen Blick darauf zu werfen: Polonaise in fis-Moll. Frédéric Chopin. Zweifellos handelte es sich bei der Klavierspielerin um eine energische Dame. Über dem großen Marmorkamin hing eine Sammlung von Duellpistolen und Floretten. Er stellte sich davor und begutachtete mit Kennerblick die Stoßwaffen, zwei prachtvolle Stücke aus Damaszenerstahl, eines mit französischem, das andere mit italienischem Griff. Sie befanden sich in ausgezeichnetem Zustand, ohne die geringste Spur von Rost, wenngleich die Klingen etwas ausgezahnt waren, was auf häufigen Gebrauch schließen ließ.

Da er in diesem Augenblick Schritte hinter sich vernahm, drehte er sich langsam um. Adela de Otero glich in nichts dem Bild, das er sich von ihr gemacht hatte.

»Guten Abend, Señor Astarloa. Ich danke Ihnen sehr dafür, daß Sie der Einladung einer Unbekannten gefolgt sind.«

Sie hatte eine sympathische, etwas heiser klingende Stimme, in der ein undefinierbarer ausländischer Akzent mitschwang. Der Fechtmeister beugte sich über ihre Hand und berührte sie mit den Lippen. Sie war schmal, der kleine Finger anmutig nach innen gebogen, und von ihrer gebräunten Haut ging etwas angenehm Frisches aus. Die Nägel waren kurz, beinahe zu kurz für eine Frau, und weder gefärbt noch lackiert. Ein dünner silberner Ring war der einzige Schmuck, den sie trug.

Don Jaime hob den Kopf und sah ihr in die Augen. Sie waren groß, veilchenblau und mit goldenen Pünktchen gesprenkelt, die sich unter direktem Lichteinfall zu vergrößern schienen. Das üppige schwarze Haar trug sie im Nacken mit einer Perlmuttspange in Form eines Adlerkopfes zusammengefaßt. Für eine Frau war Adela de Otero ungewöhnlich groß, fast so groß wie Don Jaime. Ihre Körperproportionen entsprachen dem weiblichen Mittelmaß, allenfalls war sie etwas schlanker, besonders in der Taille, die mit Sicherheit kein Korsett benötigte. Sie trug einen schlichten schwarzen Rock und eine rohseidene Bluse mit Spitzeneinsatz. Alles in allem wirkte sie vielleicht eine Spur maskulin, was auch von der winzigen Narbe in ihrem rechten Mundwinkel herrühren konnte, die beständig den Anflug eines geheimnisvollen Lächelns auf ihre Lippen zauberte. Hinsichtlich ihres Alters war sich Don Jaime nicht sicher. Er schätzte sie zwischen zwanzig und dreißig, eines jedoch wußte er ganz genau: daß er für ihr schönes Gesicht in jungen Jahren die kühnsten Tollheiten begangen hätte.

Adela de Otero bat ihn Platz zu nehmen. »Kaffee, Señor Astarloa?«

Er nickte, und schon trat das Dienstmädchen mit einem silbernen Tablett ein, auf dem feines Porzellan klirrte. Die Hausherrin selbst schenkte den Kaffee ein und wartete, daß er den ersten Schluck nahm, wobei sie ihn eingehend musterte. Dann kam sie ohne Umschweife zur Sache.

»Ich möchte den Stoß der zweihundert Escudos von Ihnen lernen.«

Der Fechtmeister, der gerade die Tasse zurückstellen wollte, hielt inne und rührte verwirrt seinen Kaffee um. Er glaubte, nicht richtig gehört zu haben. »Pardon?«

Adela de Otero nippte an ihrem Täßchen und sah ihm dann fest in die Augen. »Ich habe mich ausführlich erkundigt«, sagte sie ruhig, »und weiß, daß Sie der beste Fechtmeister hier in Madrid sind. Der letzte Klassiker, wie man mir versicherte. Ich weiß auch, daß Sie das Geheimnis eines bestimmten Florettstoßes hüten, den Sie selbst erfunden haben und interessierten Schülern zum Preis von eintausendzweihundert Reales beibringen. Das ist eine stattliche Summe, aber ich kann sie bezahlen. Ich möchte also Ihre Dienste in Anspruch nehmen.«

Jaime Astarloa, der aus dem Staunen nicht herauskam, erhob schwachen Protest. »Verzeihen Sie, gnädige Frau, das ist, wie soll ich mich ausdrücken... etwas ungewöhnlich. Ich bin in der Tat im Besitz dieses Geheimnisses und gebe es zu der von Ihnen genannten Summe weiter. Aber bitte haben Sie Verständnis. Ich finde... nun ja, das Fechten... ist nichts für eine Frau. Damit will ich sagen...«

Die veilchenblauen Augen sahen ihn von oben nach unten an, und die kleine Narbe unterstrich das rätselhafte Lächeln. »Ich weiß, was Sie sagen wollen.« Adela de Otero stellte bedächtig ihre leere Tasse auf den Tisch zurück und faltete die Hände wie zum Gebet. »Aber daß ich eine Frau bin, hat nichts zu bedeuten. Ich besitze nämlich gründliche Kenntnisse in der Kunst, die Sie lehren, wenn es das ist, was Ihnen Sorge bereitet.«

»Nein, darum geht es nicht.« Der Fechtmeister rutschte nervös auf seinem Stuhl herum und fuhr sich mit dem Finger in den Hemdkragen. Es war ihm plötzlich sehr heiß geworden. »Was ich Ihnen zu erklären versuche, ist etwas anderes. Bitte verstehen Sie mich nicht falsch, aber daß eine Frau Fechtunterricht nimmt, ist einfach...«

»...unschicklich. Das meinen Sie doch, oder irre ich mich?«

Jaime Astarloa sah sie unverwandt an, noch immer die Kaffeetasse in der Hand, von der er kaum einen Schluck genommen hatte. Das reizende Lächeln, das keinen Augenblick von ihren Lippen verschwand, wurde ihm unangenehm.

»Ja.« Er räusperte sich verlegen. »Glauben Sie mir, gnädige Frau, ich kann Ihrem Wunsch nicht entsprechen. So leid es mir tut.«

»Fürchten Sie um Ihr Ansehen, Maestro?«

Ihre in spöttischem Ton gestellte Frage hatte etwas Provokatives.

Don Jaime stellte vorsichtig seine Tasse auf dem Tisch ab. »Was Sie verlangen, Señora, ist nicht üblich. Es ist nicht Sitte. Wenigstens hierzulande. So sehe ich es jedenfalls. Damit will ich nicht ausschließen, daß Sie einen Fechtlehrer finden könnten, der diesbezüglich... offener denkt.«

»Ich möchte aber in das Geheimnis Ihres Florettstoßes eingeweiht werden. Und außerdem sind Sie der Beste.«

Don Jaime erwiderte ihr Kompliment mit einem wohlwollenden Lächeln. »Ja, schon möglich, daß ich der Beste bin, aber ich bin auch zu alt, um meine Gewohnheiten zu ändern. Ich bin jetzt sechsundfünfzig und übe meinen Beruf seit über dreißig Jahren aus. Bis heute hat es sich bei meinen Klienten immer und ausschließlich um Männer gehandelt.«

»Die Zeiten wandeln sich, mein Herr.«

»Ja. Und soll ich Ihnen etwas sagen? Für meinen Geschmack wandeln sie sich viel zu schnell. Erlauben Sie mir daher, meinen altmodischen Vorstellungen treu zu bleiben. Sie sind das einzige, was ich besitze, glauben Sie mir.«

Adela de Otero wiegte leicht den Kopf, dann stand sie auf und ging zu der Waffensammlung über dem Kamin. »Ich habe gehört, es sei unmöglich, Ihren Florettstoß zu parieren.«

Don Jaime lächelte bescheiden. »Das ist eine Übertreibung, Señora. Für jemanden, der ihn kennt, ist es ein Kinderspiel, ihn zu parieren. Den unparierbaren Stoß habe ich leider noch nicht entdeckt.«

»Und Ihr Honorar beträgt zweihundert Escudos?«

Der Fechtlehrer seufzte erneut. Ihm war selten so ungemütlich zumute gewesen.

Sie hatte ihm den Rücken zugewandt und ließ ihre Finger über den Griff eines der beiden Florette gleiten. »Es würde mich interessieren, wieviel Sie für normalen Fechtunterricht verlangen.«

»Zwischen sechzig und hundert Realen pro Monat und Schüler, bei vier Stunden Unterricht in der Woche. Und jetzt bitte ich Sie, mich zu entschuldigen...«

»Wenn Sie mir den Stoß der zweihundert Escudos beibringen, zahle ich Ihnen zweitausendvierhundert Realen.«

Er blinzelte verblüfft mit den Augen. Das waren umgerechnet vierhundert Escudos, das Doppelte von dem, was er normalerweise erhielt, wenn er einem Kunden diesen Stoß beibrachte, und auch das kam selten genug vor. Für diese Summe mußte er gut drei Monate arbeiten.

»Sie beleidigen mich, Señora...«

Adela de Otero wandte sich brüsk zu ihm um, und Jaime Astarloa, der ihre veilchenblauen Augen zornig aufblitzen sah, mußte sich wider Willen eingestehen, daß es gar nicht so schwierig war, sie sich mit einem Florett in der Hand vorzustellen.

»Halten Sie diese Summe etwa für zu gering?« fragte sie patzig.

Der Fechtmeister straffte sich. »Verehrte Dame«, sagte er in eisigem Ton, »der Florettstoß, für den Sie sich so interessieren, ist genau den Preis wert, den ich ihm zuschreibe. Keinen Heller mehr. Es ist mir nie in den Sinn gekommen, damit zu spekulieren oder gar um seinen Preis zu feilschen wie ein ordinärer Händler. Davon einmal abgesehen, entscheide ich, wem ich ihn beibringe, und dieses Recht will ich auch behalten. Guten Abend.«

Er nahm Handschuhe, Stock und Zylinder von dem Dienstmädchen entgegen und stieg ärgerlich die Treppe hinab. Aus dem zweiten Stockwerk drangen die Klänge der Chopin-Polonaise, die Adela de Otero wütend auf ihrem Klavier hämmerte.

Tage vergingen. Von General Prim war nichts zu hören, Königin Isabella begab sich auf die Reise nach Lequeitio, um im Atlantik zu baden. Ihre Ärzte waren nämlich der Meinung, Meerwasser sei ein heilsames Mittel gegen die Hautkrankheit, an der sie seit ihrer Kindheit litt. Im Gefolge der Monarchin reisten außer ihrem Beichtvater und dem Prinzgemahl eine Heerschar von Herzoginnen und Zofen, Dienern, Schmarotzern und Ohrenbläsern, mithin der übliche Hofstaat.

Diesseits und jenseits der Pyrenäen machten Emigranten und Generäle die absurdesten Ansprüche geltend und konspirierten munter drauf los. Die Deputierten der Cortes hatten dem letzten Haushaltsplan des Kriegsministers zugestimmt, wohlwissend, daß ein Großteil der Gelder dazu bestimmt war, aufmüpfige Militärs ruhigzustellen, die ihre Loyalität von Beförderungen und Pfründen abhängig machten und nichts dabei fanden, als Moderierte ins Bett zu gehen und als Liberale aufzustehen oder umgekehrt, wenn sich daraus

ein Nutzen für sie ergab. In Madrid schien die Zeit still-
zustehen. Man saß, einen Wasserkrug in Reichweite, träge
im Schatten und blätterte in verbotenen Zeitschriften. Flie-
gende Händler riefen an den Straßenecken ihre Waren aus.
Mandelmilch! Kauft gute Mandelmilch!

Der Marqués de los Alumbres, der sich weigerte, in die Ferien zu gehen, focht weiterhin täglich eine Stunde und trank
danach ein Glas Sherry mit Don Jaime. Im Café Progreso pries
Agapito Cárceles die Vorzüge des Föderalismus, während Antonio Carreño die Ideen des Freimaurertums verfocht und sich
für eine zentral verwaltete Republik einsetzte, obwohl er, bei
Gott, auch einer konstitutionellen Monarchie nicht abgeneigt
gewesen wäre. Don Lucas blickte Nachmittag für Nachmittag händeringend zum Himmel, und der Musiklehrer strei-
chelte den Marmortisch und starrte wehmütig zum Fenster
hinaus. Was schließlich den Fechtmeister betraf, so wollte es
ihm nicht gelingen, das Bild Adela de Oteros aus seinen Gedanken zu verscheuchen.

Am dritten Tag klopfte es an der Tür. Jaime Astarloa war
gerade von der Fechtstunde mit dem Marquis zurückgekommen.

Er stand in Hemdsärmeln vor dem Spiegel und rieb sich
Hände und Gesicht zur Kühlung mit Kölnischwasser ein, als
er die Türglocke hörte. Rasch fuhr er sich mit dem Kamm
durchs Haar und schlüpfte in einen alten Morgenmantel aus
Seide, der noch aus besseren Zeiten stammte und dringend
am linken Ärmel hätte geflickt werden müssen. Dann verließ
er sein Schlafzimmer, durchquerte den kleinen Salon, der ihm
auch als Arbeitszimmer diente, trat in den Flur und öffnete die
Wohnungstür. Vor ihm stand Adela de Otero.

»Guten Tag, Señor Astarloa. Darf ich hereinkommen?«

Ihre Stimme verriet einen Anflug von Demut. Sie trug ein

himmelblaues Sommerkleid mit tiefem Ausschnitt und weißen Spitzen an Ärmel-, Rock- und Brustsaum. Auf dem Kopf saß ein Strohhut, der mit einem wundervoll zu ihren Augen passenden Veilchenstrauß geschmückt war. Ihre Hände steckten in Spitzenhandschuhen und hielten ein winziges blaues Sonnenschirmchen. Sie war noch viel schöner als in ihrem eleganten Salon in der Calle Riaño.

Der Fechtmeister zögerte einen Augenblick, verwirrt von der unerwarteten Erscheinung. »Aber ja, Señora«, sagte er, noch immer erstaunt. »Ich meine... selbstverständlich, bitte. Treten Sie ein.«

Er machte eine einladende Geste, obwohl er nach dem Verlauf ihrer letzten Begegnung nicht wußte, was das für ein Gespräch werden sollte. Sie schien seinen Gemütszustand zu erraten.

»Danke, daß Sie mich empfangen, Don Jaime. Ich fürchtete schon... obwohl ich es, ehrlich gesagt, nicht anders von Ihnen erwartet habe. Freut mich, daß ich mich nicht getäuscht habe.«

Jaime Astarloa brauchte ein paar Sekunden, bis er begriff, daß sie befürchtet hatte, er würde ihr die Tür vor der Nase zuschlagen, eine Vorstellung, die ihn entrüstete. Er war vor allem anderen ein Caballero. Andererseits hatte die junge Frau ihn soeben zum erstenmal mit seinem Vornamen angesprochen, was nicht gerade dazu beitrug, sein klopfendes Herz zu beruhigen.

Der alte Fechtmeister nahm Zuflucht zur Höflichkeit, um seine Verwirrung zu verbergen. Mit einer galanten Geste bat er sie in sein Arbeitszimmer. Adela de Otero blieb in der Mitte des dunklen Salons stehen und betrachtete neugierig all die Dinge, die von Jaime Astarloas Leben erzählten. Völlig unbefangen ließ sie den Finger über die Rücken einiger der vielen Bücher gleiten, die in den staubigen Eichenregalen aneinandergereiht waren: ein Dutzend alter Fechtlehrbücher, Romane von Dumas, Victor Hugo, Balzac... Daneben gab es eine abgegriffene Homer-Ausgabe, Novalis' »Heinrich von Ofterdingen«, mehrere Werke von Chateaubriand und Vigny, verschiedene Memoirenbände sowie Traktate über die napoleonischen Feldzüge; das meiste war in Französisch. Don Jaime entschuldigte sich für einen Augenblick und zog sich in sein Schlafzimmer zurück, um den Morgenmantel gegen einen Rock zu vertauschen und sich in aller Eile eine Krawatte umzubinden. Als er in den Salon zurückkehrte, betrachtete die junge Frau ein im Lauf vieler Jahre nachgedunkeltes Ölgemälde, das zwischen alten Degen und rostigen Säbeln an der Wand hing.

»Ist das ein Familienangehöriger?« fragte sie, auf das Gesicht deutend, das sie ernst aus dem Bilderrahmen anblickte. Ein Mann, im Stil der Jahrhundertwende gekleidet, seine hellen Augen sahen ziemlich kritisch in die Welt. Die breite Stirn und die würdevoll strengen Gesichtszüge verliehen ihm große Ähnlichkeit mit Jaime Astarloa.

»Mein Vater.«

Adela de Otero ließ die Augen zwischen dem Porträt und Don Jaime hin- und herwandern, als wolle sie überprüfen, ob er die Wahrheit gesagt habe, und zeigte sich schließlich zufrieden. »Ein schöner Mann«, sagte sie mit ihrer angenehm klingenden, etwas heiseren Stimme. »Wie alt war er, als dieses Porträt gemalt wurde?«

»Das weiß ich nicht. Er ist mit einunddreißig Jahren im Kampf gegen die napoleonischen Truppen gefallen, zwei Monate vor meiner Geburt.«

»War er Offizier?« Die junge Frau schien ernsthaft an der Geschichte interessiert zu sein.

»Nein. Er war ein aragonesischer Hidalgo, einer von der alten Garde, und als solcher konnte er es auf den Tod nicht ausstehen, von irgend jemandem herumkommandiert zu werden... So ist er mit einem Trupp Männer aus Jaca in die Pyrenäen gezogen und hat Franzosen getötet, bis sie ihn getötet haben.« In der Stimme des Fechtmeisters schwangen Rührung und Stolz. »Man hat mir erzählt, daß er allein gestorben ist, wie ein gehetzter Hund, dabei aber in ausgezeichnetem Französisch die Soldaten beschimpfte, die ihn mit ihren Bajonetten umringten.«

Adela de Otero fuhr fort, das Gemälde zu betrachten, von dem sie beim Zuhören keinen Moment lang die Augen abgewandt hatte, und biß sich dabei nachdenklich auf die Unterlippe, während in ihrem Mundwinkel unauslöschlich das feine Lächeln stand, das die kleine Narbe hervorrief. Nach einer Weile drehte sie sich langsam zu dem alten Fechtmeister um.

»Ich weiß, daß Ihnen meine Anwesenheit hier unangenehm ist.«

Jaime Astarloa wich ihren Augen aus und wußte nicht recht, was er antworten sollte. Adela de Otero nahm ihr Hütchen ab und legte es zusammen mit dem Sonnenschirm auf seinen mit Blättern und Papieren überhäuften Arbeitstisch. Sie trug das Haar im Nacken zusammengefaßt wie bei der ersten Begegnung. »Darf ich mich setzen?« Reizend und verführerisch.

»Womit kann ich Ihnen dienen, Señora de Otero?«

Sein höflich unterkühlter Ton konnte ihrem Lächeln nichts anhaben. Etwas Geheimnisvolles war darin, und er mußte sich wohl oder übel eingestehen, daß aus dem Funken Neugier, den er anfänglich für sie empfunden hatte, in seinem Inneren bereits ein gewaltiges Feuer geworden war. Adela de Otero jedoch nahm sich Zeit. Ihre Augen schienen an den Wänden des Raumes nach Anhaltspunkten zu suchen. Sie taxierte die Bilder und versuchte ihn einzuschätzen, während er ihr Gesicht studierte, ihre Augen, die Lippen, voll und geschwungen, und er mußte zugeben, daß sogar die Narbe in ihrem Mundwinkel ihn begeisterte.

Gleich würde sie ihm mit weiblicher Überredungskunst zu Leibe rücken, an Gefühle appellieren oder ihn, Gott bewahre, anflehen. Für ihn kam eine Frau als Fechtschülerin nicht in Frage. Er war entschlossen, auch diesmal abzulehnen, zumal es sich nur um die Laune einer verwöhnten Dame handeln konnte. Die Frage, die sie ihm dann stellte, traf ihn vollkommen unerwartet:

»Wie würden Sie auf eine Doppelfinte in die Terz reagieren, Don Jaime – falls wir miteinander kämpfen sollten?«

Der Fechtmeister glaubte, nicht richtig gehört zu haben. Er stand auf und stieß dabei an den Fensterflügel, den er gerade geöffnet hatte. Ich sollte das Fenster wieder schließen, dachte er und sah einer Kutsche nach, die unten vorbeifuhr, und einem Zeitungsverkäufer, der seine zensierten Blätter wieder mal nicht loswurde.

Adela de Otero sah ihn belustigt und mit einem Fünkchen Boshaftigkeit im Blick an. Ihre Stimme klang geradezu unverschämt sicher. »Mich interessiert Ihre werte Meinung, Don Jaime.«

Der Fechtmeister seufzte. »Die interessiert Sie wirklich?«

»Ganz bestimmt.«

Don Jaime fuhr sich mit der Faust vor den Mund, um ein Hüsteln zu unterdrücken. »Na ja ... Ich kann mir zwar nicht vorstellen ... Ich meine, doch, selbstverständlich, wenn Sie dieses Thema ... Doppelfinte in die Terz, sagten Sie?« So seltsam war diese Frage nun auch wieder nicht, im Gegenteil. Seltsam war nur, daß sie von ihr kam. Obwohl vielleicht nicht einmal das seltsam war, wenn er es sich recht überlegte. »Gut, nehmen wir also an, mein Gegner täuscht einen Terzangriff vor. In diesem Fall würde ich seinen Angriff vermutlich mit einer Sperrung parieren. Verstehen Sie? Das ist ziemlich banal.«

»Und wenn es ihm gelänge, sich aus Ihrer Sperrung zu lösen und mit Wechselbindung und Quartstoß zu antworten?«

Der Fechtmeister sah die junge Frau verblüfft an. Sie hatte den Ablauf völlig korrekt dargestellt.

»In diesem Fall«, sagte er, »würde ich eine Quartparade mit anschließendem Quartstoß folgen lassen.« Diesmal fragte er sie nicht, ob sie verstanden habe. »Das ist die einzige Möglichkeit.«

Adela de Otero warf den Kopf zurück, als wolle sie in schallendes Gelächter ausbrechen, beschränkte sich jedoch auf ein lautloses Lächeln. Dann zog sie eine reizende Schnute. »Wollen Sie mich enttäuschen, Don Jaime, oder nur auf die Probe stellen? Sie wissen sehr gut, daß das nicht die einzige Möglichkeit ist. Ja, Sie sind sich nicht einmal sicher, daß es die beste ist.«

Der Fechtmeister konnte seine Verwunderung nicht länger verbergen. Diese Konversation hätte er sich im Traum nicht vorgestellt. Eine innere Stimme sagte ihm, daß er sich auf unbekanntes Gelände vorwagte, andererseits fühlte er unwiderstehliche Neugier. Er beschloß also, ein wenig aus der Deckung zu gehen und sich auf das Spiel einzulassen, um zu sehen, worauf Adela de Otero hinauswollte.

»Wissen Sie etwa eine Alternative, gnädige Frau?« fragte er gerade so skeptisch, daß es nicht unhöflich wirkte. Die junge Dame nickte mit Nachdruck, und in ihren Augen glomm jetzt ein Feuer, das Jaime Astarloa zu denken gab.

»Ich weiß mindestens zwei«, erwiderte sie selbstsicher, aber ohne eine Spur von Überheblichkeit. »Ich könnte beispielsweise wie Sie in Quart parieren, würde dann aber die Klinge zu einem hohen Sperrstoß transportieren. Korrekt?«

Don Jaime mußte zähneknirschend zugeben, daß diese Variante nicht nur korrekt, sondern geradezu brillant war. »Aber Sie sprachen noch von einer zweiten Möglichkeit«, sagte er.

»So ist es.« Adela de Otero bewegte beim Sprechen die rechte Hand, als schwinge sie ein Florett. »Quartparade mit anschließendem Gleitstoß in die Flanke. Sie wissen ja selbst, daß ein Stoß grundsätzlich schneller und wirkungsvoller ist, wenn er in dieselbe Richtung ausgeführt wird wie die Parade. Beide müssen in einem einzigen Bewegungsablauf durchgezogen werden.«

Jetzt war Don Jaime wirklich interessiert. »Wo haben Sie diesen Stoß gelernt?«

»In Italien.«

»Und wer war Ihr Lehrer?«

»Sein Name tut nichts zur Sache«, erwiderte die junge Frau mit einem Lächeln, »aber er war einer der besten Europas, soviel sei gesagt. Er hat mir die neun Stöße beigebracht, ihre verschiedenen Kombinationen und wie man sie pariert. Er war ein geduldiger Mann« – sie unterstrich das Adjektiv mit einem vielsagenden Blick –, »und er hat es nicht als Schande betrachtet, eine Frau in seiner Kunst zu unterrichten.«

Don Jaime zog es vor, ihre Anspielung zu übergehen. »Was ist das größte Risiko bei einer Flankonade?« fragte er, indem er ihr fest in die Augen sah.

»Daß der Gegner eine Nachgebungsparade in die Sekond macht.«

»Und wie vermeidet man das?«

»Indem man den eigenen Stoß nach unten ausführt.

»Wie pariert man eine Flankonade?«

»Mit Sekond und tiefer Quart. Das sieht mir ja beinahe nach einer Prüfung aus.«

»Das ist eine Prüfung, Señora de Otero.«

Die beiden sahen sich schweigend an. Sie wirkten so erschöpft, als hätten sie wirklich die Klingen miteinander gekreuzt. Der Fechtmeister unterzog die junge Frau einer eingehenden Betrachtung, dabei fiel ihm zum erstenmal auf, daß ihr rechtes Handgelenk ungewöhnlich kräftig war, ohne deshalb seine weibliche Grazie einzubüßen. Der Ausdruck ihrer Augen, die Fechtbewegungen, die sie zur Veranschaulichung ihrer Worte ausgeführt hatte, sprachen für sich. Jaime Astarloa wußte von Berufs wegen, woran man einen guten Fechter erkannte, und verstand nicht, wie er sich von seinen Vorurteilen derart hatte blenden lassen können.

Natürlich war das alles bisher pure Theorie gewesen. Mit der Umsetzung in die Praxis konnte es noch einmal anders aussehen. Aber der alte Fechtmeister wußte nun, daß er nicht umhin kam, dieser Frage auf den Grund zu gehen. Touché. Dieses verteufelte Weib war dabei, das Unmögliche zu erreichen: in ihm, der seit dreißig Jahren in diesem Beruf tätig war, den Wunsch, ja das Bedürfnis zu wecken, eine Frau fechten zu sehen. Sie fechten zu sehen.

Adela de Otero sah ihn mit ernster Miene an, während sie auf seinen Urteilsspruch wartete. Don Jaime räusperte sich.

»Ich bin ehrlich überrascht.«

Die junge Frau erwiderte nichts, noch machte sie irgendeine Geste. Sie blieb gelassen sitzen, als habe sie gar nichts anderes erwartet.

Jaime Astarloa gab nach. »Ich erwarte Sie morgen nachmittag um fünf. Wenn die Probe zufriedenstellend ausfällt, vereinbaren wir Termine für den Stoß der zweihundert Escudos. Erscheinen Sie bitte...« Er deutete verlegen auf ihr Kleid. »Ich meine, ziehen Sie sich entsprechend an.«

Don Jaime hätte nun einen Freudenschrei erwartet, Händeklatschen oder sonst eine der vielen Reaktionen, mit denen Frauen ihre Begeisterung zum Ausdruck bringen, aber er wurde enttäuscht. Adela de Otero beschränkte sich darauf, ihn schweigend anzusehen, und bei dem rätselhaften Ausdruck, den ihr Gesicht dabei annahm, lief dem Fechtmeister eine Gänsehaut über den Rücken.

Die Flamme der Petroleumlampe begann zu flackern. Jaime Astarloa schraubte den Docht ein wenig höher, um mehr Licht zu haben, dann zeichnete er mit dem Bleistift einen Winkel von zirka fünfundsiebzig Grad auf ein Blatt. Das war der Spielraum, der dem Florett zur Verfügung stand. Er schrieb sich die Zahl auf und seufzte. Ein Quartbindungsangriff – vielleicht war das der richtige Weg. Und dann? Der Gegner würde mit einer Wechselparade reagieren, logisch. Würde er das wirklich? Nun gut, es gab genügend Möglichkeiten, ihn dazu zu zwingen. Danach mußte der Angreifer sofort wieder in Quartposition zurückgehen, vielleicht seinen Angriff wiederholen oder mit einer Bindungsfinte fortsetzen... Nein, das war zu simpel. Er legte den Bleistift auf den Tisch, ahmte mit der Hand die Florettbewegung nach und beobachtete dabei den Schatten an der Wand – sinnlos. Letztendlich lief es immer auf die klassischen Bewegungen hinaus, die der Gegner vorhersehen und abwehren konnte. Der perfekte Stoß war etwas anderes. Er mußte wie ein Blitz aus heiterem Himmel kommen, unvermittelt, schnell und unparierbar sein. Wie aber war das zu bewerkstelligen?

Matt schimmerten die goldenen Buchstaben auf den Rücken der Bücher in den Eichenregalen. Das Pendel der Wanduhr schwang hin und her, ihr Ticken war das einzige Geräusch im Zimmer, wenn Don Jaime nicht gerade mit dem Bleistift auf dem Papier kratzte. Er klopfte ein paarmal auf den Tisch, atmete tief durch und blickte zum offenen Fenster hinaus. Er konnte über die Dächer Madrids sehen, und er sah den Mond, dessen Sichel dünn wie ein silberner Faden war.

Ein Quartangriff kam also nicht in Frage. Don Jaime nahm erneut den Bleistift und zeichnete weitere Winkel aufs Blatt. Vielleicht, wenn man mit einer Kontraparade in die Terz fortfuhr, den Handrücken nach oben und das Gewicht auf die linke Hüfte verlagerte...

Das war freilich riskant, damit setzte sich der Angreifer der Gefahr aus, mitten ins Gesicht getroffen zu werden. Folglich mußte er den Kopf zurückwerfen und aus der Terz angreifen. Wann aber sollte er zustoßen? Natürlich genau in dem Moment, in dem der Gegner den Fuß hob, Ausfall aus der Terz oder Quart über den Arm hinweg. Jaime Astarloa trommelte entnervt auf dem Papier herum. Das führte alles zu nichts. Auf beide Angriffe gab es Riposten, die überall nachzulesen waren. Er malte weitere Winkel auf sein Blatt, schrieb Zahlen auf, sah Bücher und Notizen durch, die über seinen Tisch verteilt waren. Keine der Varianten gefiel ihm, keine schuf die geeignete Voraussetzung für seinen Stoß.

Er packte die Petroleumlampe und ging in den Fechtsaal. Dort stellte er die Lampe vor einem der Spiegel auf den Boden, zog seinen Morgenmantel aus und griff ein Florett. Das von unten kommende Licht warf gespenstische Schatten auf sein Gesicht, während er mit dem eigenen Spiegelbild focht. Kontraparade in die Terz. Lösen. Kontraparade. Lösen. Dreimal traf er mit dem Knopf seiner Florettspitze auf den Knopf der Florettspitze im Spiegel. Kontraparade. Lösen. Vielleicht eine Doppelfinte... Ja, aber was dann? Er biß wütend die Zähne zusammen. Es mußte einen Weg geben!

Von der Uhr des Postamts schlug es drei. Der Fechtmeister hielt inne und stieß geräuschvoll die Luft aus. Es war wie verhext. Nicht einmal Lucien de Montespan hatte es geschafft:

»Den perfekten Stoß gibt es nicht«, pflegte der zu sagen, »oder besser, es gibt viele davon. Jeder Stoß, der trifft, ist perfekt. Aber es gibt auch für jeden Stoß eine Parade. Theoretisch könnte sich ein Kampf zwischen zwei erfahrenen Fechtern bis in alle Ewigkeit hinziehen... Nur daß früher oder später das Schicksal, das bekanntlich keiner Regel gehorcht, dazwischentritt und das Spiel beendet, indem es einen der beiden Fechter etwas falsch machen läßt. Demnach kommt es beim Fechten einzig und alleine darauf an, sich zu konzentrieren und das Schicksal im Zaume zu halten, bis der Gegner als erster einen Fehler begeht. Alles übrige, meine Herren, ist Geschwätz.«

Jaime Astarloa hatte sich nie ganz überzeugen lassen. Er träumte noch heute von einem Meisterstreich, dem Astarloa-Stoß, seiner großen Entdeckung. Im Grunde hatte er sein ganzes Leben lang von dieser unvorhersehbaren und unparierbaren Bewegung geträumt, schon auf der Kadettenanstalt, als er sich auf seinen Eintritt ins Heer vorbereitet hatte.

Ja, das Heer. Wie anders hätte sein Leben im Heer verlaufen können! Als Waise eines im Unabhängigkeitskrieg gefallenen Helden war er früh ins Offizierskorps aufgenommen und direkt nach Madrid beordert worden, in die Königliche Garde, in der vor ihm schon Ramón María Narváez gedient hatte. Eine glänzende Karriere hatte dem Oberleutnant Astarloa bevorgestanden, hätte er sich nicht selbst die Zukunft verbaut. Denn da hatte es eine Spitzenmantilla gegeben, unter der zwei pechschwarze Augen funkelten, eine zarte weiße Hand, die anmutig den Fächer bewegte, und einen jungen, unsterblich verliebten Offizier. Und da war auch ein Dritter, wie es sich für diese Art von Geschichten gehört, ein Widersacher, der sich in den Weg stellte. Es kam, wie es kommen mußte: ein nebliger kalter Morgen, Säbelklirren, ein Stöhnen, und dann ein roter Fleck auf schweißgetränktem Hemd, der sich unaufhaltsam ausbreitete; ein blasser junger Mann, der wie betäubt auf die schreckliche Szene starrte, umringt von den ernsten Gesichtern seiner Kameraden, die ihm zur Flucht rieten. Später die Grenze, ein bleifarbener Abendhimmel und ein Zug, der durch die verregnete grüne Landschaft Richtung Nordosten ratterte; eine schäbige Pension an der Seine, eine unbekannte graue Stadt, genannt Paris.

Dort lernte Jaime Astarloa einen exilierten Landsmann mit

guten Beziehungen kennen, der ihn Lucien de Montespan – damals berühmtester Fechtmeister von Paris – als Schüler und Lehrling empfahl. Gerührt von der Geschichte des jungen Duellanten, der obendrein außergewöhnliches Fechttalent bewies, nahm ihn Monsieur de Montespan in seine Dienste. Zunächst bestand Jaime Astarloas Arbeit nur darin, den Kunden Handtücher zu reichen, die Waffen in Ordnung zu halten sowie kleine Besorgungen zu erledigen, die der Meister ihm auftrug. Je mehr Fortschritte er im Fechten machte, desto verantwortungsvoller wurden die Aufgaben, und als Montespan zwei Jahre später nach Österreich und Italien reiste, durfte er mitfahren. Jaime Astarloa war vierundzwanzig Jahre alt, er sah Wien, Mailand, Neapel und vor allem Rom, wo Meister und Schüler über einen längeren Zeitraum hinweg im vornehmsten Salon verkehrten. Der Ruf Montespans hatte sich in der Tiberstadt schnell verbreitet. Sein klassisch nüchterner Stil, der die alte französische Fechtschule in Reinform widerspiegelte, war etwas anderes als die beinahe schon chaotische Phantasie und Bewegungsfreiheit der italienischen Meister. Was Jaime Astarloa betraf, so hatte er sich im Umgang mit der römischen Gesellschaft bald zu einem formvollendeten Kavalier und, dank seines Lehrers und seiner natürlichen Begabung, auch zu einem exzellenten Fechter entwickelt. Monsieur de Montespan behandelte ihn mittlerweile wie einen Freund und vertraute ihm die Schüler niedrigeren Ranges an oder jene, die erst die Grundlagen des Fechtens erlernen mußten, bevor sich der illustre Meister persönlich ihrer annahm.

In Rom verliebte sich Jaime Astarloa zum zweitenmal, und dort trug er auch sein zweites Duell aus, nur daß die beiden Dinge diesmal nichts miteinander zu tun hatten. Die Liebe war kurz und leidenschaftlich gewesen, ein Strohfeuer, das von selbst wieder erloschen war. Was das Duell betraf, so wurde es nach den strengsten Regeln des Ehrenkodex ausgetragen. Sein Gegner war ein römischer Aristokrat, der in aller Öffentlichkeit das berufliche Können Lucien de Montespans angezweifelt hatte. Noch bevor der alte Meister seine Sekundanten losschicken konnte, hatte der junge Astarloa den Ehrverletzer, einen gewissen Leonardo Capoferrato, bereits herausgefordert. Die Angelegenheit wurde in einem Pinienwald am Rande der Stadt bereinigt, mit dem Florett und unter strikter Einhaltung der Form. Capoferrato, der als gefürchteter Fechter galt, mußte nach dem Gefecht zugeben, daß – wiewohl er hinsichtlich der Fähigkeiten Monsieur de Montespans gewisse Zweifel geäußert hatte – dessen Gehilfe und Schüler, Signore Astarloa, hinreichend in der Lage gewesen sei, ihm zwei Zoll Stahl in den Brustkorb zu bohren und dabei seine Lunge ernsthaft, wenn auch nicht lebensgefährlich zu verletzen.

So vergingen drei Jahre, an die sich Jaime Astarloa stets mit großem Vergnügen erinnerte. Aber im Winter 1839 stellte Montespan die ersten Anzeichen einer Krankheit fest, die ihn wenige Jahre später ins Grab bringen sollte. Er beschloß, in die Heimat zurückzukehren, und Jaime Astarloa, der seinen Mentor nicht im Stich lassen wollte, begleitete ihn. In Paris angekommen, war es der Meister selbst, der seinem Schützling riet, sich selbständig zu machen, und ihm versprach, seine Aufnahme in die geschlossene Gesellschaft der Fechtlehrer zu erwirken. Man ließ eine gewisse Anstandsfrist verstreichen, dann meldete sich Jaime Astarloa mit knapp siebenundzwanzig Jahren zum Examen der Pariser Fechtakademie, bestand es glänzend und erhielt daraufhin ein Diplom, das ihn befähigte, den erwählten Beruf fortan frei auszuüben. Auf diese Weise wurde er zu einem der jüngsten Fechtmeister Europas. In seinem Fechtsaal hing das alte Wappen vom Stammsitz der Astarloas: ein silberner Amboß auf grünem Grund und darunter die Devise »Hier bin ich!«. Er war Spanier, hatte einen klangvollen edlen Namen und durfte daher ohne weiteres ein Wappen zur Schau stellen. Außerdem war er ein verteufelt guter Fechter. Mit diesen Vorzügen war einem jungen Lehrer in der damaligen Zeit der Erfolg sicher.

Don Jaime sammelte Geld und Erfahrungen. Ständig auf der Suche nach dem genialen Streich, gelang es ihm in jenen Jahren auch, einen Stoß zu erfinden, dessen Geheimnis er lange eifersüchtig hütete, dann jedoch auf Drängen seiner Freunde und Kunden in das Repertoire der Meisterstöße aufnahm, die er seinen Schülern beibrachte. Der Stoß der zweihundert Escudos, wie man ihn bald nannte, war sehr begehrt, vor allem bei Vertretern der vornehmen Gesellschaft, die diese Summe mit größtem Vergnügen bezahlten, wenn ihnen ein Duell bevorstand.

Natürlich hielt Jaime Astarloa während der Pariser Jahre die Freundschaft mit seinem ehemaligen Lehrer aufrecht. Er besuchte ihn oft, und in der ersten Zeit fochten sie noch miteinander, obwohl der Alte bereits schwer von der Krankheit gezeichnet war. Aber es kam der Tag, an dem Don Jaime sechsmal hintereinander Lucien de Montespan traf, ohne daß der auch nur seinen Brustschutz gestreift hätte. Beim sechsten Treffer blieb Jaime Astarloa stehen, warf sein Florett zu Boden und murmelte beschämt eine Entschuldigung. Der alte Lehrer lächelte nur traurig.

»Jetzt sind wir soweit«, sagte er. »Der Schüler hat den Meister übertroffen. Es gibt nichts mehr, was ich dir noch beibringen könnte. Glück auf, mein Sohn.«

Die Episode wurde von keinem der beiden je wieder erwähnt, aber es sollte das letzte Mal gewesen sein, daß sie die Klingen kreuzten. Wenige Monate später empfing Montespan den jungen Mann am Kamin sitzend, eine dicke Wolldecke lag über seinen Beinen. Das Laudanum, das er gegen seine Schmerzen einnahm, hatte kaum noch Wirkung, und er fühlte den Tod stündlich näher rücken. Zwei Tage zuvor hatte er seine Fechtschule geschlossen und sämtliche Kunden an Jaime Astarloa weiterempfohlen, der – wie ihm zu Ohren gekommen war – einem neuen Duell entgegensah. Bei seinem Gegner handelte es sich um einen gewissen Jean de Rolandi, der sich als Fechtlehrer betätigte, ohne das Diplom der Akademie zu besitzen. Wer so etwas wagte, zog natürlich den Groll der rechtmäßigen Fechtmeister auf sich und brachte sich in eine gefährliche Lage. So war es auch jetzt. Die Akademie hatte beschlossen, energisch gegen den Frevler vorzugehen; sie kannte in solchen Fällen kein Pardon. Hier galt es, die Ehre der Korporation zu verteidigen, und die Wahl war auf das jüngste ihrer Mitglieder gefallen: Jaime Astarloa.

Der Meister und sein ehemaliger Schüler unterhielten sich lange über das Thema. Montespan hatte wertvolle Auskünfte über Rolandi einholen können und klärte Jaime Astarloa über die Gewohnheiten seines Widersachers auf. Er war ein guter, wenn auch kein hervorragender Fechter, krankte jedoch an einigen technischen Mängeln, die gegen ihn verwendet werden konnten. Daß er Linkshänder war, stellte für seine Gegner ein gewisses Risiko dar, wenn sie es – wie Jaime Astarloa – gewöhnt waren, gegen Rechtshänder zu fechten. Aber Montespan zweifelte keinen Augenblick daran, daß der junge Mann als Sieger aus dem Gefecht hervorgehen würde.

»Halte dir immer vor Augen, mein Sohn, daß Linkshänder Schwierigkeiten mit Tempoaktionen und mit Flankonaden haben, und zwar, weil sie keine direkten Riposten setzen können. Was deine Paraden betrifft, so denk immer daran, sie weit nach außen zu setzen. Verstanden?«

»Verstanden, Maestro.«

»Denk auch daran, daß Rolandi als Linkshänder in seiner

Deckung ungenau ist. Anfänglich hält er die Faust zwei bis drei Zoll höher als sein Gegner, aber in der Hitze des Gefechts läßt er sie wieder sinken. Und das ist der Moment, in dem du eine Tempoaktion durchführen mußt.«

»Ich habe gehört, er pariere gut in enger Mensur.«

Montespan schüttelte den Kopf. »Unsinn. Wer so etwas behauptet, ist schlechter als Rolandi. Und schlechter als du. Erzähle mir bloß nicht, du hättest Angst vor diesem Schaumschläger!«

Der junge Mann errötete allein bei der Vorstellung. »Sie haben mir beigebracht, meine Gegner nie zu unterschätzen.«

Der Alte lächelte matt. »Ganz richtig. Aber ich habe dir auch beigebracht, sie nie zu überschätzen. Rolandi ist Linkshänder, weiter nichts. Das stellt einerseits ein Risiko für dich dar, andererseits aber auch einen Vorteil, den du ausnutzen mußt. Diesem Menschen fehlt es an Präzision. Das Wichtigste ist, daß du eine Tempoaktion ausführst, sobald du merkst, daß er die Faust sinken läßt oder den Fuß anhebt – ganz egal, welche Bewegung er damit einleiten will, eine Parade, eine Finte, einen Rückzug... Hauptsache, du kommst seiner Bewegung zuvor. Mit ein klein wenig Geistesgegenwart hast du ihn über seinen Arm hinweg getroffen, bevor er seine Bewegung zu Ende geführt hat. Und das einfach deshalb, weil du mit einer einzigen Bewegung auskommst, während er zwei benötigen würde, um dich zu treffen.«

»Es wird schon klappen, Maestro.«

»Daran zweifle ich nicht im geringsten«, erwiderte der Alte zufrieden. »Du bist der beste Schüler, den ich je hatte. Du bewahrst einen kühlen Kopf und bleibst gelassen, auch mit einem Säbel oder Florett in der Hand. Ich bin felsenfest überzeugt davon, daß du in diesem Duell deinem und meinem Namen Ehre machen wirst. Beschränke dich auf geradlinige, simple Stöße, einfache Kreis- und Halbkreisparaden, vor allem wenn du eine Kontra- oder Doppelkontraparade machst. Und scheue dich nicht, bei den Paraden, die du für nötig hältst, auch die linke Hand zu Hilfe zu nehmen. Die Modefechter, diese Lackaffen, raten davon ab, sie finden, das wirke plump. Aber in Duellen, in denen man sein Leben riskiert, ist alles erlaubt, was der Verteidigung dient – vorausgesetzt, es verstößt nicht gegen die Regeln der Ehre.«

Der Kampf fand drei Tage später im Wald von Vincennes statt, zwischen dem Fort und Nogent. Die Sache war inzwischen publik geworden, ja, sie hatte sich in ein gesellschaftliches Ereignis ersten Ranges verwandelt, von dem sogar die Zeitungen berichteten. Eine große Menge Schaulustiger war herbeigeströmt, und die eigens hierfür abkommandierten Ordnungshüter hatten alle Hände voll zu tun. Offiziell waren Duelle zwar verboten, aber da es hier um den Ruf der Französischen Fechtakademie ging, hatten die Behörden beschlossen, die Dinge ihren Lauf nehmen zu lassen. Von verschiedenen Seiten war zunächst bemängelt worden, daß man ausgerechnet einen Spanier für die ehrenvolle Aufgabe ausgewählt hatte. Andererseits lebte Jaime Astarloa seit Jahren in Frankreich, war ein Meister der Pariser Akademie und obendrein Schüler des berühmten Lucien de Montespan: drei schlagende Argumente, die zum Schluß alle überzeugt hatten. Unter den Zuschauern und Sekundanten, letztere schwarz gekleidet und mit feierlicher Miene, befanden sich sämtliche Fechtmeister von ganz Paris sowie der eine oder andere aus der Provinz. Nur der alte Montespan fehlte, da seine Ärzte ihm ausdrücklich davon abgeraten hatten, das Haus zu verlassen.

Rolandi ging auf die Vierzig zu – ein schmächtiges, dunkelhäutiges Männchen mit lebhaften, kleinen Augen und schütterem Kraushaar. Er wußte, daß das Publikum gegen ihn war, und hätte sich am liebsten verkrochen, aber er war dermaßen kompromittiert, daß ihm gar nichts anderes übrigblieb, als sich zu schlagen, wenn er sich nicht dem Spott halb Europas aussetzen wollte. Bereits dreimal hatte man ihm den Titel eines Fechtmeisters verweigert, und das, obwohl er ein gewandter Säbel- und Florettfechter war. Er stammte aus Italien, war vormals Kavalleriesoldat gewesen und gab nun in einer verlotterten Bude Fechtunterricht, um seine Familie – Frau und vier Kinder – durchzubringen. Während der Vorbereitung zum Gefecht schielte er nervös nach Jaime Astarloa, der sich auf Distanz hielt und völlig ruhig wirkte. Astarloa trug eine enganliegende schwarze Hose und ein weites weißes Hemd, das seine Schlankheit noch betonte. »Der junge Don Quijote«, so war er von einer der vielen Zeitungen genannt worden, die sich mit dem Fall beschäftigten. Er stand auf dem Gipfel seiner beruflichen Laufbahn und wußte, daß er die verschworene Gesellschaft der Meister der Akademie hinter sich hatte. Die finster dreinblickenden, schwarz gekleideten Gestalten mit Orden, Stock und Zylinder bildeten, wenige Meter von ihm entfernt, eine Gruppe für sich.

Wer einen Titanenkampf erwartet hatte, wurde enttäuscht. Gleich zu Beginn des Gefechts senkte Rolandi im Verlauf einer Finte die Faust um zwei Zoll und gab sich damit eine Blöße, die Jaime Astarloa nicht entging. Mit einem heftigen Tempostoß griff er ihn an. Sein Florett glitt sauber am Arm des Gegners entlang und bohrte sich, ohne den geringsten Widerstand, in die Achselhöhle Rolandis. Der Unglückliche stürzte, die Waffe mit sich reißend, rücklings ins Gras, und als er sich zur Seite wälzte, starrte die blutige Florettklinge eine Spanne lang aus seinem Rücken. Der anwesende Arzt konnte nichts tun, um sein Leben zu retten. Vom Boden herauf warf Rolandi, der immer noch aufgespießt war, seinem Matador einen trüben Blick zu, dann brach ein Schwall Blut aus seinem Mund, und er verschied.

Als der alte Montespan die Nachricht erhielt, murmelte er nur »bien«, ohne die Augen vom Kaminfeuer zu wenden. Zwei Tage später starb er, und sein Schüler, dem geraten worden war, Paris zu meiden, bis sich die Wogen um das spektakuläre Ereignis geglättet hatten, sollte ihn nicht lebend wiedersehen.

Jaime Astarloa wurde nach seiner Rückkehr von Freunden über das Ableben des alten Meisters in Kenntnis gesetzt. Er hörte ihnen schweigend zu, verriet durch nichts seine Trauer und verließ danach das Haus zu einem ausgedehnten Spaziergang entlang der Seine. In Höhe des Louvre blieb er stehen, starrte reglos in die graue Brühe, die stromabwärts trieb, bis er jedes Zeitgefühl verloren hatte. Es war Nacht, als er den Heimweg antrat. Am darauffolgenden Morgen erfuhr er, daß Montespan ihm per Testament das einzige vermacht hatte, was er besaß: seine alten Waffen. Er kaufte ein Blumensträußchen und fuhr in einer Droschke zum Friedhof von Père Lachaise. Dort legte er die Blumen und das Florett, mit dem er Rolandi getötet hatte, auf dem nüchternen grauen Grabstein nieder, unter dem sein Meister ruhte. – Ja, so war es gewesen, und all dies lag mittlerweile fast dreißig Jahre zurück.

Jaime Astarloa betrachtete sich in einem Spiegel des Fechtsaals. Montespan war neunundfünfzig gewesen, als er starb, nur drei Jahre älter als er jetzt: Ein am Kamin kauernder Greis, so hatte er ihn in Erinnerung behalten. Don Jaime fuhr sich mit der Hand durch das weiße Haar. Es gab nichts in seinem Leben, was er bereut hätte. Er hatte geliebt, und er hatte getötet, aber er hatte nie etwas getan, das mit seiner Selbstachtung unvereinbar gewesen wäre. Nur eines tat ihm leid: niemanden zu haben, dem er, wie Lucien de Montespan, seine Waffen vererben konnte. Ohne einen Arm, der ihnen Leben verlieh, waren sie nutzlose Gegenstände. Wer wußte, wo sie eines Tages landen würden? Wahrscheinlich im hintersten Winkel eines Trödelladens, verstaubt und verrostet, für immer zum Schweigen verdammt, tot wie ihr einstiger Besitzer. Und keiner würde ein Florett auf sein Grab legen. Er dachte an Adela de Otero und verspürte einen schmerzlichen Stich in der Brust. Zu spät war diese Frau in sein Leben getreten. Mehr als ein paar freundliche Worte würde sie seinen welken Lippen nicht entlocken.

III. Der Cavationsfintangriff

> Einen Cavationsfintangriff können nur sehr geübte Fechter
> durchführen, da es – wie bei jedem anderen riskanten Angriff –
> darauf ankommt, den Gegner gut einzuschätzen, um im
> entscheidenden Moment mit einer Tempoaktion anzugreifen.

Don Jaime Astarloa lief immer wieder zum Spiegel. Eigentlich
konnte er sich nicht beklagen: Der Beruf hielt ihn schlank und
beweglich, und aus der Ferne hätte man ihn ohne weiteres
für einen jungen Mann halten können. Er hatte sich sorgfältig
rasiert, dazu wie immer sein altes englisches Messer mit dem
Elfenbeingriff benutzt und das graue Menjoubärtchen noch
penibler als sonst mit der Schere gestutzt. Das weiße Haar,
das sich im Nacken und an den Schläfen leicht kräuselte, war
säuberlich nach hinten gekämmt, der Scheitel, den er ziemlich
hoch und links trug, wirkte wie mit dem Lineal gezogen.

Er war aufgeräumter Stimmung, ja, er freute sich wie ein
junger Kadett, der in seiner neuen Uniform zum erstenmal zu
einer Verabredung geht – ein fast schon vergessenes Gefühl,
das ihn richtig aufbaute. Er griff nach seiner einzigen Flasche
Kölnischwasser, schüttete sich ein paar von den feinen Duft-
tropfen in die Hände und tätschelte sich damit die Wangen.
Dann bildeten sich viele kleine Fältchen um seine grauen Augen, er lächelte verschmitzt.

Nicht daß er irgendwelche Hintergedanken gehegt hätte.
Jaime Astarloa war viel zu vernünftig, um sich albernen
Wunschträumen hinzugeben, aber er erwartete die bevor-

stehende Begegnung doch mit großer Spannung. Daß er zum erstenmal in seinem Leben eine Frau als Schülerin haben würde und daß es sich bei dieser Frau ausgerechnet um Adela de Otero handelte, verlieh der Sache einen Reiz, den er – ohne recht zu wissen, warum – als ästhetisch bezeichnete. Die anfänglichen Hemmungen waren überwunden, seine Vorurteile in eine Ecke verdrängt, aus der sie nur noch schwachen Protest anmelden konnten, und die peinliche Vorstellung, einer Dame Fechtunterricht geben zu müssen, war dem angenehmen Gefühl gewichen, daß sich endlich wieder etwas in seinem Leben tat. Der Fechtmeister sah einem kleinen Abenteuer entgegen, einem harmlosen Spätsommervergnügen und wiederentdeckten Gefühlen, von denen freilich niemand außer ihm selbst etwas mitbekommen sollte.

Um Viertel vor fünf machte er einen letzten Rundgang durch die Wohnung. In seinem Arbeitszimmer, das auch als Empfangssalon diente, war alles in Ordnung. Die Portiersfrau, die dreimal wöchentlich putzen kam, hatte sorgfältig die Spiegel des Fechtsaals poliert. Hier schufen dicke Vorhänge und angelehnte Fensterläden, durch die gedämpftes Sonnenlicht drang, eine angenehm schattige Atmosphäre.

Um zehn Minuten vor fünf prüfte er mit einem letzten Blick in den Spiegel den Sitz der enganliegenden Fechthose, den Faltenwurf des Hemdes, die Sauberkeit seiner Strümpfe und der Schuhe aus weichem, biegsamem Leder – alles in makellosem Weiß. Zur Feier des Tages hatte er außerdem einen leichten Rock aus dunkelblauem englischen Tuch angezogen – etwas abgetragen und altmodisch, aber sehr bequem –, der ihm, wie er wußte, einen Hauch lässiger Eleganz verlieh. Um den Hals trug er einen weißen Foulard.

Als die kleine Pendeluhr an der Wand fünf schlug, setzte sich Don Jaime auf das Sofa in seinem Arbeitszimmer, schlug die Beine übereinander und öffnete zerstreut ein Buch, das auf dem kleinen Tisch neben ihm lag, eine abgegriffene Quartausgabe des »Memorial von St. Helena«. Ohne zu lesen, blätterte er zwei, drei Seiten um und sah erneut auf die Uhr: Es war sieben nach fünf. Weibliche Unpünktlichkeit, dachte er, dann kam ihm der Gedanke, sie könne es sich noch einmal anders überlegt haben. Er begann schon unruhig zu werden, als es an der Tür klopfte.

Zwei veilchenblaue Augen sahen ihn munter und ironisch zugleich an. »Guten Tag, Maestro.«

»Guten Tag, Señora de Otero.«

Sie drehte sich nach ihrer Begleiterin um, die auf dem Treppenabsatz wartete. Don Jaime erkannte das dunkelhaarige Dienstmädchen, das ihm neulich in der Calle Riaño die Tür geöffnet hatte.

»Du kannst gehen, Lucía. Hol mich in einer Stunde wieder ab.«

Das Mädchen reichte ihr eine kleine Reisetasche, dann machte es einen Knicks und stieg die Treppe hinunter. Adela de Otero entfernte die Nadel, mit der sie ihren Hut auf dem Haar befestigt hatte, und ließ sich Hut und Sonnenschirm von Don Jaime abnehmen. Danach machte sie ein paar Schritte durch sein Arbeitszimmer und blieb wieder vor dem Porträt an der Wand stehen.

»Schöner Mann«, sagte sie auch heute.

Der Fechtmeister hatte lange darüber nachgedacht, wie er die junge Dame empfangen sollte, und sich schließlich für ein strikt förmliches Verhalten entschieden. So gab er Adela de Otero mit einem Räuspern zu verstehen, daß sie nicht hier war, um die Gesichtszüge seiner Vorfahren zu deuten, und forderte sie mit einer höflichen Geste auf, ihm in den Fechtsaal zu folgen. Sie sah ihn einen Moment lang an, verwundert und belustigt zugleich, dann nickte sie wie eine folgsame Schülerin. Auch heute stand auf ihren Lippen das von der kleinen Narbe hervorgerufene rätselhafte Lächeln, das Don Jaime so in Verlegenheit gebracht hatte.

Im Fechtsaal angekommen, zog der Meister einen der Vorhänge zurück. Ein Schwall Sonnenlicht flutete herein, brach sich in den großen Spiegeln und umgab die junge Frau mit einem goldenen Hof. Sie sah sich um und schien sichtlich entzückt von der Atmosphäre des Raumes. Dem Meister entging nicht, daß auf ihrem Musselinkleid in Höhe der Brust ein violetter Stein funkelte. Wie das Veilchensträußchen von gestern betonte er ihre schönen Augen, deren Wirkung sie bestens zu kennen schien.

»Phantastisch«, sagte sie bewundernd, und das klang ehrlich.

Don Jaimes Blick schweifte gleichgültig über die alten Säbel an der Wand, über die hölzerne Planche und die Spiegel. »Das ist ein ganz gewöhnlicher Fechtboden«, erwiderte er schulterzuckend, aber insgeheim fühlte er sich geschmeichelt.

Adela de Otero schüttelte den Kopf, während sie sich nachdenklich in einem der Spiegel betrachtete. »Nein, das ist mehr als ein gewöhnlicher Fechtboden. Mit diesem Licht, der schönen Waffensammlung, den alten Vorhängen...« Ihr Blick ruhte in dem des Fechtmeisters. Zu lange, als daß er ihm hätte standhalten können. »Es muß ein Vergnügen sein, hier zu arbeiten, Don Jaime. Das ist alles so herrlich...«

»Unmodern?«

Sie kräuselte mißbilligend die Lippen. »Nein, das meine ich nicht«, entgegnete sie. »Es ist alles so...« Sie suchte nach dem richtigen Begriff. »Altmodisch!« sagte sie endlich und wiederholte das Wort noch einmal, als wolle sie es richtig auskosten. »Altmodisch im positiven Sinne – wie eine Blume, die in der Vase verwelkt; wie ein schöner alter Stich. Dieser Fechtsaal entspricht genau der Vorstellung, die ich mir von ihm gemacht habe, als ich Sie kennenlernte.«

Jaime Astarloa trat nervös von einem Bein aufs andere. Die Nähe der jungen Frau, ihr fast schon unverschämtes Selbstbewußtsein, die Vitalität, die von ihrem attraktiven Körper ausging, all das rief eine seltsame Verwirrung in ihm hervor. Er lenkte die Unterhaltung auf das Thema, das sie zusammengeführt hatte, und fragte, ob sie überhaupt entsprechende Kleidung dabeihabe.

Adela de Otero deutete auf ihre kleine Reisetasche. »Wo kann ich mich umziehen?«

Der Fechtmeister bildete sich ein, einen verführerischen Unterton in ihrer Stimme wahrzunehmen, verwarf diesen Gedanken jedoch sofort und ärgerte sich über sich selbst. Steigerte er sich nicht zu sehr in ein Spiel hinein? Jedenfalls nahm er sich noch einmal fest vor, senile Wunschträume im Keim zu ersticken. So ernst wie möglich zeigte er der jungen Frau die Tür zu einem kleinen Umkleideraum und schien dann plötzlich sehr daran interessiert, die Stabilität des Fechtpodiums zu prüfen, denn er bückte sich nach einer der Holzplanken, um sie eingehend zu untersuchen. Als Adela de Otero mit ihrer Reisetasche an ihm vorbeiging, schielte er kurz zu ihr hinauf und glaubte ein feines Lächeln wahrzunehmen, zwang sich jedoch augenblicklich, diesen Eindruck auf die Narbe in ihrem Mundwinkel zu schieben.

Sie verschwand in dem kleinen Zimmer, schloß die Tür jedoch nicht ganz, lehnte sie nur an, so daß ein knapp zwei Finger breiter Spalt blieb. Don Jaime schluckte, der winzige Spalt zog seine Augen an wie ein Magnet. Er zwang sich, etwas anderes zu betrachten, die eigenen Schuhspitzen. Dann hörte er Unterröcke rascheln und stellte sich eine Sekunde lang ihre gebräunte Haut in der dämmrigen, heißen Kammer vor, erschrak über sich selbst und verdrängte dieses Bild sofort wieder.

O Gott, stöhnte er innerlich, ohne recht zu wissen, an wen

oder was er eigentlich appellierte. Du hast es mit einer Dame zu tun!

Er trat an eines der Fenster, hob das Gesicht und ließ sich von der Sonne bescheinen, bis alles andere vergessen war.

Adela de Otero hatte ihr Musselinkleid gegen einen schlichten braunen Reitrock eingetauscht. Er war kurz genug, um sie nicht am Gehen zu hindern, aber doch so lang, daß gerade zwei Zentimeter Knöchel zum Vorschein kamen. Sie trug weiße Strümpfe und absatzlose Fechtschuhe, in denen sie sich anmutig bewegte. Eine ebenfalls weiße, im Rücken geknöpfte Baumwollbluse mit züchtigem Halsausschnitt vervollständigte die Kleidung. Die Bluse war schmucklos wie der Rock und lag nicht übertrieben eng an, wenn auch so eng, daß ihre Körperformen sich darunter abzeichneten – beunruhigend runde Körperformen, wie es Don Jaime schien. Er beobachtete noch einmal ihren Gang: Die flachen Schuhe gaben ihm etwas Entschlossenes, Maskulines, das dem Fechtmeister schon früher an der jungen Frau aufgefallen war, gleichzeitig aber auch etwas unglaublich Geschmeidiges, das viel von einer Katze hatte. Ja, Adela de Otero bewegte sich in diesen Schuhen wie eine Katze.

Die veilchenblauen Augen sahen ihn erwartungsvoll an. Sie schien sehr gespannt zu sein, wie sie ihm gefiel, aber Don Jaime bemühte sich, seine unergründliche Miene beizubehalten.

»Welche Art Florett ziehen Sie vor?« fragte er und mußte die Augen zusammenkneifen, so hell war das Licht, das ihren Körper umfloß. »Mit französischem, spanischem oder italienischem Griff?«

»Mit französischem. Mir ist es am liebsten, wenn ich die Finger frei bewegen kann.«

Der Fechtmeister stimmte ihr mit einem zufriedenen Kopfnicken zu, denn auch er zog das Florett mit französischem Griff vor, das nur eine Glocke, jedoch keine besondere Halterung für die Finger besaß. Er ging zu einer der Waffensammlungen an der Wand, ließ den Blick über die verschiedenen Florette wandern, wobei er im Geiste Körpergröße und Armlänge der jungen Frau überschlug, und wählte schließlich eines davon aus, ein wunderschönes Stück mit Toledo-Klinge, elastisch wie ein Weidenstock. Adela de Otero nahm die Waffe entgegen, studierte sie eingehend, umschloß mit der rechten Hand den Griff, prüfte Gewicht und Biegsamkeit der Klinge, indem sie die Florettspitze gegen die Wand richtete und sich dagegen stemmte, bis sich die Spitze auf etwa zwanzig Zoll der Glocke genähert hatte. Der Stahl war von ausgezeichneter Qualität, und das wußte Adela de Otero offensichtlich zu schätzen, denn sie warf Don Jaime einen bewundernden Blick zu, während ihre Finger beinahe zärtlich über die kalte Klinge glitten.

Jaime Astarloa reichte ihr einen wattierten Brustschutz und half ihr, die Haken im Rücken zu schließen. Dabei kamen seine Fingerspitzen unwillkürlich mit der dünnen Bluse in Berührung, die einen zarten Duft nach Rosenwasser verströmte. Beinahe überstürzt schloß er die letzten Haken über ihrem schönen Hals, der sich nach vorn bog, mit schimmernder Haut, warm, nackt und verwirrend unter dem zusammengefaßten Haar. Als der Fechtmeister fertig war, mußte er feststellen, daß seine Finger zitterten. Um die peinliche Situation zu überspielen und seine Hände zu beschäftigen, knöpfte er rasch seinen Rock auf und begann etwas vom Nutzen des Brustschutzes bei Gefechten daherzufaseln. Adela de Otero, die gerade ihre Handschuhe überzog, sah ihn verwundert an: So gesprächig hatte sie ihn bislang noch nicht erlebt.

»Und Sie benutzen keinen Brustschutz, Maestro?«

Jaime Astarloa berührte das Bärtchen auf seiner Oberlippe.

»So gut wie nie«, erwiderte er, legte Rock und Foulard auf einen Stuhl und holte sich dann selbst ein Florett mit französischem Griff von der Wand.

Mit der Waffe unterm Arm stellte er sich Adela de Otero gegenüber auf die Planche. Die junge Frau war bereits in Grundstellung: Sie hatte die Florettspitze auf den Boden gestützt, ihre Füße standen Ferse an Ferse in rechtem Winkel zueinander, ihr Oberkörper war aufrecht – eine tadellose Haltung also, an der Don Jaime beim besten Willen nichts auszusetzen fand. Er nickte kurz, zog sich ebenfalls die Handschuhe an und deutete dann auf die Fechtmasken, die in einem Wandregal aneinandergereiht waren. Adela de Otero schüttelte ablehnend den Kopf.

»Ich glaube, es ist besser, Sie schützen Ihr Gesicht, Señora de Otero. Sie wissen ja, beim Fechten...«

»Später vielleicht.«

»Wollen Sie dieses unnötige Risiko wirklich eingehen?« fragte Don Jaime, verblüfft von der Kaltblütigkeit seiner neuen Schülerin. Sie mußte doch wissen, daß ein danebengegangener Treffer ihr Gesicht für immer entstellen konnte. Adela de Otero schien seine Gedanken zu lesen; sie lächelte, zumindest rief die kleine Narbe diesen Eindruck hervor.

»Ich verlasse mich auf Ihr Können, Maestro.«

»Ihr Vertrauen ehrt mich, gnädige Frau. Trotzdem wäre es mir lieber...«

In die goldgesprenkelten Augen der jungen Frau trat ein seltsames Leuchten. »Lassen Sie uns das erste Gefecht ohne Masken austragen.« Der zusätzliche Risikofaktor schien die Sache für sie besonders reizvoll zu machen. »Nur diesmal, ich verspreche es Ihnen.«

Der Fechtmeister kam aus dem Staunen nicht heraus. Diese junge Dame war stur wie ein Bock. Und obendrein stolz. »Ich lehne jede Verantwortung ab, Señora. Es täte mir leid...«

»Bitte.«

Don Jaime seufzte. Das erste Scharmützel war verloren. Höchste Zeit, zum Fechten überzugehen. »Dann los!«

Sie grüßten sich und machten sich zum Assaut bereit. Adela de Otero nahm eine völlig korrekte Fechtstellung ein. Ihre Hand hatte das Florett fest im Griff, ohne verkrampft zu wirken, die Glocke befand sich in Höhe ihrer Brust, die Spitze zeigte auf die Schulter des Gegners, dem sie nur das rechte Profil bot, wie es die italienische Schule vorschrieb. Florett, Arm, Schulter, Hüfte und rechter Fuß bildeten, von vorn betrachtet, eine einzige Linie. Die Knie waren leicht gebeugt, der linke Arm erhoben und die Hand scheinbar lässig eingeknickt. Don Jaime war hingerissen von dem schönen Bild, das sie abgab. Wie ein Raubtier lag sie auf der Lauer, die Zähne zusammengebissen, die Augen zu einem schmalen Spalt geschlossen, aus dem es Funken sprühte. Ihre vollen Lippen waren zu einem dünnen Strich zusammengepreßt, ihr ganzer Körper war gespannt wie ein Bogen.

Der alte Fechtmeister, der dies alles mit einem einzigen Blick erfaßte, gelangte zu der bestürzenden Einsicht, daß es Adela de Otero hier um sehr viel mehr ging als um einen bloßen Zeitvertreib oder eine exzentrische Grille. Es hatte genügt, der jungen Frau eine Waffe in die Hand zu geben, um sie in eine aggressive Gegnerin zu verwandeln. Jaime Astarloa, der es gewöhnt war, an solchen Dingen das Wesen eines Menschen zu erkennen, begann zu ahnen, daß dieses rätselhafte Geschöpf ein schreckliches Geheimnis hütete. Als er nun seinerseits das Florett ausstreckte und in Fechtstellung ging, tat er dies mit einer Besonnenheit und Umsicht, wie er sie sonst nur in Duellen mit scharfer Klinge walten ließ. Er spürte, daß irgendwo eine Gefahr lauerte, daß dieses Spiel alles andere als harmlos war, und sein beruflicher Instinkt hatte ihn noch nie getrogen.

Schon beim ersten Klingenkontakt merkte er, daß Adela de Otero das Fechten bei einem exzellenten Meister gelernt haben mußte. Zunächst versuchte er, mit ein paar Finten ihre Reaktionen zu prüfen. Die junge Frau wehrte sie gelassen ab, hielt sich vorsichtig auf Distanz und deckte sich, wie es sich gehört, wenn man es mit einem kampferfahrenen Gegner zu tun hat. Die tadellose Beinarbeit der jungen Frau, die entschlossene Art, mit der sie die Klinge führte, und ihre perfekte Haltung ließen nicht den geringsten Zweifel daran, daß sie eine hervorragende Kämpferin war. Sie focht mit einer seltsamen Mischung aus Aggressivität und Ruhe, jederzeit bereit, gegen ihren Widersacher auszufallen, aber doch kaltblütig genug, um ihn nicht zu unterschätzen, und das, obwohl Jaime Astarloa ihr laufend Blößen offerierte, um sie zu einem Stoß zu verlocken. Adela de Otero hielt sich vorsichtig in Quart, achtete darauf, sich stets mit dem unteren Drittel der Klinge zu verteidigen, und wich geschickt zurück, wenn der Meister seine Taktik änderte und sie in die Enge treiben wollte. Wie alle erfahrenen Fechter sah sie nicht auf ihr Florett, sondern dem Gegner in die Augen.

Um sie einer weiteren Probe zu unterziehen, führte Don Jaime nun einen angetäuschten Terzstoß nach ihr aus, aber die junge Frau erkannte die Finte, auf die gewöhnlich eine Quartparade folgt, und ließ sich nicht von ihm irreführen. Zu seiner großen Überraschung rührte sie sich nicht vom Fleck, und eine Sekunde später sah der Meister ihre Florettspitze wenige Zoll vor seinem Magen aufblitzen: Einen heiseren Schrei ausstoßend, war Adela de Otero mit einer tiefen Sekond blitzschnell gegen ihn ausgefallen. Don Jaime schaffte es zwar, ihr auszuweichen, aber er war wütend auf sich selbst, weil er es überhaupt so weit hatte kommen lassen. Die junge Frau richtete sich wieder auf, machte zwei Schritte rückwärts, einen vorwärts und ging dann erneut in Quart. Aus dieser Stellung heraus sah sie ihrem Gegner in die Augen, die Zähne zusammengebissen, die Lider halb geschlossen und völlig konzentriert.

»Ausgezeichnet«, murmelte Don Jaime so laut, daß sie es hören konnte, aber sogar durch sein Lob ließ sie sich nicht ablenken. Zwischen ihren Augenbrauen hatte sich eine senkrechte Falte gebildet, und von der Schläfe rann ihr ein kleiner Schweißtropfen über die Wange. Sie war noch immer leicht in der Hocke, ihr Rock schien sie dabei nicht zu stören, hielt das Florett mit leicht gebeugtem Arm und ließ sich keine noch so geringe Bewegung Don Jaimes entgehen. Es war, als vibriere ihr Körper förmlich vor Spannung. Der Fechtmeister fand sie in dieser Haltung vielleicht weniger schön, dafür aber um so faszinierender. Ja, Adela de Otero hatte etwas Maskulines an sich, darüber hinaus jedoch etwas Unheimliches und Wildes.

Die junge Frau wich niemals zur Seite aus, sondern bewegte sich im streng klassischen Stil entlang einer imaginären Gefechtslinie vor und zurück, genau wie Don Jaime es seinen Schülern immer beizubringen versuchte. Der Fechtmeister machte drei Schritte vorwärts, sie machte drei Schritte rückwärts. Er führte eine Terz aus, sie konterte in Quart, indem sie mit ihrem Florett einen kleinen Kreis um die gegnerische Klinge herum beschrieb und diese seitlich abdrängte. Der Meister bewunderte im stillen die perfekte Ausführung ihrer Abwehrbewegung, die als Königin unter den Paraden galt. Wer die Kreisparade beherrschte, genügte den höchsten Ansprüchen der Fechtkunst. Er wartete darauf, daß Adela de Otero aus der Quart ripostierte, was sie auch tat, wehrte ihren Angriff ab und setzte über ihren Arm hinweg eine Kontrariposte nach, die mit Sicherheit gesessen hätte, wenn er seine Florettspitze nicht einen Zoll vor der anvisierten Trefffläche angehalten hätte. Die junge Frau, die seine Absicht erriet, sprang, ohne die Klinge zu senken, einen Schritt zurück und starrte ihn wutentbrannt an.

»Ich bezahle Sie nicht dafür, daß Sie mit mir spielen wie mit einem Ihrer Anfänger, Don Jaime«, sagte sie zornig. »Wenn Sie mich treffen wollen, dann tun Sie es!«

Der Fechtmeister stammelte verwirrt eine Entschuldigung. Aber Adela de Otero runzelte nur die Stirn, konzentrierte sich erneut und fiel dann so unvermittelt und heftig gegen ihn aus, daß Don Jaime gerade noch in die Quart parieren konnte, und das nur, indem er zurückwich. Er blieb in der Quart, um die junge Frau auf Distanz zu halten, aber sie setzte ihren Angriff fort, machte eine Wechselbindung und preschte mit unglaublicher Geschwindigkeit vor, jede einzelne ihrer Bewegungen mit einem heiseren Schrei begleitend. Weniger verblüfft über die Art ihres Angriffs als über die Hartnäckigkeit und Leidenschaft, mit der sie auf ihn eindrang, wich Don Jaime Schritt um Schritt zurück. Dabei war er wie hypnotisiert von dem Gesicht seiner Gegnerin, das zu einer grimmigen Maske verzerrt war. Er parierte, sie setzte ihren Angriff mit einer Rimesse fort. Er parierte noch einmal und versuchte eine Riposte aus der Quart, aber Adela de Otero ließ nicht locker, faßte sein Eisen und setzte zu einem Quintstoß an. Don Jaime wich erneut zurück, da nahm sie Bindung in Quint auf und setzte einen Sekondstoß nach.

Jetzt reicht es mir, dachte der Fechtmeister, entschlossen, dieser absurden Situation ein Ende zu machen. Aber die junge Frau griff ihn noch einmal aus der Terz mit einem Quartschlag an, bevor er endlich wieder festen Boden unter den Füßen bekam. Er kämpfte sich mühsam frei und hielt sie so lange in Schach, bis sie ihm Gelegenheit bot, ihr die Klinge mit einem trockenen Hieb von unten aus der Hand zu schlagen. Den Bruchteil einer Sekunde später hielt er ihr die Spitze seines Floretts vor den Hals. Adela de Otero fuhr wie vor dem Anblick einer Schlange zurück, während ihre Waffe polternd auf den Boden fiel.

Danach sahen sie sich lange an, ohne ein Wort zu sagen. Der Fechtmeister stellte zu seiner Verwunderung fest, daß alle Wut aus dem Gesicht der jungen Frau gewichen war. Auf ihren Lippen stand jetzt ein reizendes Lächeln, in das sich feiner Spott mischte. Er spürte, daß sie es genoß, ihn vorübergehend in die Enge getrieben zu haben, und das ärgerte ihn.

»Ihre Zurechtweisung von vorhin... Was haben Sie damit eigentlich beabsichtigt? In einem Gefecht mit blanker Klinge hätte Sie dieser Leichtsinn das Leben kosten können. Das Fechten ist kein Spiel, meine Dame.«

Sie warf den Kopf nach hinten und lachte so ausgelassen wie eine kleine Göre, der ein herrlicher Streich gelungen war. Ihre Wangen glühten noch von der Anstrengung, ihre Oberlippe war mit winzigen Schweißperlen bedeckt, und selbst ihre Wimpern wirkten feucht. Don Jaime schoß der – augenblicklich zensierte – Gedanke durch den Kopf, so könne sie nach der Liebe aussehen.

»Seien Sie mir nicht böse, Maestro.« Ihre Stimme und ihr Gesichtsausdruck hatten sich in der Tat völlig verändert, sie wirkten jetzt wieder warm und sanft. Da sie noch immer etwas außer Atem war, hob und senkte sich ihr Brustkorb unter der wattierten Fechtjacke. »Ich wollte Ihnen doch nur klarmachen, daß Sie mich nicht schonen sollen. Ich kann es nämlich nicht ausstehen, wenn man in einem Gefecht Rücksicht auf mich nimmt, bloß weil ich eine Frau bin. Sie haben ja gesehen, daß ich durchaus in der Lage bin, mich zu wehren«, fügte sie in einem Ton hinzu, der beinahe etwas drohend klang. »Und ein Stich ist ein Stich... egal, von wem er kommt.«

Das stimmte allerdings, und Jaime Astarloa blieb nichts übrig, als sich geschlagen zu geben. »Wenn es so ist, war ich im Unrecht und bitte Sie um Entschuldigung.«

»Für diesmal sei Ihnen verziehen«, erwiderte sie kokett. Dann hob sie die Arme, um eine schwarze Haarsträhne zurückzustecken, die sich in der Hitze des Gefechts aus der Perlmuttspange gelöst hatte und auf ihre Schulter gefallen war. »Machen wir weiter?«

Don Jaime nickte, hob ihr Florett vom Boden auf und gab es ihr zurück. Er bewunderte die ungewöhnliche Selbstbeherrschung der jungen Frau. Während des Gefechts war der Knopf seiner Florettspitze ihrem Gesicht mehrmals gefährlich nahe gekommen, ohne daß er auch nur eine Sekunde lang Furcht oder Unruhe hätte erkennen können.

»Jetzt sollten wir aber Körbe benutzen«, sagte er, und Adela de Otero zeigte sich einverstanden. Nachdem sie sich beide eine Maske aufgesetzt hatten, gingen sie wieder in Fechtstellung. Don Jaime bedauerte es, daß die Gesichtszüge der jungen Frau nun völlig von dem Drahtgeflecht verdeckt waren, aber das Funkeln ihrer Augen konnte er bei genauem Hinsehen trotzdem wahrnehmen. Und wenn sie den Mund einen Moment lang öffnete, um vor einem Ausfall tief durchzuatmen, schimmerten auch ihre strahlend weißen Zähne.

Die zweite Fechtübung verlief ohne weitere Zwischenfälle. Die junge Frau führte ihr Florett ruhig und überlegt, an ihrer Haltung und an ihren Bewegungen war auch jetzt nicht das geringste auszusetzen, und obwohl es ihr kein einziges Mal gelang, den Meister zu treffen, mußte dieser sein ganzes Können aufbieten, um den einen oder anderen gefährlichen Stoß abzuwehren. Während das Klirren ihrer Waffen durch den Fechtsaal hallte, kam Don Jaime zu dem Schluß, daß Adela de Otero zu den besten Fechtern gehörte, die er jemals kennengelernt hatte. Zweimal war er gezwungen, den Knopf seiner Florettspitze in den Brustschutz der jungen Frau zu drücken, um nicht selbst getroffen zu werden, und insgesamt landete er im Laufe des Nachmittags fünf Treffer, was nicht viel war, wenn man bedachte, daß sie es mit einem so erfahrenen Fechter zu tun hatte.

Als die Wanduhr sechs schlug, ließen beide die Waffe sinken, erschöpft vor Hitze und Anstrengung. Adela de Otero nahm ihre Maske ab und wischte sich mit einem Handtuch, das Don Jaime für sie bereitgelegt hatte, den Schweiß vom Gesicht. Dann sah sie ihn fragend an, gespannt auf sein Urteil.

Der Meister lächelte. »Sie haben meine Erwartungen bei weitem übertroffen«, gestand er ihr freimütig. Die junge Frau senkte die Augenlider wie eine Katze, die gestreichelt wird. »Fechten Sie schon lange?«

»Seit meinem achtzehnten Lebensjahr.« Don Jaime versuchte, im Geiste ihr Alter auszurechnen. »Jetzt bin ich siebenundzwanzig«, sagte sie, als habe sie seinen Gedanken erraten.

Der Fechtmeister tat überrascht und gab mit einer galanten Geste zu verstehen, daß er sie jünger geschätzt hätte.

»Was ist schon dabei?« fragte sie. »Ich finde es albern, sein Alter zu verbergen oder jünger aussehen zu wollen, als man ist. Wer nicht zu seinem Alter steht, steht auch nicht zu seinem Leben.«

»Eine weise Philosophie.«

»Weise nicht – vernünftig, Maestro. Nur vernünftig.«

»Die Vernunft ist ja nicht gerade eine typisch weibliche Eigenschaft«, sagte er lächelnd.

»Sie würden sich wundern, wenn Sie wüßten, wie viele weibliche Eigenschaften mir fehlen.«

In diesem Augenblick klopfte es an der Tür. Adela de Otero verzog mißmutig das Gesicht.

»Das ist bestimmt Lucía. Ich hatte ihr gesagt, sie solle mich nach einer Stunde abholen kommen.«

Don Jaime entschuldigte sich und ging zur Wohnungstür, vor der tatsächlich das Dienstmädchen stand. Als er in den Fechtsaal zurückkam, befand sich die junge Frau bereits in der Umkleidekammer, deren Tür sie auch jetzt wieder einen Spaltbreit offengelassen hatte.

Der Meister hob die Fechtmasken vom Boden auf und hängte die benutzten Florette an die Wand zurück. Als Adela de Otero aus der Kammer trat, trug sie wieder ihr Musselinkleid und bürstete sich das Haar, das pechschwarz war, sehr gepflegt und ihr fast bis zur Taille reichte.

»Wann bringen Sie mir Ihren Florettstoß bei?«

Jaime Astarloa mußte zugeben, daß diese Frau es verdient hatte, den Stoß der zweihundert Escudos von ihm zu lernen.

»Übermorgen zur selben Uhrzeit«, sagte er. »Ich zeige Ihnen, wie man den Stoß ausführt, und auch wie man ihn pariert. Bei Ihrer Erfahrung genügen sicher zwei oder drei Unterrichtsstunden, um ihn völlig zu beherrschen.«

Die junge Frau nickte zufrieden. »Ich glaube, es wird mir Spaß machen, mit Ihnen zu üben, Don Jaime«, sagte sie in vertraulichem Ton und völlig unbefangen. »Es ist ein Vergnügen, sich mit jemandem zu schlagen, der so... so herrlich klassisch kämpft wie Sie. Man erkennt gleich die alte französische Fechtschule: aufrechter Oberkörper, Spannung in den Beinen und Ausfälle nur wenn nötig. Fechter von Ihrem Stil gibt es nicht mehr viele.«

»Leider, Señora. Leider.«

»Mir ist auch aufgefallen, daß Sie eine sehr seltene Fechtereigenschaft besitzen, Don Jaime«, fuhr sie fort. »Wie nennen die Experten sie noch gleich? Ach ja: Sentiment du fer. Habe ich recht? Angeblich kommt sie nur bei ganz großen Talenten vor.«

Don Jaime zuckte wegwerfend mit der Schulter, obwohl ihm die scharfsinnige Beobachtung der jungen Frau

80

im Grunde schmeichelte. »Eigentlich handelt es sich nicht um eine Eigenschaft«, sagte er, »sondern um ein Gespür, das man durch langjährige Arbeit erwirbt, eine Art sechsten Sinn. Dank seiner können wir im Klingenkontakt die Absichten unseres Gegners erfühlen und seinen Bewegungen zuvorkommen... Als verlagerten wir unseren Tastsinn vom Griff in die Spitze des Floretts.«

»Das würde ich auch gerne lernen«, meinte die junge Frau.

»Unmöglich. So etwas erwirbt man nur durch Erfahrung. Da ist kein Geheimnis dabei, nichts, was man mit Geld kaufen könnte. Dafür braucht man ein ganzes Leben. Ein Leben wie meines.«

Adela de Otero schien plötzlich etwas eingefallen zu sein. »Apropos Geld«, sagte sie. »Ich wollte Sie noch fragen, ob Sie Ihr Honorar lieber in bar möchten oder per Zahlungsanweisung an irgendeine Bankgesellschaft. Die Banco de Italia, beispielsweise. Und wo wir schon dabei sind: Ich würde gerne auch nach Erlernen Ihres Florettstoßes noch eine Zeitlang Fechtstunden bei Ihnen nehmen.«

Don Jaime protestierte höflich. Unter den gegebenen Umständen sei es ihm ein Vergnügen, der Señora seine Dienste gewissermaßen ehrenamtlich anzutragen, usw. Von Honorar also keine Rede.

Adela de Otero gab ihm jedoch kühl zu verstehen, sie habe sich wegen Fechtunterrichts an ihn gewandt, und diesen gedenke sie auch zu bezahlen. Ohne noch ein weiteres Wort darüber zu verlieren, nahm sie flink das Haar im Nacken zusammen, drehte es mit einer geübten Handbewegung auf und befestigte es mit der Perlmuttspange.

Jaime Astarloa schlüpfte in seinen Gehrock und begleitete die neue Kundin ins Arbeitszimmer hinüber. Im Treppenhaus wartete das Dienstmädchen, aber Adela de Otero schien es gar nicht eilig zu haben. Sie bat um ein Glas Wasser und studierte dann in aller Ruhe und mit geradezu unverschämter Neugier die Titel der Bücher in den Wandregalen.

»Ich wüßte zu gerne, wer Ihr Fechtmeister war, Señora de Otero. Dafür würde ich mein bestes Florett geben.«

»Und das wäre?« fragte sie, ohne den Kopf zu wenden, während sie mit dem Zeigefinger sacht über den Rücken eines Memoirenbandes von Talleyrand fuhr.

»Eine Mailänder Klinge aus der Werkstatt von D'Arcadi.«

Die junge Frau lächelte. »Ihr Angebot ist verlockend, aber ich lehne es ab. Wenn eine Frau interessant bleiben will, muß sie sich immer ein kleines Geheimnis bewahren. Ich kann nur wiederholen, daß er ein guter Lehrer war.«

»Davon habe ich mich überzeugen können. Und Sie waren bestimmt eine glänzende Schülerin.«

»Danke.«

»Das ist die pure Wahrheit. Aber wenn Sie mir erlauben, eine Vermutung anzustellen ... Ich könnte schwören, daß er Italiener war. Einige Ihrer Bewegungen sind typisch für die exzellente italienische Schule.«

Adela de Otero legte sanft einen Finger an die Lippen. »Darüber unterhalten wir uns ein andermal, Maestro«, sagte sie in geheimnisvollem Ton, sah sich kurz um und deutete auf das Sofa. »Darf ich mich setzen?«

»Ich bitte Sie darum.«

Ihre Röcke raschelten leise, als sie sich auf das abgenutzte tabakfarbene Leder sinken ließ. Jaime Astarloa, dem etwas unbehaglich zumute war, blieb stehen.

»Wie sind Sie zum Fechten gekommen, Maestro?«

Der alte Lehrer zog spöttisch die Augenbrauen hoch. »Mit Verlaub«, sagte er, »Ihre Dreistigkeit ist geradezu umwerfend, gnädige Frau. Sie selbst weigern sich, mir etwas aus Ihrem jungen Leben zu berichten, aber ich soll Ihnen Frage und Antwort stehen ... Das ist nicht gerecht.«

Sie lächelte. »Mit Männern kann man gar nicht ungerecht genug sein, Don Jaime.«

»Eine harte Antwort.«

»Aber ehrlich.«

Der Fechtmeister wurde plötzlich sehr ernst und sah die junge Frau nachdenklich an.

»Doña Adela«, sagte er nach einer Weile, und die Worte kamen ihm mit einer solchen Selbstverständlichkeit über die Lippen, daß der folgende Satz ganz natürlich klang: »Ich würde alles darum geben, dem Mann, der Sie zu einer so bitteren Bemerkung veranlaßt, ein Kärtchen und meine Sekundanten schicken zu können.«

Adela de Otero blickte ihm in die Augen, zunächst belustigt und dann angenehm überrascht, denn sie schien gemerkt zu haben, daß er es ernst meinte. Sie war drauf und dran, etwas zu erwidern, hatte schon den Mund geöffnet, verharrte dann aber so, als wolle sie das Gehörte in Gedanken auskosten.

Nach einer Weile sagte sie: »Das war das netteste und galanteste Kompliment, das mir je zu Ohren gekommen ist.«

Jaime Astarloa stützte sich auf die Rückenlehne eines Sessels und runzelte betreten die Stirn. Er hatte nicht galant erscheinen wollen, nur laut einen Gedanken geäußert, aber jetzt fürchtete er, sich lächerlich gemacht zu haben. Warum hatte er das gesagt, in seinem Alter?!

Adela de Otero schien seinen Gemütszustand zu erraten, denn sie half ihm aus der Verlegenheit, indem sie einfach wieder auf ihr ursprüngliches Thema zurückkam. »Sie wollten mir erzählen, wo Sie das Fechten gelernt haben.«

Don Jaime lächelte dankbar und gab ihr, wie im Kampf, durch eine Geste zu verstehen, daß sie seinen Widerstand gebrochen hatte. »Bei der Armee.«

Sie sah ihn mit neu erwachtem Interesse an. »Sie waren Offizier?«

»Ja, wenn auch nur vorübergehend.«

»In Uniform müssen Sie eine flotte Erscheinung abgegeben haben. Das tun Sie ja jetzt noch.«

»Señora, ich bitte Sie, mich nicht zur Eitelkeit zu verleiten. Wir alten Männer sind nämlich für Schmeicheleien ziemlich anfällig. Besonders wenn sie aus dem Mund einer reizenden jungen Dame kommen, deren Gatte sicherlich...«

Er sprach seinen Satz nicht zu Ende und wartete auf eine Reaktion. Vergeblich, denn Adela de Otero sah ihn nur fragend an. Nach einer Weile holte sie einen Fächer aus der Tasche, behielt ihn aber ungeöffnet in der Hand. Als sie endlich etwas sagte, hatten ihre Augen einen harten Ausdruck angenommen.

»Sie halten mich also für eine reizende junge Dame?«

Der Fechtmeister blinzelte verwirrt. »Ja, natürlich«, antwortete er so ungezwungen wie möglich.

»Und so würden Sie mich auch vor Ihren Freunden im Kasino nennen? Eine reizende junge Dame?«

Jaime Astarloa erstarrte. »Señora de Otero, ich muß Sie davon unterrichten, daß ich weder das Kasino frequentiere noch Freunde habe. Aber selbst wenn beides der Fall wäre, würde ich niemals den Fauxpas begehen, in männlicher Gesellschaft über eine Dame zu reden. Das bitte ich Sie zur Kenntnis zu nehmen.«

Die junge Frau musterte ihn lange, wie um festzustellen, ob er die Wahrheit sagte.

»Darüber hinaus möchte ich Sie daran erinnern«, fuhr er fort, »daß Sie mich soeben als flotte Erscheinung bezeichnet haben, ohne daß ich deshalb gleich beleidigt gewesen wäre. Ich hätte Sie ja auch fragen können, ob Sie mich so vor Ihren Freundinnen beim Tee nennen würden.«

Adela de Otero brach in schallendes Gelächter aus, in das Don Jaime zuletzt einstimmte. Ihr Fächer fiel auf den Teppich, der Fechtmeister beeilte sich, ihn aufzuheben, und reichte ihn ihr, ein Knie noch immer auf dem Boden. In diesem Augenblick waren ihre Gesichter nur wenige Zoll voneinander entfernt.

»Ich habe weder Freundinnen, noch trinke ich Tee«, sagte sie, und Don Jaimes Blick verfing sich in ihren veilchenblauen Augen, die er noch nie aus solcher Nähe gesehen hatte. »Haben Sie schon mal Freunde gehabt? Ich meine echte Freunde, Leute, denen Sie Ihr Leben anvertraut hätten?«

Der Fechtmeister stand langsam auf. Um auf diese Frage zu antworten, brauchte er sein Gedächtnis nicht groß anzustrengen. »Ein einziges Mal, aber das war keine Freundschaft im eigentlichen Sinne. Ich hatte die Ehre, mehrere Jahre an der Seite des Fechtmeisters Lucien de Montespans zu leben. Was ich kann, habe ich von ihm gelernt.«

Adela de Otero wiederholte den Namen leise; er sagte ihr offensichtlich nichts. Jaime Astarloa lächelte.

»Sie sind natürlich zu jung... Er war der beste. Zu seinen Lebzeiten hat ihn keiner übetroffen.« Don Jaime überdachte seine Äußerung noch einmal. »Absolut keiner«, bekräftigte er dann.

»Lebten Sie in Frankreich?«

»Ja, ich habe dort elf Jahre als Fechtmeister gearbeitet. Achtzehnhundertfünfzig bin ich nach Spanien zurückgekehrt.«

Die veilchenblauen Augen sahen ihn eindringlich an. »Vielleicht hatten Sie Heimweh. Ich kenne das.«

Jaime Astarloa antwortete ihr nicht sofort. Er war sich völlig im klaren darüber, daß die junge Frau ihn dazu verleiten wollte, über sich selbst zu sprechen, und das tat er normalerweise nicht gerne. Aber von Adela de Otero ging eine seltsame Faszination aus, die ihn auf ebenso sanfte wie besorgniserregende Weise zwang, sich ihr immer mehr anzuvertrauen.

»Ja, ein bißchen hat das auch mitgespielt«, sagte er schließlich. »Aber eigentlich war die Sache... komplexer. In gewisser Weise würde ich von einer Flucht sprechen.«

»Flucht? Sie scheinen mir nicht zu den Leuten zu gehören, die vor irgend etwas fliehen.«

Don Jaime fühlte unangenehme Erinnerungen in sich aufsteigen, und das war mehr, als er Adela de Otero zugestehen wollte. »Das meinte ich im übertragenen Sinne. Obwohl...« Er dachte zurück. »Wer weiß, möglicherweise hat es sich ja um eine richtige Flucht gehandelt.«

Sie biß sich auf die Unterlippe und wirkte sehr interessiert. »Das müssen Sie mir erzählen, Maestro.«

»Nicht jetzt, liebe Señora. Vielleicht ein andermal... Obwohl ich Ihnen gestehen muß, daß ich mich nicht sehr gern an diese Geschichte erinnere.« Er stockte, als falle ihm etwas ein. »Und Sie täuschen sich, wenn Sie mir eine Flucht nicht zutrauen. Alle Menschen fliehen irgendwann einmal. Sogar ich.«

Adela de Otero sah ihn mit halbgeöffneten Lippen nachdenklich an, als versuche sie ihn im Geiste einzuordnen. Dann verschränkte sie die Hände im Schoß und lächelte ihn freundlich an. »Na ja, vielleicht weihen Sie mich ja eines Tages mal ein. In Ihre Geschichte, meine ich. Was ich ehrlich gesagt nicht begreife, ist, wie jemand mit Ihrem Ruf... fassen Sie das bitte nicht als Beleidigung auf... aber mich dünkt, Sie haben schon bessere Zeiten erlebt.«

Jaime Astarloa straffte sich und setzte einen stolzen Blick auf. Freilich, die junge Frau hatte nicht beabsichtigt, ihn zu beleidigen, aber er fühlte sich trotzdem gekränkt.

»Unsere Kunst verliert leider immer mehr Anhänger, Señora«, erwiderte er, in seiner Eigenliebe verletzt. »Ehrenhändel werden kaum noch mit der blanken Waffe ausgetragen. Pistolen sind einfacher zu handhaben und erfordern keine so rigorose Disziplin. Auf der anderen Seite hat sich das Fechten in einen frivolen Zeitvertreib verwandelt.« Don Jaime legte so viel Verachtung wie nur irgend möglich in seine Worte. »Heute sagt man Sport dazu. Als würden wir im Unterhemd Gymnastik treiben!«

Die junge Frau klappte ihren handbemalten Fächer auf. Weiße Tupfen stellten die Blüten stilisierter Mandelbäume dar. »Sie lehnen es natürlich ab, die Sache aus diesem Blickwinkel zu betrachten...«

»Natürlich! Ich lehre eine Kunst, und zwar so, wie ich es gelernt habe: mit Ernst und Respekt.«

Adela de Otero ließ die Perlmuttstäbchen ihres Fächers knacken und schüttelte abwesend den Kopf, als gingen ihr Bilder durch den Sinn, die nur sie selbst wahrnehmen und deuten konnte. »Sie sind zu spät zur Welt gekommen, Don Jaime«, sagte sie schließlich mit neutraler Stimme, »...oder nicht im richtigen Augenblick gestorben.«

Der Fechtmeister sah sie an, ohne seine Verwunderung zu verbergen. »Seltsam, daß Sie das sagen.«

»Was?«

»Das mit dem richtigen Augenblick zum Sterben.« Don Jaime hob in einer ironischen Geste Arme und Schultern, als wolle er sich dafür entschuldigen, noch am Leben zu sein, und so gern er auf einmal mit der jungen Frau zu sprechen schien, so wenig scherzte er. »In unserem Jahrhundert ist es sehr schwierig geworden, anständig zu sterben.«

»Wenn Sie mir jetzt noch erklären, Maestro, was Sie mit anständig sterben meinen.«

»Ich glaube, das würden Sie nicht verstehen.«

»Sind Sie sicher?«

»Nein, das bin ich nicht. Vielleicht würden Sie es sogar verstehen, aber das ist mir egal. Über solche Dinge spricht man nicht mit...«

»Mit einer Frau?«

»Mit einer Frau.«

Adela de Otero schloß ihren Fächer und führte ihn langsam zu ihrem Gesicht, bis sie damit die kleine Narbe in ihrem
Mundwinkel berührte. »Sie müssen ein sehr einsamer Mensch
sein, Don Jaime.«

Der Fechtmeister sah die junge Frau durchdringend an. Er
wirkte jetzt überhaupt nicht mehr vergnügt, und aus seinen
grauen Augen war jeder Glanz verschwunden.

»Das bin ich«, sagte er mit müder Stimme. »Aber ich mache niemanden dafür verantwortlich. Und wenn ich offen sein
soll, übt die Einsamkeit eine Art Faszination auf mich aus.
Ich betrachte sie sogar als einen begnadeten Zustand, so egoi-
stisch das klingt... einen Zustand, den ich dadurch erlange,
daß ich alte, längst vergessene Wege bewache, die niemand
mehr betritt... Halten Sie mich jetzt für einen schrulligen
Greis?«

Sie schüttelte den Kopf, ihre Augen wirkten wieder sanft.
»Nein. Ich wundere mich nur, wie jemand so... weltfremd
sein kann.«

Jaime Astarloa schnitt eine Grimasse. »Meine Weltfremdheit gehört zu den vielen Untugenden, deren ich mich rühme.
Die praktische Seite des Lebens interessiert mich einen Pfif-
ferling, das haben Sie bestimmt schon gemerkt... Und ich
möchte Ihnen gar nicht aufbinden, dafür gäbe es moralische
Gründe. Nein, mir geht es ausschließlich um Ästhetik, glauben Sie mir.«

»Aber von der Ästhetik kann man nicht leben«, murmelte
sie und zwinkerte ihn dabei verschmitzt an, als hege sie irgendwelche Hintergedanken. »Und ich versichere Ihnen, daß
ich selbst davon ein Lied singen kann.«

Don Jaime starrte mit einem schüchternen Lächeln auf
seine Schuhspitzen – ein kleiner Junge, der einen Streich
gebeichtet hat.

»Daß Sie davon ein Lied singen können, bedauere ich zutiefst«, sagte er leise. »Aber was mich betrifft, so muß ich Ihnen gestehen, daß mir dieses Lied hilft. Wenigstens versetzt es mich in die Lage, mir ins Gesicht sehen zu können, wenn ich mich morgens vor dem Spiegel rasiere. Und das, gnädige Frau, ist mehr, als viele meiner Bekannten behaupten können.«

Draußen wurden die Gaslaternen angezündet. Männer mit langen Stangen taten es, Gemeindeangestellte, die es nicht eilig hatten. In Richtung des Palacio de Oriente war noch ein heller Streifen Himmel zu sehen, gegen den sich die Dächer rings um das Königliche Theater dunkel abzeichneten. Die Fenster der Häuser waren geöffnet, um die laue Abendluft hineinzulassen, der flackernde Schein von Petroleumlampen spiegelte sich in den Scheiben.

Jaime Astarloa murmelte ein »buenas noches«, als er an ein paar Nachbarn vorbeikam, die an der Ecke der Calle Bordadores auf Rohrstühlen im Freien saßen und miteinander plauderten. Am Vormittag war es in der Nähe der Plaza Mayor zu Studentenunruhen gekommen – nichts Größeres nach Meinung seiner Stammtischbrüder, die ihm von dem Vorfall berichtet hatten. Don Lucas behauptete, die Polizei habe ohne viel Federlesens eine Gruppe von Randalierern auseinandergetrieben, die »Prim«, »Freiheit« und »Nieder mit den Bourbonen« geschrien hätten. Agapito Cárceles war da natürlich eine ganz andere Version zu Ohren gekommen – verächtlicher Tonfall und anarchistischer Seufzer – als die von Señor Rioseco, von dem man ja wußte, daß er einen Randalierer nicht von einem nach Gerechtigkeit lechzenden Patrioten unterscheiden konnte. Die Kräfte der Repression, mittlerweile letzte Stütze für die wankende Monarchie der Señora – höhnische Grimasse – und ihrer Hofkamarilla, waren wieder einmal mit Knüppeln und Säbeln gegen die heilige Sache vorgegangen usw. Jedenfalls waren in der Gegend um den Platz, wie Don Jaime feststellen konnte, noch immer berittene Patrouillen der Guardia Civil unterwegs, unheilvolle Schattengestalten unter ihren Dreispitzen aus schwarzem Lack.

Beim Schloß angelangt, beobachtete der Fechtmeister die Wachablösung der Hellebardiere und stützte sich dann mit den Ellbogen auf die Balustrade über der Casa de Campo. Wie ein riesiger dunkler Fleck breitete sich der Park vor ihm aus. Nur der Horizont hatte noch einen schmalen blauen Saum, auf den die Nacht drückte. Hier und da blieben Passanten stehen, um wie Don Jaime den letzten Seufzer des Tages mitzuerleben, der jeden Moment sanft entschlummern würde.

Warum fühlte der alte Meister Wehmut in sich aufsteigen? Er hätte wohl schon immer lieber in der Vergangenheit als in der Gegenwart gelebt und gab sich deshalb gern der Nostalgie hin, aber normalerweise versetzte ihn das in einen Zustand friedlicher Gefühle, die er als schmerzlich-schön bezeichnet hätte. In diesem Zustand gelang es ihm, sich völlig zu entspannen, und wenn seine nostalgischen Phantasien bisweilen konkrete Form annahmen, wenn weit zurückliegende Empfindungen und Eindrücke aus seinem Gedächtnis auftauchten, so empfand er sie als sein persönliches Gepäck, wie er es nannte, einen im Laufe seines ganzen Lebens zusammengetragenen Schatz, der eines Tages mit ihm ins Grab sinken würde. Dieser Schatz gab ihm das, was er als Zufriedenheit oder innere Ruhe bezeichnete, mithin das Äußerste, wonach der Mensch in seiner Unvollkommenheit streben konnte. Breit und ruhig wie ein Strom lag sein Leben vor ihm; niemand würde dessen Lauf kurz vor der Mündung noch einmal ändern können. Und doch hatte ein Blick aus veilchenblauen Augen genügt, um diesen Seelenfrieden von Grund auf zu erschüttern.

Blieb abzuwarten, ob sich die Gefahr noch einmal bannen ließ. Immerhin war er weit entfernt von leidenschaftlichen Ausbrüchen. Was sich in seinem Inneren regte, glich eher einer melancholisch verklärten, spätsommerlichen Zärtlichkeit. »Das ist alles?« fragte er sich, erleichtert und enttäuscht zugleich, während er noch immer an der Balustrade lehnte und sich am Schauspiel der Schatten über dem Horizont ergötzte. »Das ist alles, was ich heute noch an Gefühlen erwarten kann?« Auf einmal mußte er lächeln, dieser Widerspruch fiel ihm ein: sein Aussehen, seine schwindenden Kräfte – und diese Sehnsucht, die mit einer solchen Heftigkeit gegen die Trägheit rebellierte, zu der ihn der langsame körperliche Verfall zwang. Und obwohl er ganz von einer zärtlichen Empfindung eingenommen war, deren süßes Risiko ihn lockte, überhörte der Fechtmeister nicht die Melancholie, in die sein immer noch stolzer Geist sich hüllte.

IV. Der direkte Stoß

Der direkte Stoß ist normalerweise nicht sehr riskant,
allerdings sollte der Fechter ihn niemals auf unebenem
oder nassem und daher schlüpfrigem Gelände anwenden.

Es war heiß, und täglich gab es neue Gerüchte. Während Juan
Prim an den Ufern der Themse Verschwörungen anzettelte,
schleppten sich in Spanien lange Sträflingsketten durch die
ausgedörrte Landschaft gen Afrika, wo Strafkolonien auf sie
warteten. Jaime Astarloa war dies alles ziemlich egal, aber den
Auswirkungen der Ereignisse konnte auch er sich nicht entziehen. Sein Stammtisch im Café Progreso war in hellem Aufruhr. Agapito Cárceles schwenkte eine mehrere Tage alte Ausgabe der Zeitung *La Nueva Iberia*. Dort wurde in einem auf-
sehenerregenden Leitartikel mit der Überschrift »Das letzte
Wort« von einem Geheimabkommen berichtet, das die linken
Exilparteien und die Liberale Union in Bayonne geschlossen
hatten und das angeblich auf den Sturz des monarchistischen
Regimes und die Einberufung einer verfassungsgebenden Ver-
sammlung mittels allgemeiner Wahlen abzielte. Die Liberale
Union war immerhin die stärkste politische Kraft in Spanien
und hatte bisher den Hof unterstützt! Ob die Sache stimmte
oder überholt war, auf jeden Fall hatte die *Nueva Iberia* das
Gerücht irgendwo aufgestöbert und in Umlauf gesetzt. Jetzt
sprach ganz Madrid von nichts anderem.

»Besser spät als nie«, sagte Cárceles, während er dem mürrisch seinen Schnurrbart zwirbelnden Lucas Rioseco mit der

Zeitung vor der Nase herumfuchtelte. »Wer hat behauptet, der Pakt zwischen Linken und Liberalen sei wider die Natur? Wer?« Er unterstrich seine Worte mit einem begeisterten Faustschlag auf die Zeitung, die schon ganz zerfledert war. »Die Tage der traditionellen Hindernisse sind gezählt, Caballeros. Die Armada kann jeden Augenblick aufkreuzen.«

»Ausgeschlossen! Es wird niemals zu einer Revolution kommen! Und schon gar nicht zur Republik!« Don Lucas war entrüstet, aber an den Tatsachen kam er doch nicht ganz vorbei. »Bestenfalls, und ich sage bestenfalls, Don Agapito, schwebt Prim eine Übergangslösung vor, um die Monarchie zu erhalten. Denken Sie an Bismarck, wie er voriges Jahr das Wahlrecht in Preußen durchgesetzt hat, wie er dem Pack zuvorgekommen ist, das den Staat ins Chaos stürzen will, und er hat die Monarchie gestärkt, jawohl! Don Juan würde das Land niemals der revolutionären Zersetzung preisgeben. Niemals! Schließlich ist er Soldat. Und Soldaten sind Patrioten. Und wie alle Patrioten ist er Monarchist...«

»Ich dulde keine Beleidigungen!« schrie Cárceles erregt. »Nehmen Sie das augenblicklich zurück, Señor Rioseco!«

Don Lucas starrte seinen Widersacher an, als falle er aus allen Wolken. »Ich habe Sie nicht beleidigt, Señor Cárceles.«

Rot vor Wut, rief der Zeitungsschreiber seine Stammtischbrüder als Zeugen an: »Er behauptet, er hat mich nicht beleidigt! Er behauptet, er hat mich nicht beleidigt, dabei haben Sie doch alle gehört, daß dieser Herr mich soeben grundlos einen Monarchisten geschimpft hat!«

»Ich habe nicht gesagt, Sie wären...«

»Streiten Sie es nur ab, Don Lucas, streiten Sie es nur ab. Und so was will ein Ehrenmann sein! Aber dem Richterauge der Geschichte entgehen Sie nicht!«

»Ich will nicht nur ein Ehrenmann sein, ich bin es, Don Agapito. Und das Richterauge der Geschichte interessiert mich einen feuchten Kehricht! Überhaupt tut das hier gar nichts zur Sache... Herrgott noch mal! Sie bringen einen aber auch immer aus dem Konzept. Jetzt habe ich den Faden verloren.« Cárceles richtete den Zeigefinger anklagend auf den dritten Knopf an der Weste seines Gegenübers. »Sie, mein Herr, Sie haben soeben die Behauptung aufgestellt, alle Patrioten seien Monarchisten. Richtig oder falsch?«

»Richtig.«

Cárceles stieß das sarkastische Lachen eines Inquisitors aus, der den Angeklagten zum entscheidenden Geständnis verführt hat. »Und bin ich etwa Monarchist? Bin ich Monarchist, Caballeros?«

Alle Anwesenden, einschließlich Jaime Astarloa, beeilten sich, seine Frage mit Nachdruck zu verneinen. Cárceles wandte sich mit triumphierender Miene an Don Lucas:

»Da sehen Sie es!«

»Was soll ich sehen?«

»Daß ich kein Monarchist bin. Ich bin aber sehr wohl Patriot! Sie haben mich beleidigt, und dafür fordere ich Satisfaktion von Ihnen.«

»Wenn Sie ein Patriot sind, dann bin ich der Kaiser von China, Don Agapito!«

»Was, ich bin kein...«

An diesem Punkt mußten wie üblich die anderen Stammtischbrüder eingreifen, um zu verhindern, daß Cárceles und Don Lucas aufeinander losgingen. Als sich die Gemüter beruhigt hatten, kehrte man zum Rätselraten über den möglichen Nachfolger Isabellas II. zurück.

»Vielleicht ihr Schwager, der Herzog von Montpensier«, raunte Antonio Carreño. »Allerdings soll Napoleon III. sein Veto gegen ihn eingelegt haben.«

»Ich könnte mir immer noch vorstellen...«, sagte Don Lucas und klemmte sich das Monokel, das ihm während des

Streits heruntergefallen war, wieder ins Auge, »ich könnte mir immer noch vorstellen, daß die Königin zugunsten des Infanten abdankt.«

Bei diesen Worten fuhr Cárceles hoch wie von der Tarantel gestochen. »Alfonsito? Das glauben auch nur Sie, Señor Rioseco! Für die Bourbonen ist es aus. Ein für allemal. Sic transit gloria borbonica und andere lateinische Zitate, die ich mir lieber verkneife. Als hätten wir Spanier nicht schon genug unter dem Großvater und der Mutter gelitten... Zum Vater kann ich mich aus Mangel an Beweisen nicht äußern.«

Antonio Carreño vermittelte, wie immer, mit der Nüchternheit eines Verwaltungsbeamten. Das bewahrte ihn davor, ins Kreuzfeuer zu geraten.

»Das Faß der spanischen Geduld ist am Überlaufen, das müssen Sie zugeben, Don Lucas. Isabelita beschwört eine Regierungskrise nach der anderen herauf, und das aus Anlässen, für die sich jeder andere in Grund und Boden schämen würde.«

»Verleumdung!«

»Verleumdung hin oder her, wir von den Logen sind jedenfalls der Meinung, daß das Maß des Erträglichen überschritten ist...«

Don Lucas, dessen Gesicht vor monarchistischem Eifer glühte, versuchte unter Cárceles' spöttischem Blick die letzten Bastionen zu halten und wandte sich händeringend an Jaime Astarloa. »Hören Sie das, Don Jaime? So sagen Sie doch auch etwas dazu, bei Gott. Sie sind doch ein vernünftiger Mensch.«

Der Angesprochene hob die Schultern und rührte gelassen seinen Kaffee um. »Mein Gebiet ist das Fechten, Don Lucas.«

»Das Fechten? Wie können Sie ans Fechten denken, wo die Monarchie in Gefahr ist?!«

Schließlich erbarmte sich Marcelino Romero, der Musiklehrer, des bedrängten Don Lucas. Er legte sein angebissenes Röstbrot zurück, hörte auf zu kauen und machte eine Bemerkung über die Züchtigkeit und Liebenswürdigkeit der Königin – wenigstens das könne ihr wohl keiner absprechen. Carreño ließ ein verklemmtes Kichern vernehmen, und Agapito Gárceles schnauzte den Pianisten an:

»Mit Züchtigkeit regiert man kein Reich, verehrter Herr! Dazu braucht es etwas mehr, nämlich Patriotismus« – Seitenblick auf Don Lucas – »und Standesbewußtsein.«

»Das Standesbewußtsein eines Toreros«, setzte Carreño grinsend nach.

Don Lucas war entsetzt über so viel Frevel und stieß gereizt seinen Stock auf den Boden. »Wie leicht ist es, den Stab über jemanden zu brechen«, rief er aus und schüttelte traurig den Kopf. »Wie leicht, das arme Lamm zum Opfertisch zu führen. Und das tun ausgerechnet Sie, Don Agapito, der Sie einmal Priester waren...«

»Halt!« unterbrach ihn der Skribent. »Das sagen Sie bitte im Konjunktiv Imperfekt!«

»Nein, Sie waren Priester, Sie waren es, und wenn Sie das noch so ungern zugeben«, erwiderte Don Lucas und genoß es, endlich den empfindlichen Punkt seines Stammtischbruders getroffen zu haben.

Cárceles legte sich die Hand aufs Herz und hob die Augen zum Himmel. »Hiermit schwöre ich feierlich der Kutte ab, dem schwarzen Symbol systematischer Volksverdummung, zu dem ich mich in Momenten jugendlicher Verblendung bekannt hatte.«

Antonio Carreño nickte beifällig während dieser rhetorischen Glanzleistung Don Agapitos, aber Lucas Rioseco ließ sich nicht vom Thema abbringen:

»Als Pfarrer, der Sie waren, Señor Cárceles, müßten Sie selbst doch am besten wissen, daß die Nächstenliebe zu den edelsten Tugenden eines Christen gehört. Und daher müssen wir großherzig sein und Nächstenliebe üben, wenn wir die historische Gestalt unserer Königin beurteilen.«

»Ihrer Königin, Don Lucas.«

»Nennen Sie sie, wie Sie wollen.«

»Ich nenne sie alles: launisch, kapriziös, abergläubisch, ungebildet, und so könnte es gerade weitergehen.«

»Señor Cárceles, ich bin nicht bereit, mir Ihren Schwachsinn noch länger anzuhören!«

Die anderen Stammtischbrüder sahen sich erneut gezwungen, zur Ruhe zu mahnen, und das, obwohl sie wußten, daß sowohl Don Lucas als auch Agapito Cárceles keiner Fliege etwas zuleide tun konnten, aber es gehörte einfach zum nachmittäglichen Ritual.

»Was wir auch in Betracht ziehen müssen« – Don Lucas zwirbelte schon wieder seine Schnurrbartspitzen und gab vor, die höhnischen Blicke Don Agapitos zu übersehen –, »ist die unglückliche Ehe, die unsere Königin allen körperlichen Vorzügen ihres Gatten zum Trotz mit Don Francisco von Assisi führt... Die ehelichen Zwistigkeiten sind ja allgemein bekannt, und sie haben natürlich das Agieren der Hofkamarilla begünstigt – skrupelloser Politiker, Favoriten und anderer Gauner, Sie wissen schon, was ich meine. Nun, ich bin der Ansicht, daß dieses Pack und nicht unsere arme Señora für die traurige Lage verantwortlich ist, in der das Land sich heute befindet.«

Cárceles platzte nun der Kragen. »Das erzählen Sie mal den Patrioten in den afrikanischen Straflagern, den Deportierten, die ihr Dasein auf den Kanarischen Inseln oder auf den Philippinen fristen, und den Emigranten, die in ganz Europa herumwimmeln!« schrie er, von revolutionärem Zorn gepackt, während seine Hände die *Nueva Iberia* malträtierten. »Die derzeitige Regierung Ihrer erzchristlichen Majestät stellt alle vorausgegangenen noch in den Schatten, damit habe ich Ihnen genug gesagt. Sehen Sie sich doch um: Selbst Politikaster und Raufbolde, die keinen Tropfen Demokratie im Blut haben, sind auf bloßen Verdacht hin verbannt worden. Prim, Olózaga, Cristino Martes und all die anderen... Muß ich sie Ihnen einzeln aufzählen? Isabellas Politik wird nur noch von einem kläglichen Haufen gemäßigter Politiker unterstützt, und die sind untereinander völlig zerstritten. Warum? Weil sie merken, daß ihnen die Macht entgleitet, und weil sie nicht mehr wissen, zu welchem Heiligen sie noch beten sollen... Die Monarchie pfeift auf dem letzten Loch, Don Lucas!«

»Soviel ich weiß, könnte jeden Moment Juan Prim auftauchen«, flüsterte Antonio Carreño hinter vorgehaltener Hand. Das war eine so dumme Bemerkung, daß alle lachen mußten, woraufhin Cárceles seine Geschütze auf ein neues Ziel richtete.

»Prim ist, wie unser Freund Don Lucas vor kurzem festgestellt hat, ein Soldat. Ein ›miles‹ – mehr oder weniger ›gloriosus‹ –, aber doch ein ›miles‹. Und als solcher ist er mir verdächtig.«

»Der Graf von Reus ist ein Liberaler!« protestierte Carreño.

Don Agapitos Faust donnerte so heftig auf den Marmortisch, daß beinahe der Kaffee in den Tassen übergeschwappt wäre. »Prim ein Liberaler? Da lachen ja die Hühner! Echte Demokraten und erprobte Patrioten wie ich trauen einem Militär prinzipiell nicht über den Weg. Bei denen weiß man doch nie, was ihnen im Kopf herumspukt, und Prim stellt keine Ausnahme dar. Oder haben Sie seine autoritäre Vergangenheit vergessen? Seine politischen Ambitionen? Und wenn er dreimal im britannischen Nebel konspiriert – im Grunde braucht jeder General einen König im Ärmel, wenn er weiterhin die Pikdame spielen will... Und das paßt auf

Ihren Bismarck genauso, Don Lucas, auch wenn er kein General ist. Apropos Bismarck, hatte der nicht vorher einen kleinen Krieg geführt, da war's doch gegen Österreich gegangen, wenn ich nicht irre, irgendwas steckt bei denen immer dahinter. Überlegen Sie doch, meine Herren: Wie viele Militärrevolten haben wir in diesem Jahrhundert schon erlebt? Und wie viele davon zielten darauf ab, die Republik auszurufen? ... Da haben Sie es! Caballeros, ich halte Prim für einen durchtriebenen Burschen. Und ich bin mir absolut sicher, daß er uns bereits kurz nach seiner Ankunft irgendeinen König aus dem Ärmel schütteln wird. Schon der große Vergil hat gesagt: Timeo Danaos et dona ferentes.«

Von der Calle Montera war plötzlich Lärm zu hören. Eine Gruppe von Passanten drängte sich vor dem Fenster des Cafés und deutete in Richtung der Puerta del Sol.

»Was ist los?« fragte Cárceles aufgeregt, Prim hatte er bereits vergessen. Antonio Carreño ging zur Tür. Die Katze, die sich von den politischen Unruhen nicht anstecken ließ, schlief friedlich in einer Ecke.

»Caballeros, bei der Puerta del Sol gibt es Krawall!« berichtete Carreño. »Wollen wir nachsehen?«

Die Stammtischbrüder verließen das Lokal und gesellten sich zu den Schaulustigen, die aus allen Richtungen auf den Platz strömten. Inmitten hektisch durcheinanderfahrender Kutschen trieben Schutzmänner die Leute zum Weitergehen an. Man sah Frauen, die in atemloser Hast davoneilten und dabei immer wieder ängstliche Blicke nach hinten warfen.

Jaime Astarloa trat auf einen der Gendarmen zu. »Ist etwas passiert?«

Der Schutzmann zuckte hilflos mit der Schulter.

Kein Zweifel, daß die Ereignisse sein Begriffsvermögen überstiegen. »Ich weiß auch nicht recht«, erwiderte er verlegen und tippte sich dabei mit den Fingern an die Schirmmütze, beeindruckt von dem vornehmen Aussehen des Herrn, der ihn angesprochen hatte. »Angeblich ist ein halbes Dutzend Generäle verhaftet worden. Sie sollen ins Militärgefängnis von San Francisco gebracht werden, habe ich gehört.«

Don Jaime überbrachte die Nachricht seinen Stammtischbrüdern, und bald konnte man inmitten der Calle Montera den unbeugsamen Agapito Cárceles rufen hören:

»Genau wie ich vorhergesehen habe, Señores! Hier ist der Knüppel Trumpf! Das war der letzte Prankenhieb der blinden Repression!«

Schön und geheimnisvoll stand sie vor ihm, das Florett in der Hand und jede seiner Bewegungen aufmerksam verfolgend.

»Es ist ganz einfach. Passen Sie bitte auf.« Jaime Astarloa hob sein Florett und kreuzte damit so sanft die Klinge Adela de Oteros, daß der Eindruck einer metallenen Liebkosung entstand. »Der Stoß der zweihundert Escudos beginnt mit einem sogenannten ›tiempo marcado‹, also einer Einladung, mit der wir den Gegner durch eine Blöße zu einem Quartstoß verleiten wollen... Ja, genau so. Ripostieren Sie aus der Quart. Ausgezeichnet. Und ich pariere in die Terz, sehen Sie?... Ich löse mich aus der Bindung und stoße zu, wobei ich immer meine Blöße beibehalte, um Sie zu einer Terzparade mit anschließendem Stoß in die Quart zu verleiten. Sehr gut. Bis hierher ist also alles noch ganz normal.«

Adela de Otero hielt nachdenklich inne. »Ist es nicht gefährlich, dem Gegner zweimal hintereinander dieselbe Blöße anzubieten?«

Jaime Astarloa schüttelte den Kopf. »Keine Spur, meine Dame. Sofern man die Terzparade beherrscht, und das ist bei Ihnen ja der Fall. Riskant ist mein Angriff nur für Leute, die in unserer Kunst nicht absolut firm sind. Deshalb würde es mir auch nie einfallen, ihn einem Anfänger beizubringen – der wäre tot, noch bevor er überhaupt ausholen könnte... Verstehen Sie jetzt, warum ich so zurückhaltend war, als Sie mich ansprachen?«

Die junge Frau schenkte ihm ein gewinnendes Lächeln. »Verzeihen Sie mir, Maestro. Sie konnten ja nicht wissen...«

»In der Tat, ich konnte nicht wissen. Und ich kann mir auch jetzt noch nicht richtig erklären, wie...« Er unterbrach sich und sah sie nachdenklich an. »Genug geredet! Machen wir weiter?«

»Ich bin bereit.«

»Gut.« Der Fechtmeister wich dem Blick der jungen Frau heute aus. »Wenn der Gegner Anstalten macht, zum zweitenmal zuzustoßen, müssen Sie augenblicklich, also beim ersten Klingenkontakt, diese Parade entgegensetzen, ja, so, und dann sofort eine Riposte aus der Quart folgen lassen... Sehen Sie? Nun wird Ihr Widersacher normalerweise eine Parade mit Coupé anwenden, indem er den Ellbogen leicht beugt und sein Florett beinahe vertikal aufrichtet, um den Angriff abzuwehren. Ja, genau so.«

Jaime Astarloa machte erneut eine Pause. Die Spitze seiner Klinge lag auf der rechten Schulter Adela de Oteros, und er spürte, daß sein Herz schneller schlug im Kontakt mit ihrer Haut, die er mit dem Eisen berührte, als wäre es ein Fortsatz seiner Finger... »Sentiment du fer«, murmelte er, während ihn eine Gänsehaut überlief. Die junge Frau schielte auf sein Florett, dann betonte ein feines Lächeln die Narbe in ihrem Mundwinkel. Der Fechtmeister hob seine Waffe beschämt um etwa einen Zoll an, aber sie schien seine Gedanken bereits erraten zu haben.

»So, und jetzt kommt der entscheidende Moment«, fuhr Don Jaime fort, bemüht, die Konzentration zurückzuerlangen, die ihm vorübergehend abhanden gekommen war. »Der Gegner hat bereits zu seiner Bewegung angesetzt, aber statt nun zuzustoßen, zögern wir eine Sekunde lang, als wollten wir unseren Widersacher durch eine Finte täuschen... Passen Sie auf, ich mache es Ihnen langsam vor. So... sehen Sie? Wir veranlassen den Gegner also dazu, seine Parade nicht zu Ende zu führen, sondern mittendrin zu unterbrechen. Schließlich muß er sich darauf vorbereiten, unseren nächsten Stoß zu parieren, der freilich nur vorgetäuscht ist.«

Adela de Oteros Augen blitzten jubilierend auf. Sie hatte verstanden. »Und damit begeht er einen entscheidenden Fehler!« stellte sie genüßlich fest.

»Richtig. Den Fehler, der uns zum Sieg verhilft. Schauen Sie her: Nachdem wir den Bruchteil einer Sekunde lang gezögert haben, setzen wir unseren Angriff fort und verkürzen gleichzeitig die Mensur. Damit verhindern wir, daß der Gegner zurückweicht. Sehen Sie? Er hat jetzt kaum noch Spielraum. Nun vollführen wir mit der Faust eine Vierteldrehung und bringen unsere Florettspitze dadurch etwas höher, zwei Zoll, nicht mehr. Ist doch ganz einfach, oder? Wenn die Bewegung gut ausgeführt wird, treffen wir den Gegner spielend am Halsansatz, knapp oberhalb des rechten Schlüsselbeins... Natürlich könnten wir ihm auch die Kehle durchbohren, wenn es darauf ankommt.«

Die stumpfe Spitze des Floretts streifte den Hals der jungen Frau, die Don Jaime mit geöffnetem Mund und erregt funkelnden Augen anstarrte. Der Fechtmeister musterte sie aufmerksam. Ihre Nasenflügel waren gebläht, ihre Brust hob und senkte sich schnell. Adela de Otero strahlte wie ein kleines Kind, das soeben ein wunderschönes Geschenk ausgepackt hat.

»Dieser Stoß ist phantastisch, Maestro. Unglaublich simpel«, hauchte sie mit dankbarem Blick. »Unglaublich simpel!« wiederholte sie dann nachdenklich und betrachtete fasziniert das Florett in ihrer Hand. Sie schien völlig überwältigt von der neuen tödlichen Dimension, die ihrer stählernen Klinge von diesem Moment an innewohnte.

»Das ist vielleicht sein größter Vorteil«, meinte Jaime Astarloa. »Im Fechten kommt das Simple aus der Inspiration, das Komplizierte aus der Technik.«

Adela de Otero lächelte glücklich. »Jetzt kenne ich das Geheimnis eines Stoßes, den kein Fechtlehrbuch enthält«, murmelte sie verzückt. »Wie viele Menschen beherrschen ihn?«

Don Jaime machte eine vage Geste. »Ich weiß nicht. Zehn, zwölf... vielleicht auch noch ein paar mehr. Ich fürchte allerdings, daß er seine Wirksamkeit bald verloren haben wird. Die einen bringen ihn den andern bei, und wenn man ihn einmal kennt, ist er einfach zu parieren, das sahen Sie ja selbst.«

»Haben Sie schon einmal jemanden damit getötet?«

Der Fechtmeister blickte die junge Frau erschrocken an. Solche Fragen stellte eine Dame nicht. »Mit Verlaub, gnädige Frau, aber das tut, glaube ich, nichts zur Sache... Ja, das tut ganz bestimmt nichts zur Sache.« Er machte eine Pause. In seiner Erinnerung tauchte das Bild eines Mannes mit durchstochener Kehle auf; der Unglückliche lag im Gras, das Blut quoll in Strömen aus seinem Hals, unstillbar. »Und selbst wenn, so wäre das nichts, worauf ich besonders stolz sein könnte.«

Adela de Otero schnitt eine ironische Grimasse. Darüber läßt sich streiten, schien sie zu sagen, und Jaime Astarloa stellte bestürzt fest, daß sich über den Glanz ihrer veilchenblauen Augen ein grausamer Schatten gelegt hatte.

Es war Luis de Ayala, der als erster auf das Thema zu sprechen kam. Ihm waren da gewisse Gerüchte zu Ohren gekommen.

»Nicht zu fassen, Don Jaime. Eine Frau! Und Sie sagen, sie ficht gut?«

»Ausgezeichnet. Ich war selbst überrascht.«

Der Marquis beugte sich vertraulich zu ihm hinüber. »Hübsch?«

Jaime Astarloa machte eine Geste, die neutral wirken sollte. »Sehr.«

»Sie sind mir ein schöner Schwerenöter, Meister!« Luis de Ayala drohte ihm grinsend mit dem Zeigefinger und kniff dabei ein Auge zu. »Wo haben Sie dieses Goldstück aufgegabelt?«

Don Jaime erhob schwachen Protest. Absurd zu glauben, daß er in seinem Alter usw., eine rein professionelle Beziehung, seine Exzellenz verstehe schon.

Seine Exzellenz verstand allerdings. »Ich muß die Frau kennenlernen, Don Jaime.«

Der Fechtmeister, den die Vorstellung, der Marqués de los Alumbres könne Adela de Otero kennenlernen, nicht gerade beglückte, gab eine ausweichende Antwort. »Natürlich, Exzellenz. Dazu wird sich bestimmt einmal die Gelegenheit ergeben. Kein Problem.«

Luis de Ayala hakte sich bei ihm unter und führte ihn in den Garten hinaus, wo sich die beiden unter dicht belaubten Weiden ergingen. Die Hitze war sogar im Schatten der Bäume kaum auszuhalten. Der Adlige trug nur eine leichte Kaschmirhose und ein Hemd aus englischer Seide, dessen Ärmel mit pompösen Goldmanschetten geschlossen waren.

»Verheiratet?«

»Das weiß ich nicht.«

»Sie waren noch nie bei ihr zu Hause?«

»Doch, einmal, aber da habe ich nur sie und ein Dienstmädchen zu Gesicht bekommen.«

»Dann lebt sie allein!«

»Diesen Eindruck habe ich auch, aber sicher kann ich es nicht sagen.« Das Verhör ging Don Jaime langsam auf die Nerven. Er versuchte sich zu entziehen, ohne unhöflich zu erscheinen. »Offen gestanden, erzählt Doña Adela nicht viel über sich selbst. Ich habe Ihrer Exzellenz ja schon gesagt und möchte es noch einmal betonen, daß unsere Beziehung rein beruflicher Natur ist: Lehrer und Schülerin.«

Die Männer blieben vor einem Brunnen stehen. An seinem Rand saß ein pausbäckiger Putto, der Wasser aus einem Krug in das Becken träufeln ließ. Von den beiden Spaziergängern aufgescheucht, stieg eine Schar Schwalben in die Luft. Luis de Ayala sah ihnen nach, bis sie in einer Baumkrone verschwunden waren, und wandte sich dann wieder Don Jaime zu. Der stämmige, kraftstrotzende Körper des Marquis und die schmale, distinguierte Erscheinung des Fechtmeisters bildeten einen krassen Kontrast. Auf den ersten Blick hätte jeder Jaime Astarloa für den Aristokraten gehalten.

»Dann ist es also nie zu spät, seine Prinzipien noch einmal zu überdenken! Selbst die eisernsten!« sagte Luis de Ayala augenzwinkernd. Don Jaime fuhr entrüstet auf.

»Exzellenz, ich muß Sie bitten, nicht länger auf diesem Thema herumzureiten«, erwiderte er etwas gekränkt. »Ich habe die junge Dame nur deshalb als Kundin angenommen, weil ich ihr außergewöhnliches fechterisches Talent erkannt habe. So wahr ich hier stehe.«

Luis de Ayala klopfte ihm mit einem ironischen Seufzer auf die Schulter. »Ach ja, der Fortschritt, Don Jaime. Was für ein magisches Wort! Neue Zeiten, neue Sitten – früher oder später holen sie uns alle ein. Nicht einmal Sie können sich ihnen auf die Dauer entziehen.«

»Mit Verlaub, aber ich glaube, Sie irren sich, Don Luis.« Jaime Astarloa schien langsam verärgert über die Richtung, die ihr Gespräch nahm. »Es war rein berufliches Interesse. Was noch lange nicht heißt, daß ich dem Fortschritt und den modernen Sitten Tür und Tor öffne. Ich bin zu alt, um meine Denkweise noch einmal grundlegend zu ändern. Und gegen jugendliche Torheiten bin ich allemal gefeit. Deshalb messe ich dieser Sache nicht mehr Bedeutung bei, als sie hat. Für mich ist sie eine kleine Abwechslung vom grauen Alltag, ein harmloses Vergnügen technischer Natur.«

Der Marqués de los Alumbres reagierte auf diese artige Rede mit einem beifälligen Schmunzeln. »Sie haben recht, Maestro. Ich muß mich bei Ihnen entschuldigen. Eigentlich sollte ich langsam wissen, daß Sie kein Verfechter des Fortschritts sind...«

»Nein, das war ich noch nie. Ich habe mich mein Leben lang darauf beschränkt, mein eigenes Weltbild zu vertreten. Für mich gibt es eine Reihe von Werten, die nie ihre Gültigkeit verlieren, und die gilt es zu bewahren. Alles andere sind kurzlebige Moden, vergängliche, wandelbare Zeiterscheinungen. Nichts als Schall und Rauch.«

Der Marquis sah ihn eindringlich an. Die frivole Plauderei hatte sich in ein ernstes Gespräch verwandelt.

»Ihr Reich ist nicht von dieser Welt, Don Jaime. Und das sage ich mit allem Respekt, den ich Ihnen schulde... Ich habe nun schon eine ganze Weile die Ehre, mit Ihnen zu verkehren, und doch überraschen Sie mich täglich aufs neue mit Ihrem geradezu obsessiven Pflichtbewußtsein. Ein Pflichtbewußtsein, das weder dogmatischen noch religiösen oder moralischen Ursprungs ist. Es kommt einzig und allein aus Ihnen selbst. Und das ungewöhnlichste ist, daß Sie sich diese Pflicht aus freiem Willen auferlegen. Wissen Sie, was das heutzutage bedeutet? In einer Zeit, in der alles mit Geld gekauft werden kann?«

Jaime Astarloa runzelte starrsinnig die Stirn. Diese Unterhaltung wurde ihm von Minute zu Minute unangenehmer.

»Nein, das weiß ich nicht, Exzellenz, und es interessiert mich auch gar nicht.«

»Das ist ja gerade das Überragende an Ihnen, Maestro. Sie

wissen es nicht, und es interessiert Sie auch gar nicht. Soll ich Ihnen etwas verraten? Manchmal frage ich mich, ob in unserem armen Spanien nicht die Rollen vertauscht sind. In negativem Sinne natürlich. Von Rechts wegen müßte Ihnen der Adel hundertmal mehr gebühren als vielen meiner Bekannten, oder mir.«

»Don Luis, ich bitte Sie...«

»Lassen Sie mich ausreden, Mann! Ich bin noch nicht fertig... Mein Großvater selig hat seinen Adelstitel gekauft, und das konnte er, weil er während des Krieges gegen Napoleon mit England Handel getrieben und sich bereichert hat. Aber der echte, der alte Adel kam nicht aufgrund von Schmuggelgeschäften in den Genuß seiner Privilegien, sondern weil er sich im Kampf mit dem Schwert ausgezeichnet hat. Stimmt das, oder stimmt es nicht? Und erzählen Sie mir nicht, Maestro, daß Sie mit einem Schwert in der Hand weniger wert wären als jeder beliebige Aristokrat – mich eingeschlossen.«

Jaime Astarloa hob den Kopf und heftete den Blick seiner grauen Augen auf Luis de Ayala. »Mit einem Schwert in der Hand bin ich so viel wert wie jeder andere, Don Luis.«

Eine heiße Brise bewegte die Zweige der Weiden. Der Marquis ließ seinen Blick zu dem steinernen Putto wandern und schnalzte mit der Zunge, als sei er zu weit gegangen.

»Jedenfalls tun Sie nicht gut daran, sich so gegen die Welt abzuschotten, Don Jaime – wenn die wohlwollende Ansicht eines Freundes Sie interessiert. Tugendhaftigkeit zahlt sich nicht aus, das kann ich Ihnen versichern. Und langweilig ist sie obendrein. Glauben Sie um Himmels willen nicht, ich wollte Ihnen in Ihrem Alter noch eine Moralpredigt halten... Ich möchte Ihnen nur begreiflich machen, daß es spannend ist, bisweilen den Kopf zur Tür hinauszustrecken und sich ein wenig umzusehen. Besonders in historischen Augenblicken wie diesem... Wissen Sie übrigens schon das Neueste?«

»Was meinen Sie?«

»Na, die letzte Verschwörung.«

»Tut mir leid, damit kenne ich mich nicht besonders gut aus. Sprechen Sie von der Festnahme der Generäle?«

»Ach wo! Das Thema ist längst überholt. Ich spreche von dem Geheimabkommen zwischen den Progressisten und der Liberalen Union, das vor kurzem durchgesickert ist. Wie abzusehen war, wollen die beiden Gruppierungen den Weg der legalen Opposition verlassen und eine Militärrevolution unterstützen. Das Programm: die Königin absetzen und ihren Thron dem Herzog von Montpensier anbieten, dem Mann von Isabellas Schwester, der die hübsche Summe von drei Millionen Realen in das Unternehmen gesteckt hat. Zutiefst betrübt über die Sache, hat Isabelita die eigene Schwester und den Schwager kurzerhand verbannen lassen – angeblich nach Portugal. Die Generäle Serrano, Dulce, Zabala und die anderen sind gestern auf die kanarischen Inseln deportiert worden. Und jetzt bearbeiten Montpensiers Anhänger Juan Prim, auf daß er ihrem Thronkandidaten seinen Segen erteile, aber der wilde Katalane gibt sich ziemlich zugeknöpft. So sieht es aus.«

»Ein schönes Chaos!«

»Das können Sie laut sagen. Aber deshalb ist es ja so aufregend, das Spektakel aus der ersten Reihe zu verfolgen, wie ich. Was soll ich Ihnen groß erzählen, Don Jaime ... Ich finde, man muß überall ein bißchen die Finger drin haben, vor allem, wenn es um Frauen und Politik geht – nur aufpassen, daß man sie sich dabei nicht einklemmt. Das ist meine Philosophie, und wie Sie sehen, bekommt sie mir nicht schlecht. Ich genieße das Leben und seine Überraschungen, solange es geht. Wenigstens das nimmt mir später keiner mehr weg. Wenn alle Stricke reißen, kann ich mich immer noch als Bauer verkleiden und auf dem Jahrmarkt von San Isidro vergnügen. Und seien Sie sicher, daß ich dort genauso neugierig wäre wie seinerzeit im Innenministerium – erinnern Sie sich? Dieses verflixte Amt, mit dem mich mein verblichener Onkel Joaquín für drei Monate beehrt hat... Man muß leben, Don Jaime! Und das sagt Ihnen ein Lebemann, der gestern im Kasino dreitausend Duros auf dem Spieltisch gelassen hat – ohne mit der Wimper zu zucken, im Gegenteil, ich habe gelacht, und alle haben es gesehen. Begreifen Sie, Don Jaime?«

Der Fechtmeister lächelte nachsichtig. »Vielleicht.«

»Sie wirken mir nicht sehr überzeugt.«

»Ihre Exzellenz kennen mich gut genug, um zu wissen, wie ich über diese Dinge denke.«

»Ja, das weiß ich. Sie sind ein Mensch, der sich überall fremd fühlt. Wenn Jesus heute leben und zu Ihnen sagen würde: ›Laß alles hinter dir und folge mir nach‹, so würden Sie das sofort tun. Sie besitzen ja sowieso nichts, worauf Sie nicht verzichten könnten, verflixt noch mal!«

»Doch: ein, zwei Florette. Die müssen Sie mir schon lassen.«

»Gut, ein paar Florette... Und das alles natürlich auch nur, wenn Sie sich dafür erwärmen könnten, Jesus oder sonst irgend jemandem zu folgen – was vielleicht schon zuviel verlangt wäre.« Den Marquis schien diese Vorstellung zu erheitern. »Da fällt mir ein, daß ich Sie noch nie gefragt habe, ob Sie Monarchist sind, Don Jaime. Ich beziehe mich selbstverständlich auf die Monarchie im allgemeinen, nicht auf die traurige Farce, die in unserem Land gespielt wird.«

»Täusche ich mich, oder sagten Sie vorhin, mein Reich sei nicht von dieser Welt, Don Luis?«

»Weder von dieser noch von der anderen, soviel steht fest. Sie lassen sich in nichts hineinziehen. Und ich muß zugeben, daß ich Sie manchmal um diese Fähigkeit beneide.«

Der Fechtmeister legte den Kopf zurück und betrachtete die

ziehenden Wolken, als verbinde ihn etwas mit ihnen. »Vielleicht bin ich einfach nur selbstbezogen«, sagte er. »Ein alter Egoist.«

Der Aristokrat schnitt eine Grimasse. »Das bezahlt man oft teuer, mein Freund. Sehr teuer.«

Jaime Astarloa zuckte resigniert mit den Schultern. »Der Mensch gewöhnt sich an alles, besonders wenn ihm keine andere Wahl mehr bleibt. Und wenn bezahlt werden muß, dann bezahlt man eben.« Don Jaime seufzte. »Irgendwann im Leben entscheidet man sich für einen bestimmten Weg, richtig oder falsch, aber man entscheidet sich dafür. Man beschließt, so oder so zu sein, reißt sämtliche Brücken hinter sich ab, und dann gibt es kein Zurück mehr. Dann geht es nur noch mit Volldampf voraus. Bei Wind und Wetter.«

»Auch wenn einem bewußt ist, daß man sich im Irrtum befindet?«

»Dann erst recht. Dann kommt nämlich die Ästhetik ins Spiel.«

Der Marquis entblößte seine weißen Zähne, er lächelte. »Die Ästhetik des Irrtums: hübsches Thema. Darüber könnte man lange reden.«

»Meiner Meinung nach gibt es nichts, was eine lange Unterhaltung lohnen würde.«

»Außer dem Fechten.«

»Außer dem Fechten, das stimmt.« Jaime Astarloa verstummte, als hätte er dem nichts weiter hinzuzufügen. Aber er war doch noch nicht am Ende, er hatte noch etwas zu sagen: »Genuß bezieht man nicht nur aus Äußerlichkeiten, wie Ihre Exzellenz soeben vertreten hat. Es kann einem auch Genuß bereiten, bestimmten persönlichen Riten treu zu bleiben, besonders wenn alles Überkommene um einen herum kaputtzugehen scheint.«

Die Stimme des Marquis nahm einen ironischen Ton an.

»Wenn ich mich recht entsinne, hat Cervantes darüber auch mal was geschrieben. Mit dem Unterschied, daß Sie ein Hidalgo sind, der nicht erst suchen muß, um Windmühlen zu begegnen, weil er sie nämlich mit sich herumträgt.«

»Nein, ich bin ein introvertierter, egoistischer Typ, Exzellenz, vergessen Sie das nicht. Don Quijote wollte das Unrecht bekämpfen, ich will nur, daß man mich in Frieden läßt.« Jaime Astarloa ließ einen Moment lang die eigenen Gefühle Revue passieren. »Ob das wirklich mit Ehrbarkeit zu vereinen ist, weiß ich nicht, aber im Grunde will ich nur ehrbar sein. Ehrenhaft. Ehrenwert. Alles, was sich irgendwie von dem Wort Ehre ableitet«, fügte er so schlicht hinzu, daß keiner ihn für einen Einfaltspinsel gehalten hätte.

»Ein origineller Spleen, Maestro«, sagte der Marquis. »Vor allem in der heutigen Zeit. Warum gerade dieses Wort und nicht ein beliebiges anderes? Ich wüßte da Dutzende von Alternativen: Geld, Macht, Ehrgeiz, Haß, Leidenschaft...«

»Wahrscheinlich, weil ich mich eines Tages für dieses Wort entschieden habe. Vielleicht aus Zufall, wer weiß, oder weil mir sein Klang gefiel. Vielleicht auch, weil ich es irgendwie mit meinem Vater verbinde, mit der Art und Weise, wie er gestorben ist. Darauf bin ich immer stolz gewesen. Ein anständiger Tod rechtfertigt alles. Jedes Leben.«

»Diese Vorstellung vom Tod als Übergang...« – Ayala machte es Spaß, die Unterhaltung mit dem Fechtmeister in die Länge ziehen zu können –, »hat die nicht einen allzu katholischen Beigeschmack? Sie wissen schon: der gute Tod als Schritt zur ewigen Erlösung.«

»Nein, das meine ich nicht. Es auf Erlösung oder sonst etwas abgesehen zu haben, würde der Sache ihre Würde nehmen... Mir schwebt der Kampf an der Schwelle zur ewigen Dunkelheit vor, der Kampf, dessen einziger Zeuge man selbst ist.«

»Sie vergessen Gott.«

»Der interessiert mich nicht. Gott duldet, was nicht geduldet werden kann. Er ist unverantwortlich und inkonsequent. Er ist kein Caballero.«

Der Marquis sah Don Jaime voller Respekt an. »Ich war immer der Ansicht, Maestro«, sagte er nach kurzem Schweigen, »die Natur habe es so eingerichtet, daß intelligente Leute zu Zynikern werden, um überleben zu können... Sie sind das einzige Beispiel, das meiner Theorie widerspricht. Und vielleicht ist es gerade das, was mir so an Ihnen gefällt, mehr noch als ihr fechterisches Können. Sie besitzen Eigenschaften, von denen ich geschworen hätte, daß sie nur in Büchern vorkommen. Für mich sind Sie so etwas wie mein wandelndes Gewissen.«

Die beiden Männer schwiegen, lauschten dem Plätschern des Brunnens und dem leisen Rauschen der Weiden im Sommerwind. Da kam dem Fechtmeister Adela de Otero in den Sinn, und während er verstohlen zu Luis de Ayala hinüberschielte, verspürte er – zu seinem großen Verdruß – plötzlich einen Anflug von Neid.

Ungeachtet der politischen Agitationen, die das Land in jenem Sommer heimsuchten, ging Don Jaime pünktlich seinen Verpflichtungen nach, einschließlich der drei Wochenstunden Unterricht, die er Adela de Otero erteilte. Ihre Begegnungen hielten sich strikt im Rahmen des Fachlichen, zu mißverständlichen Situationen kam es nie. Die Gefechte, in denen sich die junge Frau auch weiterhin mit glänzenden Leistungen hervortat, nahmen ihre Zeit fast völlig in Anspruch. Nur dann und wann bot sich Gelegenheit zu einer belanglosen Plauderei, ohne daß es je wieder zu der intimen Stimmung des Nachmittags gekommen wäre, an dem Adela de Otero den Fechtmeister zum zweitenmal in seiner Wohnung aufgesucht hatte.

Zu Don Jaimes großer Erleichterung beschränkte sie sich jetzt darauf, ihm gezielte Fragen zu technischen Problemen zu stellen, die er mit großem Vergnügen beantwortete. Er selbst bemühte sich, seine Neugier bezüglich ihres Privatlebens zu zügeln, und wenn er das Thema doch einmal anschnitt, wich sie geschickt aus oder stellte sich taub. Alles, was er herausbekommen konnte, war, daß sie allein lebte, keine engeren Verwandten in Madrid besaß und – warum auch immer – den gesellschaftlichen Umgang mit Leuten ihres Standes mied. Es deutete viel darauf hin, daß sie vermögend, wenn nicht reich war, obwohl sie in der Calle Riaño statt der repräsentativen ersten nur eine zweite Etage bewohnte, und daß sie mehrere Jahre im Ausland gelebt hatte, wahrscheinlich in Italien. Letzteres schloß der Fechtmeister aus bestimmten Details und Ausdrücken, die ihr gelegentlich entschlüpften. Ob sie ledig oder verwitwet war, hatte er beim besten Willen nicht herausfinden können, ihr Lebensstil sprach allerdings eher für die zweite Hypothese. Auch Adela de Oteros Ungeniertheit und ihre kritischen Bemerkungen über das männliche Geschlecht paßten nicht zu einer Ledigen. Es war klar, daß diese Frau geliebt und gelitten hatte. Zu einer Selbstsicherheit wie der ihren gelangte ein junger Mensch nur durch sehr intensive und harte Erfahrungen, das wußte man in Jaime Astarloas Alter. Allerdings war er nicht sicher, ob er sie deshalb – vulgär ausgedrückt – als Abenteurerin bezeichnen durfte. Aber doch, vielleicht war sie das wirklich. Gewisse Züge, wie ihre außergewöhnliche Unabhängigkeit, hinderten ihn manchmal fast daran, sie als Frau im herkömmlichen Sinne zu betrachten. Dann meldete sich jedoch seine innere Stimme zu Wort und warnte ihn vor übereilten Urteilen.

Alles in allem erfüllte ihn die Beziehung zu Adela de Otero, trotz ihrer Scheu, Einzelheiten über sich preiszugeben, mit großer Zufriedenheit. Die Jugend und Schönheit seiner weiblichen Klientin, ihre ganze Persönlichkeit, hatten eine ausgesprochen wohltuende Wirkung auf ihn – Don Jaime fühlte sich von Tag zu Tag beschwingter. In den Respekt, den sie ihm entgegenbrachte, mischte sich stets ein Anflug von Koketterie, fast als ziere sie sich ein wenig, und das gefiel dem alten Fechtmeister so gut, daß er mit wachsender Sehnsucht den Augenblick erwartete, in dem Adela de Otero, ihre kleine Reisetasche unterm Arm, in seinem Fechtsaal erschien. Er hatte sich bereits daran gewöhnt, daß sie die Tür des Umkleideraums immer einen Spalt offenließ, und dorthin eilte er, sobald sie gegangen war, um gerührt den feinen Rosenwasserduft einzuatmen, der in der Luft zurückblieb. Es gab Momente – wenn ihre Blicke allzu lange ineinander ruhten oder wenn sich ihre Körper in der Hitze eines Gefechts beinahe berührten –, in denen es Don Jaime nur mit größter Selbstbeherrschung gelang, seinen Seelenaufruhr unter dem Mantel väterlicher Höflichkeit zu verbergen.

So kam der Tag, an dem die junge Frau im Verlauf eines Angriffs derart ungestüm gegen ihn ausfiel, daß sie das Gleichgewicht verlor und gegen die Brust des Fechtmeisters prallte. Wie er den weiblichen Körper auf sich fühlte, warm und geschmeidig, entglitt ihm die Kontrolle über seine Hände, und sie griffen reflexartig nach der Taille Adela de Oteros, um sie vor einem Sturz zu bewahren. Sie hatte sich im Nu wieder aufgerichtet, aber dabei wandte sich ihr Gesicht einen Moment lang dem des Meisters zu und war ihm so nahe, daß Don Jaime durch das Drahtgeflecht der Maske hindurch ihren Atem spüren konnte, ja sogar das Funkeln ihrer Augen, die ihn durchdringend ansahen. Die beiden gingen unverzüglich wieder in Fechtstellung, aber Jaime Astarloa war so verwirrt von dem Vorfall, daß sie ihm zweimal den Knopf ihrer Florettspitze in den Brustschutz rammte, bevor er wieder in der Lage war, sich einigermaßen anständig zu verteidigen. Glücklich, gleich zwei Treffer hintereinander gelandet zu haben, wirbelte Adela de Otero über den Fechtboden, bald vor, bald zurück, setzte ihm mit blitzschnellen Stößen zu, bedrängte ihn mit feurigen Angriffen und geschickt improvisierten Finten, hüpfte vor Freude in die Luft und glich in allem einem kleinen Kind, das sich völlig einem spannenden Spiel hingibt. Jaime Astarloa, der sich mittlerweile wieder gefangen hatte, beobachtete sie, während er sie mit ausgestrecktem Arm auf Distanz hielt. Der Fechtmeister hatte sie noch nie so innig geliebt wie in diesem Augenblick.

Als sie später, bereits wieder im Straßenkleid, aus der Umkleidekammer trat, wirkte sie verändert. Sie war bleich und schwankte etwas, einmal mußte sie sich gar an die Wand lehnen. Der Sonnenhut entglitt ihr, und sie faßte sich mit der Hand an die Stirn. Der Fechtmeister eilte ihr besorgt zu Hilfe.

»Fühlen Sie sich nicht wohl?«

»Doch, es geht schon«, erwiderte sie mit einem matten Lächeln. »Das ist wohl nur die Hitze.«

Sie stützte sich auf den Arm, den Don Jaime ihr anbot, und neigte den Kopf, so daß ihre Wange beinahe seine Schulter berührte.

»Das ist das erste Mal, Doña Adela, daß ich Anzeichen von Schwäche an Ihnen bemerke.«

Ein Lächeln erhellte das blasse Gesicht der jungen Frau. »Betrachten Sie es als Auszeichnung«, sagte sie.

Er geleitete sie in sein Arbeitszimmer hinüber und genoß den leichten Druck ihrer Hand auf seinem Arm, bis sie sich auf das abgewetzte Ledersofa sinken ließ. »Ich glaube, Sie brauchen eine Stärkung. Vielleicht würde Ihnen ein Schluck Cognac guttun.

»Machen Sie sich keine Umstände. Ich fühle mich schon wieder besser.«

Aber Don Jaime ließ sich nicht von seinem Vorschlag abbringen, kramte in einem Wandschrank herum und kam mit einem Glas Cognac zurück. »Trinken Sie einen Schluck, bitte. Das hilft Ihrem Kreislauf wieder auf die Beine.«

Adela de Otero benetzte ihre Lippen und schnitt eine niedliche Grimasse. Der Fechtmeister öffnete beide Flügel des Fensters, um frische Luft hereinzulassen, dann nahm er der jungen Frau gegenüber Platz. So blieben sie eine Weile still sitzen. Seine Besorgtheit um ihren Zustand zum Vorwand nehmend, betrachtete Don Jaime sie etwas ausführlicher, als er es unter normalen Umständen gewagt hätte; dabei strich er sich instinktiv über den Arm, auf dem ihre Hand gelegen hatte. Er glaubte, sie noch immer dort zu spüren.

»Nehmen Sie noch einen Schluck. Mir scheint, das bekommt Ihnen.«

Sie nickte folgsam mit dem Kopf. Dann sah sie ihm in die Augen und lächelte dankbar, im Schoß das Cognacglas, von dem sie kaum genippt hatte. Die Farbe war schon wieder in ihr Gesicht zurückgekehrt, als sie mit dem Kinn auf die unzähligen Gegenstände deutete, die Don Jaimes Zimmer füllten.

»Wissen Sie was?« sagte sie in leisem, vertraulich klingendem Ton. »Ihre Wohnung gleicht Ihnen. Diese vielen liebevoll gehüteten Dinge haben etwas Tröstliches. Sie flößen einem Sicherheit ein. Hier drinnen fühlt man sich vor allen Unbilden geschützt, als bleibe die Zeit stehen. Diese Wände enthalten . . .«

». . . ein ganzes Leben?« Don Jaime schien ihr das Wort aus dem Munde genommen zu haben.

»Ihr ganzes Leben«, erwiderte sie mit einem seltsamen Blick.

Jaime Astarloa erhob sich, schritt auf und ab und betrachtete schweigend die Gegenstände, die sie meinte: das vergilbte Diplom der Pariser Akademie, zwei alte Duellpistolen unter einer Glasglocke, das in Holz geschnitzte Familienwappen mit der Devise »Hier bin ich!«, sein auf grünen Samt gestecktes Abzeichen als Oberleutnant der Königlichen Garde, das in einem kleinen Rahmen an der Wand hing. Dann glitt seine Hand über die Rücken der Bücher, die in den Eichenregalen aneinandergereiht waren. Adela de Otero beobachtete ihn, aufmerksam und mit leicht geöffneten Lippen, als lausche sie dem Raunen der Vergangenheit.

»Es ist schön, die Dinge nicht in Vergessenheit geraten zu lassen«, sagte sie nach einer Weile.

Der Fechtmeister wiegte skeptisch den Kopf. Seine Erinnerungen kann man sich nicht aussuchen, schien das zu heißen.

»Schön ist vielleicht nicht das richtige Wort«, entgegnete er und ließ den Blick über die mit Büchern und Gegenständen bedeckten Wände schweifen. »Manchmal komme ich mir hier vor wie auf einem Friedhof... Das Gefühl ist ganz ähnlich: Symbole und Stille.« Er überdachte seine Worte noch einmal, dann lächelte er traurig. »Das Schweigen der Gespenster, die man nach und nach hinter sich gelassen hat.«

»Ich weiß, was Sie meinen.«

»Das wissen Sie? Ja, gut möglich. Langsam gelange auch ich immer mehr zu dieser Überzeugung.«

»Die Gespenster derer, die wir hätten sein können und nicht geworden sind... Habe ich recht?... Derer, die wir im Traum waren, bevor man uns geweckt hat.« Sie sprach mit eintöniger, monotoner Stimme, als rezitiere sie aus dem Gedächtnis eine Lektion, die sie vor unendlich langer Zeit gelernt hatte. »Die Gespenster derer, die wir einmal geliebt haben und nie erreichen konnten; derer, die uns geliebt haben, bevor wir ihre Hoffnungen aus Böswilligkeit, Dummheit oder Ignoranz zerstörten...«

»Ja, ich sehe schon, Sie verstehen mich.«

Die Narbe in ihrem Mundwinkel unterstrich ein sarkasti-

sches Lächeln. »Warum sollte ich Sie nicht verstehen? So
schwierig ist das nicht. Oder glauben Sie, nur Männer könnten eine Katastrophe hinter sich haben?«

Jaime Astarloa sah sie an, ohne etwas zu erwidern. Die
junge Frau hatte die Lider geschlossen, fernen Stimmen lau-
schend, die nur sie selbst vernehmen konnte. Danach blinzelte sie, als erwache sie aus einem Traum, und suchte die
Augen des Fechtmeisters.

»Und doch«, sagte sie, »spüre ich in Ihnen weder Bitterkeit
noch Groll, Don Jaime. Woher nehmen Sie bloß die Kraft,
sich aufrecht zu halten – nicht in die Knie zu sinken und um
etwas zu betteln... Immer diese Abgehobenheit, dieses ewige
Fremdsein. Als sammelten Sie in Ihrem Inneren Kräfte, um
überleben zu können, ja, mehr noch: Sie häufen diese Kräfte
an wie ein Geiziger sein Geld.«

Der Fechtmeister zuckte mit der Schulter. »Das bin nicht
ich«, sagte er leise, beinahe schüchtern. »Das sind meine beinahe sechzig Jahre mit all dem Schönen und all dem Häß-
lichen, das ich erlebt habe. Aber was Sie betrifft...« Er hielt
unsicher inne und senkte das Kinn auf die Brust.

»Was mich betrifft...« Die veilchenblauen Augen waren
mit einem Mal ausdruckslos, wie verschleiert.

»Sie sind noch sehr jung«, stellte Don Jaime mit geradezu
kindlicher Naivität fest. »Sie stehen erst ganz am Anfang.«

Adela de Otero zog die Augenbrauen hoch und stieß ein
freudloses Lachen aus. »Mich gibt es nicht«, sagte ihre heisere
Stimme.

Jaime Astarloa blickte verwundert auf. Die junge Frau
beugte sich vor, um ihr Cognacglas auf einem kleinen Tisch
abzustellen, und dabei konnte der Fechtmeister ihren schönen, kräftigen Hals bewundern, der unter der pechschwarzen
Fülle des im Nacken zusammengefaßten Haars zum Vorschein kam. Die Sonne war am Untergehen, rosarote Wolken

füllten den Ausschnitt des Fensters, und an der Wand tanzte und erlosch ein letzter Lichtreflex.

»Seltsam«, murmelte Don Jaime. »Ich war immer überzeugt davon, einen Menschen in- und auswendig zu kennen, nachdem ich ein paarmal mit ihm gefochten habe. Für jemanden, der seinen Tastsinn zu gebrauchen weiß, ist es nicht schwierig, sich in seinen Gegner hineinzuversetzen. Beim Fechten zeigt sich jeder, wie er ist.«

Adela de Otero starrte geistesabwesend ins Leere. »Möglich«, murmelte sie tonlos.

Der Meister zog wahllos eines der vielen Bücher heraus, hielt es kurz in der Hand und stellte es zerstreut wieder an seinen Platz zurück. »Bei Ihnen ist es anders«, sagte er. Die junge Frau schien langsam wieder zu sich zu kommen, wenigstens glaubte er, einen Funken Interesse in ihren Augen zu lesen.

»Im Ernst«, fuhr er fort. »Außer Ihrer Entschlossenheit und Aggressivität habe ich eigentlich gar nichts von Ihnen herausbekommen, Doña Adela. Ihre Bewegungen sind überlegt und sicher; Sie fechten zu gewandt für eine Frau und zu anmutig für einen Mann. Irgendwie geht eine geradezu magnetische Anziehungskraft von Ihnen aus, eine kontrollierte Energie ... und dann wieder ein dunkler, unerklärlicher Groll, ich begreife nur nicht, gegen was. Oder gegen wen. Aber vielleicht liegt die Antwort darauf ja unter der Asche dieser Katastrophen begraben, die Sie bestens zu kennen scheinen.«

Adela de Otero schien über seine Worte nachzudenken. »Sprechen Sie weiter«, sagte sie.

Jaime Astarloa hob hilflos die Hände. »Viel mehr kann ich nicht sagen«, gestand er ihr in bedauerndem Ton. »Ich habe, wie Sie sehen, Verschiedenes an Ihnen beobachtet, aber es gelingt mir nicht, den Grund dafür herauszubekommen. Ich bin eben nur ein alter Fechtlehrer, kein Philosoph oder Moralist.«

»Für einen alten Fechtlehrer sind Sie aber ziemlich beschlagen«, spöttelte die junge Frau mit einem nachsichtigen Lächeln. Nur an ihrer Haut sah Don Jaime, daß es sie dabei innerlich durchrieselte. Draußen, vor dem Fenster, dunkelte es über den Dächern von Madrid, und auch im Zimmer wurden die Schatten von Minute zu Minute länger. Auf dem Fenstersims erschien lautlos eine Katze, linste kurz herein und huschte weiter.

Adela de Otero bewegte sich, und ihre Röcke raschelten dabei. »Im falschen Moment«, sagte sie, nachdenklich und mysteriöser denn je. »Am falschen Tag... in der falschen Stadt.« Sie beugte sich nach vorn und lachte leise. »Schade«, setzte sie hinzu.

Don Jaime starrte sie sprachlos an. Als die junge Frau seine Verwirrung bemerkte, öffnete sie sanft die Lippen und klopfte mit der Hand neben sich auf das Ledersofa. Sie wirkte plötzlich wie verwandelt.

»Kommen Sie, Maestro. Setzen Sie sich zu mir.«

Jaime Astarloa lehnte vom Fenster her höflich ab. Das Zimmer lag nun bereits im Halbdunkel, alles nur Grautöne und Schatten.

»Haben Sie einmal geliebt?« fragte Adela de Otero. Ihre Gesichtszüge verschwammen im Dämmerlicht.

»Mehrmals«, erwiderte er melancholisch.

»Mehrmals?« Die junge Frau wirkte überrascht. »Verstehe. Nein, Maestro. Ich meine, ob Sie einmal *geliebt* haben?«

Im Westen war der Himmel bereits schwarz. Don Jaime warf einen Blick auf die Petroleumlampe, konnte sich aber nicht entschließen, sie anzuzünden. Adela de Otero schien die zunehmende Dunkelheit im Zimmer nicht zu stören.

»Ja. In Paris. Vor sehr langer Zeit.«

»War sie schön?«

»Ja. So schön... wie Sie. Und Paris hat ihre Schönheit noch

120

gesteigert: das Quartier Latin, die eleganten Geschäfte der Rue Saint Germain, Montparnasse...«

Bei diesen Erinnerungen überkam ihn Wehmut, und sein Magen krampfte sich zusammen. Er sah noch einmal zu der Petroleumlampe hinüber. »Ich glaube, wir sollten...«

»Wer hat wen verlassen, Don Jaime?«

Der Fechtmeister verzog den Mund zu einem schmerzlichen Lächeln, sicher, daß Adela de Otero es in der Dunkelheit nicht mehr sehen konnte. »So einfach lagen die Dinge nicht. Nach vier Jahren habe ich sie gezwungen, sich zu entscheiden. Und das hat sie getan.«

Die Frau war jetzt ein regloser Schatten. »Verheiratet?«

»Ja, sie war verheiratet. Und Sie sind eine intelligente junge Dame.«

»Was haben Sie danach getan?«

»Ich habe verkauft, was ich besaß, und bin nach Spanien zurückgekehrt. Aber das ist wirklich schon sehr lange her.«

Auf der Straße gingen die ersten Gaslaternen an, ihr fahles Licht schien zum Fenster herein. Adela de Otero stand vom Sofa auf, durchquerte das Zimmer und stellte sich neben den Fechtmeister ans Fenster.

»Es gibt da einen englischen Dichter«, sagte sie. »Lord Byron mit Namen.«

Don Jaime wartete schweigend ab. Er und die junge Frau waren einander so nahe, daß sie sich beinahe berührten, und er spürte deutlich die Wärme, die ihr Körper ausströmte. Seine Kehle war trocken und wie zugeschnürt vor Angst, sie könne sein Herz pochen hören. Adela de Oteros Stimme klang sanft, beinahe liebkosend:

*»The devil speaks truth much oftener than he's deemed
He has an ignorant audience...«*

Sie rückte noch näher an ihn heran. Der von der Straße heraufdringende Schein der Gaslaternen beleuchtete ihre untere Gesichtshälfte, das Kinn und den Mund:

>*Der Teufel sagt die Wahrheit viel öfter, als man denkt, aber seine Zuhörer achten nicht darauf...*«

Danach trat eine Stille ein, die dem Fechtmeister wie eine Ewigkeit vorkam. Erst als es ganz unerträglich wurde, ließ Adela de Otero erneut ihre Stimme vernehmen:
»Es gibt immer eine Geschichte zu erzählen.«
Sie sprach so leise, daß Don Jaime ihre Worte beinahe erraten mußte. Der zarte Rosenwasserduft, der sie umschwebte, drang ihm bis in die Poren. Er fühlte, daß er drauf und dran war, den Kopf zu verlieren, und suchte verzweifelt nach irgend etwas, das ihn hätte in die Wirklichkeit zurückholen können. Da fiel ihm die Petroleumlampe ein; er riß ein Streichholz an und näherte es ihrem Docht. Die rauchende Flamme zitterte in seiner Hand.

Er bestand darauf, sie in die Calle Riaño zu begleiten. Das sei keine Uhrzeit, zu der eine Frau allein auf eine Kutsche warten könne, meinte er, ohne ihr in die Augen zu sehen, zog seinen Rock an, griff nach Stock und Zylinder und schritt vor ihr die Treppe hinab. Unterm Hausportal zögerte er kurz, was Adela de Otero nicht entging, dann bot er ihr so kühl wie nur irgend möglich seinen Arm an. Die junge Frau hängte sich bei ihm ein und betrachtete ihn im Gehen immer wieder von der Seite – mit verhohlenem Spott, wie er vermutete. Don Jaime führte sie zu einem Einspänner, dessen Kutscher an eine Laterne gelehnt vor sich hindöste, ließ sie vor sich einsteigen und teilte dem Mann die Adresse mit.
Die Kutsche holperte die Calle Arenal entlang und bog,

beim Palacio de Oriente angelangt, rechts ab. Der Fechtmeister starrte schweigend vor sich hin, die Hände auf den Knauf seines Stocks gestützt und vergeblich bemüht, wieder einen klaren Kopf zu bekommen. Es hätte etwas geschehen können, aber es war nicht geschehen. Sollte er sich deshalb beglückwünschen oder verachten? Was Adela de Otero in diesem Augenblick dachte, hätte er um nichts in der Welt wissen wollen. Nur eine Gewißheit lag untrüglich in der Luft: Die Stunde, die sie einander hätte näherbringen können, hatte das Gegenteil bewirkt; an diesem Abend war etwas zwischen ihnen in die Brüche gegangen, endgültig und unwiderruflich. Was, das wußte er nicht, wollte es auch gar nicht wissen. Das Klirren der Scherben um ihn herum war deutlich genug. Die junge Frau würde ihm seine Feigheit nie verzeihen. Seine Feigheit oder seine Resignation.

Keiner von ihnen sagte ein Wort, jeder kauerte in einer Ecke der rot gepolsterten Bank. Wenn sie an einer Laterne vorüberfuhren und das Innere der Kutsche sich sekundenlang erhellte, schielte Don Jaime verstohlen zu seiner Begleiterin hinüber, die geistesabwesend auf die dunkle Straße hinausspähte. Der alte Fechtmeister hätte liebend gern irgend etwas gesagt, um sein quälendes Unbehagen zu überwinden, aber er fürchtete, die Sache noch zu verschlimmern. Die ganze Situation war ihm unerträglich.

Nach geraumer Zeit wandte Adela de Otero den Kopf. »Ich habe gehört, Don Jaime, daß sich unter Ihren Kunden hochstehende Persönlichkeiten befinden. Stimmt das?«

»Ja, das ist richtig.«

»Auch Adlige? Ich meine Grafen, Herzöge und solche Leute?«

Nach dem Gespräch, das sie bei ihm zu Hause geführt hatten, war Jaime Astarloa froh, sich über ein so harmloses Thema unterhalten zu können. Zweifelsohne war auch

Adela de Otero klar, daß eine Grenze überschritten war. Vielleicht spürte sie das Unbehagen des Fechtmeisters und versuchte nun das Eis zu brechen, um die peinliche Situation zu überwinden, die sie selbst heraufbeschworen hatte.

»Ein paar Adlige sind auch darunter«, erwiderte er. »Aber nicht viele, das muß ich Ihnen offen gestehen. Die Zeiten, in denen ein angesehener Fechtmeister sich in Wien oder Sankt Petersburg niederließ und zum Kommandanten eines kaiserlichen Regiments ernannt wurde, sind vorbei. Die Aristokraten von heute haben nicht viel für meine Kunst übrig.«

»Wer sind denn die löblichen Ausnahmen?«

Don Jaime hob die Schulter. »Zwei oder drei. Der Sohn des Grafen von Sueca, der Marqués de los Alumbres...«

»Luis de Ayala?«

Er sah sie überrascht an. »Sie kennen Don Luis?«

»Ich habe von ihm gehört«, sagte sie mit gleichgültig klingender Stimme. »Es heißt, er sei einer der besten Fechter von Madrid.«

Der Meister nickte zufrieden. »So ist es in der Tat.«

»Besser als ich?« Jetzt verriet ihre Stimme eine Spur von Neugier.

Don Jaime blähte die Backen: Diese Frage brachte ihn etwas in Verlegenheit. »Er hat einen anderen Stil.«

Adela de Oteros Stimme nahm einen frivolen Ton an: »Ich würde gerne einmal mit ihm fechten. Er soll ein interessanter Mann sein.«

»Ausgeschlossen. Tut mir leid, aber das ist ausgeschlossen.«

»Warum? Ich sehe da keine Schwierigkeiten.«

»Nun ... Ich meine ...«

»Nur ein, zwei Gefechte. Haben Sie ihm auch den Stoß der zweihundert Escudos beigebracht?«

Don Jaime rutschte unbehaglich auf der Sitzbank herum. Wie unangenehm ihm das alles war!

»Ihr Ansinnen, Doña Adela, ist etwas... hm, ungewöhnlich.« Der Meister runzelte die Stirn. »Ich weiß nicht, ob der Herr Marquis...«

»Stehen Sie auf sehr vertraulichem Fuße miteinander?«

»Na ja, er beehrt mich mit seiner Freundschaft, wenn es das ist, was Sie wissen wollen.«

Adela de Otero war plötzlich wie verwandelt. Sie hängte sich mit einer solchen Ausgelassenheit an seinen Arm, daß er kaum die junge Frau wiedererkannte, die sich in seinem stillen Arbeitszimmer so ernsthaft mit ihm unterhalten hatte.

»Dann gibt es kein Problem«, rief sie begeistert aus. »Sie erzählen ihm von mir, sagen ihm ganz einfach die Wahrheit, daß ich eine gute Fechterin bin, und wetten, daß er dann neugierig wird und mich kennenlernen möchte. Eine Frau, die ficht!«

Don Jaime stammelte ein paar Ausreden, die wenig überzeugend klangen, aber Adela de Otero ließ nicht locker:

»Inzwischen sollten Sie wissen, daß ich in Madrid außer Ihnen niemanden kenne. Ich bin eine Frau, und es würde sich doch nicht schicken, daß ich mit einem Florett unterm Arm von Tür zu Tür gehe...«

»Nein, um Himmels willen!« rief Don Jaime entsetzt aus. Diesmal war es sein eigenes Sittengefühl, das rebellierte.

»Sehen Sie! Ich müßte mich ja schämen.«

»Kann sein, aber Don Luis de Ayala hat hinsichtlich des Fechtens sehr strenge Vorstellungen. Ich weiß nicht, was er denken würde, wenn eine Frau...«

»Sie haben mich doch auch akzeptiert, Maestro.«

»Sie wissen genau, ich bin ein Fechtmeister. Luis de Ayala ist ein Marquis.«

Adela de Otero lachte schelmisch auf. »Bei unserer ersten Begegnung in meiner Wohnung sprachen Sie doch davon, daß Sie es prinzipiell ablehnen würden, mit einer Frau zu fechten.«

»Ja, aber dann war es – sagen wir mal: berufliches Interesse.«

Die Kutsche rollte am Palacio de Liria vorbei die Calle de la Princesa hinunter. Im flackernden Schein der Gaslaternen ergingen sich vornehm gekleidete Passanten an der frischen Luft. Ein verschlafener Nachtwächter tippte sich an die Mütze, als er die Kalesche sah; er glaubte wohl, sie fahre zur Residenz des Herzogs von Alba.

»Versprechen Sie, dem Marquis von mir zu erzählen!«

»Ich gebe nie ein Versprechen, das ich nicht halten könnte.«

»Maestro... Zum Schluß muß ich noch glauben, daß Sie eifersüchtig sind.«

Jaime Astarloa stieg jäh das Blut ins Gesicht. Auch ohne sich zu sehen, wußte er, daß er puterrot angelaufen war. Er spürte einen Kloß im Hals, öffnete den Mund, brachte jedoch kein einziges Wort über die Lippen. Sie hat recht, schoß es ihm durch den Kopf. Sie hat völlig recht. Ich benehme mich absolut kindisch. Selten hatte er sich so geschämt. Er atmete tief durch, dann stieß er seinen Stock auf den Boden der Kalesche.

»Gut... Versuchen wir es. Aber ich kann für nichts garantieren.«

Adela de Otero klatschte in die Hände, glücklich wie eine kleines Mädchen, und beugte sich zu ihm hinüber, um dankbar seinen Arm zu drücken. Vielleicht ein wenig zu dankbar für eine kleine Gefälligkeit. Aber daß diese Frau unberechenbar war, wußte der Fechtmeister ja längst.

Jaime Astarloa hielt Wort, so schwer es ihm fiel. Als er wieder einmal zur Fechtstunde beim Marqués de los Alumbres war, brachte er das Thema vorsichtig zur Sprache: »Diese junge Fechterin – Sie wissen schon, wen ich meine, Sie haben sich selbst einmal nach ihr erkundigt... Nun ja, wie es eben so ist, die Jugend beschreitet gern neue Wege, obwohl ich Ihnen versichern kann, daß sie eine leidenschaftliche Anhängerin unserer Kunst ist, sehr talentiert und ausgesprochen geschickt im Umgang mit dem Florett. Andernfalls hätte ich nie gewagt... Ich meine, wenn Sie nichts dagegen haben...«

Luis de Ayala strich sich erfreut über den gewichsten Schnurrbart. Wogegen sollte er denn etwas haben? – Größtes Interesse von seiner Seite.

»Und Sie sagen, sie sei hübsch?«

Don Jaime tobte innerlich vor Wut auf sich selbst: Diese Kuppelei war einfach unter seiner Würde. Aber er mußte immer wieder daran denken, was Adela de Otero in der Kutsche zu ihm gesagt hatte. Wie konnte er bloß in seinem Alter noch eifersüchtig sein? Das war doch lächerlich!

Die Vorstellung fand in Don Jaimes Wohnung statt, als der Marquis zwei Tage später »zufällig« während Adela de Oteros Fechtstunde hereinschneite. Man tauschte die üblichen Floskeln aus, dann bat Luis de Ayala – malvenfarbener Foulard, brillantenbesetzte Krawattennadel, Seidenstrümpfe mit eingesticktem Monogramm und schneidig aufgezwirbelter Schnurrbart – untertänigst um Erlaubnis, einem Assaut beiwohnen zu dürfen, was ihm gestattet wurde. Er lehnte mit verschränkten Armen und fachmännischer Miene an der Wand. Die junge Frau griff mit größter Gelassenheit zum Florett und lieferte Jaime Astarloa sodann eines der besten Gefechte, das er je bei einem Klienten erlebt hatte. Als es zu Ende war, brach der Marquis in begeisterten Beifall aus.

»Señora, es ist mir eine Ehre.«

Die veilchenblauen Augen sahen ihn herausfordernd und verführerisch zugleich an, und zwar so eindringlich, daß sich der Aristokrat mit dem Zeigefinger in den Hemdkragen fuhr. Bei der ersten Gelegenheit raunte er dem Fechtmeister zu:

»Was für eine faszinierende Frau!«

Don Jaime konnte seine schlechte Laune kaum verbergen. Im Anschluß an den Assaut vertiefte sich Luis de Ayala in ein ausführliches Fachgespräch mit der jungen Frau, während der Meister Florette, Masken und Westen wegräumte. Natürlich bot der Marquis Adela de Otero sofort an, sie nach Hause zu bringen. Sein Phaeton mit dem englischen Kutscher warte unten auf der Straße, und es sei ihm ein exquisites Vergnügen, der Dame zu dienen. Über ihre gemeinsame Fechtleidenschaft gebe es sicher noch viel zu erzählen. Vielleicht habe sie ja auch Lust, ihn heute abend um neun zum Konzert in den Stadtpark zu begleiten. Das Orchester führe unter der Leitung von Maestro Gazambide Rossinis »Diebische Elster« auf sowie ein Potpourri beliebter Motive. Adela de Otero dankte und nahm die Einladung an. Ihre Wangen waren vom Fechten gerötet, und sie wirkte noch anziehender als sonst.

Während sie sich – diesmal bei geschlossener Tür – umkleidete, lud Luis de Ayala anstandshalber auch Don Jaime ein, aber es war ihm deutlich anzumerken, daß er keinen allzu großen Wert auf dessen Gesellschaft legte. Jaime Astarloa, der sich in dieser Komödie wie der steinerne Gast aus dem »Don Juan« vorkam, lehnte mit einem beklommenen Lächeln ab. Der Marquis war ein souveräner Gegner, und der Fechtmeister ahnte, daß die Partie für ihn verloren war, obwohl er nicht einmal den ersten Zug gewagt hatte. Die beiden verließen ihn Arm in Arm und angeregt plaudernd, und Don Jaime hörte ohnmächtig zu, wie ihre Schritte sich die Treppe hinunter entfernten.

Den Rest des Tages ging er in seiner Wohnung auf und ab wie ein Tiger im Käfig. Er war schrecklich wütend auf sich selbst. Einmal blieb er vor den Spiegeln im Fechtsaal stehen und starrte sich an.

»Was hast du dir denn erwartet?« fragte er sich höhnisch.

Der weißhaarige Greis im Spiegel antwortete mit einer bitteren Grimasse.

Mehrere Tage vergingen. Die von der Zensur geknebelten Zeitungen berichteten zwischen den Zeilen über die Wechselfälle der Politik. Es hieß, Don Juan Prim habe von Napoleon III. die Erlaubnis erhalten, sich zu einer Badekur nach Vichy zu begeben. Besorgt über das Näherrücken des Verschwörers, setzte die Regierung sämtliche Hebel der Diplomatie in Bewegung, um dem französischen Kaiser ihre Mißbilligung zum Ausdruck zu bringen. Aber der »Graf von Reus« packte in London bereits die Koffer, hielt enthusiastische Versammlungen mit seinen Gesinnungsgenossen ab und fand immer neue Wege, um verschiedenen Persönlichkeiten Geld für seine Sache abzuknöpfen. Ohne den entsprechenden finanziellen Rückhalt brachte man keine anständige Revolution, sondern nur Murks zustande, und Prim, der aus Schaden klug geworden war, wollte diesmal auf Nummer Sicher gehen.

González Bravo, der »starke Mann«, die letzte Stütze von Isabella II., schwang in Madrid das große Wort und wiederholte ein ums andere Mal, was er am Tag seiner Machtergreifung vor dem Kabinett erklärt hatte: »Wir sind eine Regierung des Widerstandes gegen die Revolution. Wir vertrauen auf das Volk und werden uns aller Verschwörer zu erwehren wissen. Nicht ich bin es, der dem Ministerrat vorsitzt, nicht ich, meine Herren, sondern der Schatten von General Narváez.«

Aber der Schatten des verblichenen Narváez war den Aufständischen völlig egal, und das ahnten die Generäle natürlich. Männer, die vordem mit grausamster Härte gegen das Volk vorgegangen waren, fühlten sich neuerdings als revolutionäre Freunde des Volkes, wenngleich sie nicht bereit waren, Farbe zu bekennen, bevor eindeutig klar war, wie die Sache ausgehen würde.

Isabella II. hielt sich von den Madrider Gefahren fern und planschte munter im Atlantik. Natürlich hatte sie mittlerweile eingesehen, daß ihre Chancen nicht gerade gut standen, und setzte ihre letzten Hoffnungen auf General Pezuela, den Grafen von Cheste, der ihr lächerliche Schwüre leistete:

»Wenn es gilt, für die Monarchie zu sterben, dann sterben wir für sie. Dafür sind wir da.«

Die regimetreue Presse verlegte sich unterdessen auf bizarre Verlautbarungen, in denen die Normalität des Alltags beschworen wurde. Ob das half? Die Zeitungen der Opposition, die zensiert wurden, brachten ein Liedchen in Umlauf:

Viele nähren sich von Hoffnung und scheuen keine Müh,
doch Freund, laß dir gesagt sein, sie freuen sich zu früh.

Jaime Astarloa hatte eine Klientin verloren: Adela de Otero erschien nicht mehr zum Fechtunterricht. Man sah sie in Madrid bald hier, bald dort auftauchen, stets in Begleitung des Marqués de los Alumbres. Die beiden lustwandelten im Stadtpark, fuhren in der Kutsche auf der Prado-Promenade spazieren, besuchten das Teatro Rossini, gingen in die Zarzuela. Die Damen der vornehmen Madrider Gesellschaft stießen sich diskret mit den Ellbogen an, tuschelten hinter vorgehaltenen Fächern und fragten sich, wer die unbekannte Schöne sein mochte, die den Luftikus Ayala derart in Beschlag nahm. Sie schien aus dem Nichts aufgetaucht zu sein, unterhielt – außer zum Marquis – keine gesellschaftlichen Beziehungen, und über ihre Familie war auch nichts bekannt. Die spitzesten Zungen der Hauptstadt stellten zwei Wochen lang gewagte Vermutungen und Nachforschungen an, aber zum Schluß mußten sie sich geschlagen geben. Man bekam lediglich heraus, daß die junge Frau vor kurzem aus dem Ausland gekommen war und wahrscheinlich aus diesem Grund gewisse Angewohnheiten hatte, die sich eigentlich für eine Dame nicht schickten.

Einige dieser Gerüchte drangen, wenn auch gedämpft, bis zu Don Jaime durch, der sie stoisch zur Kenntnis nahm. Er selbst wollte nichts wissen, schon gar nicht von Luis de Ayala, mit dem er nach wie vor täglich eine Stunde focht. Er verriet nicht das geringste Interesse am Ergehen der jungen Frau, und der Marquis zeigte sich auch nicht geneigt, das Thema anzuschneiden. Nur einmal – die beiden hatten gerade ein paar Gefechte miteinander ausgetragen und nahmen wie immer danach ein Glas Sherry zu sich – legte ihm der Adlige vertraulich die Hand auf die Schulter:

»Maestro, Ihnen verdanke ich mein Glück.«

Don Jaime quittierte seine Bemerkung mit einem kühlen Schulterzucken, und dabei blieb es. Wenige Tage später erhielt er die zweite Zahlungsanweisung von Adela de Otero, mit der sie sein Honorar für die letzten Wochen beglich. Ein Billett lag dabei:

Bedauere, Ihnen mitteilen zu müssen, daß ich mich aus Gründen des Zeitmangels außerstande sehe, die interessanten Fechtstunden mit Ihnen fortzusetzen. Ich möchte jedoch nicht versäumen, Ihnen für Ihr Entgegenkommen zu danken und zu versichern, daß ich Sie in unauslöschlicher Erinnerung bewahre.

Mit vorzüglicher Hochachtung
Adela de Otero

Der Fechtmeister las das Kärtchen mehrmals durch, dann legte er es auf den Tisch und stellte mit einem Bleistift Nachrechnungen an. Als er damit fertig war, griff er nach einer Feder und schrieb:

Sehr verehrte Dame,

zu meiner Überraschung stelle ich fest, daß Sie mir mit Ihrer zweiten Zahlungsanweisung das Honorar für neun Fechtstunden zukommen lassen, während ich im laufenden Monat doch nur dreimal das Vergnügen hatte, Sie bei mir zu empfangen. Somit haben Sie mir 360 Realen zuviel überwiesen, die ich Ihnen mit beiliegendem Wechsel zurückerstatte.

Ihr Ihnen geneigter
Jaime Astarloa
Fechtmeister

Er unterschrieb und warf dann, in einer Anwandlung von Zorn, die Feder auf den Tisch. Dabei spritzte etwas Tinte auf Adela de Oteros Karte. Don Jaime packte sie mit den Fingerspitzen und schwenkte sie zum Trocknen in der Luft. Während er sie betrachtete, fielen ihm die nervösen Schriftzüge der jungen Frau auf; sie waren lang und spitz wie Messer. Er überlegte kurz, ob er das Billett wegwerfen oder aufbewahren sollte, und entschied sich für letzteres. Wenn sich der Schmerz einmal gelegt hatte, würde dieser Fetzen Papier ein Andenken mehr darstellen. Er hatte sich nun einmal für die Erinnerungen entschieden.

An diesem Nachmittag ging der Stammtisch des Café Progreso früher als gewöhnlich auseinander. Agapito Cárceles war sehr mit einem Artikel beschäftigt, den er noch am selben Abend in der Redaktion der Zeitung *Gil Blas* abliefern wollte, und Carreño wurde angeblich zu einer außerordentlichen Sitzung der Loge von San Miguel erwartet. Don Lucas hatte sich wegen eines Sommerschnupfens früh zurückgezogen, so daß Jaime Astarloa alleine mit Marcelino Romero, dem Klavierlehrer, zurückgeblieben war. Die beiden beschlossen, einen kleinen Spaziergang zu machen, nun, da die Hitze des Tages einer angenehmen Abendbrise gewichen war. Sie schlenderten die Carrera de San Jerónimo hinunter, Don Jaime lüftete ein paarmal den Zylinder, weil er einem Bekannten begegnete, Romero war still und melancholisch wie immer und starrte beim Gehen gedankenversunken auf seine Schuhspitzen. Er hatte eine zerknitterte Halsbinde um und trug den Hut nachlässig ins Genick geschoben. Seine Manschetten machten einen schmuddeligen Eindruck.

In den Anlagen der Prado-Promenade wimmelte es von Leuten. Die schmiedeeisernen Bänke waren von Soldaten und Dienstmädchen belegt, die im Abendrot miteinander tändelten. Zwischen dem Kybelen- und dem Neptunbrunnen flanierten elegante Herren, gruppenweise oder in weiblicher Begleitung. Sie schwangen mit affektiertem Gehabe ihre Stöcke und faßten sich mit der Hand an den Zylinder, wenn eine achtbare oder hübsche Dame an ihnen vorüberrauschte. Auf dem mittleren Sandweg fuhren in offenen Kutschen Menschen mit bunten Hüten und Sonnenschirmchen spazieren. Ein rotwangiger Oberst des Ingenieurwesens, dessen Brust ein protziges Wehrgehänge nebst Schärpe und Säbel kreuzte, rauchte im Gehen friedlich einen Stumpen, während er sich leise mit seinem Adjutanten unterhielt, einem Hauptmann mit Karnickelgesicht, der immerzu nickte. Es war offensichtlich, daß die beiden über Politik sprachen. Wenige Schritte weiter hinten folgten die Frau Oberst, deren Fleischesmassen jeden Moment das Korsett unter dem mit Schleifchen und Rüschen besetzten Kleid zu sprengen drohten, und das Dienstmädchen in Häubchen und Schürze, das seine Herde hütete: ein halbes Dutzend Kinder beiderlei Geschlechts mit spitzengesäumten weißen Kragen und schwarzen Kniestrümpfen. Im Pavillon der »Vier Brunnen« zwirbelten sich ein paar Señoritos mit brillantineglänzendem Haar und Mittelscheitel die gewichsten Schnurrbärte, während sie verstohlen ein junges Fräulein betrachteten, das unter der strengen Aufsicht seiner Gouvernante in einem Gedichtbändchen blätterte und keine Ahnung von dem Aufruhr hatte, in den ihre weiß bestrumpften Füßchen und die zierlichen Knöchel – zwei Zoll, nicht mehr – die Voyeure versetzten.

Die beiden Freunde bummelten dahin und genossen die angenehmen Temperaturen. Jaime Astarloas altmodische Eleganz paßte nicht zu der verwahrlosten Erscheinung des Pianisten. Einmal blieb Romero bei einem Straßenverkäufer stehen, der Waffeln an Kinder verloste, dann sagte er traurig zu seinem Stammtischbruder:

»Wie sind Sie derzeit bei Kasse, Don Jaime?«

Der begriff sofort. »Wollen Sie mir etwa sagen, Sie hätten Lust auf eine Waffel bekommen?«

Der Klavierlehrer errötete. Die meisten seiner Schülerinnen waren in die Ferien gefahren. Wie jeden Sommer hielt er sich mit diskreten Anleihen bei seinen Bekannten über Wasser.

Don Jaime griff sich mit zwei Fingern ins Westentäschchen. »Wieviel brauchen Sie?«

»Mit zwanzig Reales ist mir geholfen.«

Der Fechtmeister fischte einen silbernen Duro heraus und ließ ihn dem Freund unauffällig in die schüchtern ausgestreckte Hand gleiten. Romero stammelte eine Entschuldigung:

»Meine Vermieterin...«

Jaime Astarloa unterbrach ihn mit einer Geste, der andere seufzte erleichtert.

»Wie leben in schwierigen Zeiten, Don Jaime.«

»Wem sagen Sie das.«

»Zeiten voller Kummer und Sorgen...« Der Pianist legte sich eine Hand auf die Brust und tat, als befühle er eine Brieftasche. »Zeiten der Einsamkeit.«

Jaime Astarloa gab ein nichtssagendes Brummen von sich, aber Romero deutete es als Zeichen der Zustimmung und war getröstet.

»Die Liebe, Don Jaime. Die Liebe«, fuhr er nach traurigem Nachdenken fort. »Sie ist das einzige, was uns glücklich machen kann, und doch traktiert gerade sie uns mit den schlimmsten Qualen – so paradox es erscheint. Liebende sind Sklaven.«

»Zum Sklaven wird nur, wer sich etwas von den anderen erwartet.« Don Jaime sah seinen Begleiter an, bis dieser verwirrt mit den Augen blinzelte und schließlich den Kopf schüttelte. Damit war er nicht einverstanden.

»Eine Welt, in der sich keiner etwas vom andern erwarten kann, wäre die Hölle, Don Jaime... Wissen Sie, was das Schlimmste ist?«

»Na ja, das variiert von Mensch zu Mensch. Was ist denn für Sie das Schlimmste?«

»Für mich die Hoffnungslosigkeit: das Gefühl, in einer Falle zu sitzen, die Befürchtung, sie könne keinen Ausweg haben...«

»Es gibt Fallen ohne Ausweg.«

»Sagen Sie das nicht.«

»Doch, aber ich mache Sie auch darauf aufmerksam, daß keine Falle funktioniert, wenn das Opfer nicht mitwirkt, und sei es auch nur unbewußt. Niemand zwingt die Maus, den Käse zu stehlen.«

»Das kann man doch nicht mit dem Streben nach Liebe vergleichen, mit dem Streben nach Glück. Sehen Sie, ich selbst...«

Jaime Astarloa wandte sich ab. Irgendwie reizte ihn der melancholische Blick seines Stammtischbruders, der ihn an ein gehetztes Reh erinnerte. Er hatte Lust, grausam zu sein.

»Herrgott, dann rauben Sie sie, Don Marcelino!«

Der Adamsapfel des Klavierlehrers bewegte sich einmal auf und ab, während er trocken schluckte. »Wen?«

Seine Frage klang erschrocken und verwirrt zugleich. Sie hatte auch einen flehentlichen Unterton, den der Fechtmeister jedoch bewußt überhörte.

»Sie wissen genau, wen ich meine. Wenn Sie Ihre brave Familienmutter wirklich so lieben, dann finden Sie sich nicht einfach damit ab, den Rest Ihres Lebens unter ihrem Balkon zu schmachten. Verschaffen Sie sich Zutritt in ihr Haus, werfen Sie sich ihr zu Füßen, verführen Sie die Frau, trampeln Sie auf ihrer Tugend herum, entführen Sie sie mit Gewalt... Jagen Sie dem Ehemann eine Kugel durch den Kopf, oder erschießen Sie sich selbst! Vollbringen Sie eine Heldentat, machen Sie sich zum Gespött, aber tun Sie irgendwas! Sie sind doch kaum Vierzig, Mann Gottes!«

Die unerwartete brutale Schimpfkanonade des Fechtmeisters war zuviel für Romero. Er sah plötzlich aus wie der Tod. Sein Gesicht war aschfahl geworden, und einen Moment lang hatte Don Jaime den Eindruck, er werde sich umdrehen und davonlaufen.

»Ich bin kein gewalttätiger Mensch«, sagte er nach einer Weile, als ob das eine Erklärung wäre.

Jaime Astarloa blickte ihn hart an. Zum erstenmal, seit sie sich kannten, flößte ihm die Schüchternheit des Pianisten kein Mitleid, sondern Verachtung ein. Wie anders hätte für ihn selbst alles ausgesehen, wenn Adela de Otero ihm vor zwanzig Jahren begegnet wäre, damals, als er in Romeros Alter gewesen war!

»Ich spreche nicht von der Gewalt, die Cárceles am Stammtisch predigt«, sagte er, »sondern von der, die aus der eigenen Wut hervorgeht.« Er klopfte sich auf die Brust. »Hier, aus dem Herzen.«

Romeros Erschrecken hatte sich in Mißtrauen verwandelt.

Er fingerte nervös an seiner Halsbinde herum, konnte dem Fechtmeister nicht mehr in die Augen sehen. »Ich bin gegen jede Art von Gewalt, egal, ob sie von einem einzelnen oder von einer Menge ausgeübt wird.«

»So? Ich nicht. Gewalt ist nicht gleich Gewalt; es gibt da sehr feine Abstufungen. Eine Zivilisation, die völlig auf Gewaltanwendung verzichtet, bereitet ihren eigenen Untergang vor. Sie verwandelt sich in eine Lämmerherde, die der erstbeste abschlachten kann. Dasselbe gilt für den Menschen.«

»Und was sagen Sie zur katholischen Kirche? Sie ist auch gegen die Gewalt und hat es zwanzig Jahrhunderte lang geschafft, ohne sie auszukommen.«

»Daß ich nicht lache! Dem Christentum haben die Legionen Konstantins und die Schwerter der Kreuzfahrer den Weg geebnet, die Scheiterhaufen der Inquisition, die Galeeren von Lepanto, die habsburgischen Heere... Wer soll Ihnen den Weg ebnen, Don Marcelino?«

Der Klavierlehrer schlug die Augen nieder. »Sie enttäuschen mich, Don Jaime«, sagte er und stocherte mit seinem Spazierstock im Sandbelag des Weges herum. »Ich hätte nie gedacht, daß Sie die Meinung von Agapito Cárceles teilen.«

»Ich teile die Meinung von niemandem. Das Prinzip der Gleichheit, das unser Freund so glühend verficht, schert mich einen Dreck. Und wo wir schon beim Thema sind, will ich Ihnen ehrlich sagen, daß es mir hundertmal lieber ist, von einem Caesar oder Bonaparte regiert zu werden, die ich notfalls ermorden kann, als vom Krämer an der Ecke vorgeschrieben zu bekommen, was ich zu tun und zu lassen habe – bloß weil der Mann auf einmal wählen darf... In unserem Jahrhundert mangelt es an drei Dingen, Don Marcelino: an Geist, an Courage und an gutem Geschmack. Das ist das Drama der heutigen Zeit, und schuld daran ist das Emporkommen der Krämer aus sämtlichen Ecken Europas.«

»Cárceles sagt, die Tage dieser Krämer seien gezählt«, erwiderte Romero mit einem Hauch von Schadenfreude: Der Gatte seiner Geliebten war ein bekannter Kolonialwarenhändler.

»Ja, das sagte er, aber die Alternative, die er uns anbietet, ist noch viel trostloser. Wissen Sie, was das Problem ist? Daß wir die letzte von drei Generationen sind, die sich aufgrund einer unerklärlichen Laune der Geschichte ständig wiederholen. Die erste braucht einen Gott und erfindet ihn, die zweite versucht ihn nachzuahmen, die dritte vergöttert sich selbst. Nur so läßt es sich erklären, daß auf eine Zeit der Götter und Helden unweigerlich eine Zeit der Mittelmäßigen, Feiglinge und Idioten folgt. Guten Abend, Don Marcelino.«

Der Meister blieb auf seinen Spazierstock gestützt stehen und sah der Jammergestalt des Pianisten nach, der mit eingezogenem Kopf davonschlich. Der arme Kerl war unbelehrbar; nichts konnte ihn davon abhalten, auch in dieser Nacht unter dem Balkon in der Calle Hortaleza auf und ab zu patrouillieren.

Jaime Astarloa tat, als beobachte er die Passanten, aber in Wirklichkeit war er mit sich selbst beschäftigt. Er wußte nur zu gut, daß einiges von dem, was er zu Romero gesagt hatte, auch auf ihn zutraf. Er beschloß heimzugehen. Langsam lief er die Calle Atocha hinauf und kaufte unterwegs in seiner Stammapotheke Liniment und Franzbranntwein nach, von denen er kaum noch Vorrat hatte. Der hinkende Ladendiener bediente ihn mit der gewohnten Höflichkeit und erkundigte sich nach seinem Befinden.

»Mir geht's gut«, sagte Don Jaime. »Sie wissen ja, daß diese Mittelchen für meine Kunden sind.«

»Gehen Sie nicht in die Sommerfrische? Die Königin ist längst in Lequeitio. Und dort wird sich der ganze Hof versammeln, wenn Don Juan Prim nicht dazwischenfährt. Das ist ein Mann!« Er klopfte sich stolz auf das Holzbein. »Sie hätten ihn im Tal von Castillejos erleben sollen, als uns die Mauren von allen Seiten bestürmten: Wie eine Statue saß er auf seinem Pferd! Und ich hatte die Ehre, an seiner Seite zu kämpfen und mein Bein fürs Vaterland zu lassen. Als ich getroffen in die Knie ging, hat er sich nach mir umgedreht und gesagt: ›Nicht der Rede wert, Junge!‹ Ich habe ihn an Ort und Stelle dreimal hochleben lassen, bevor sie mich auf der Bahre weggeschleppt haben... Wetten, daß er sich noch an mich erinnert?«

Don Jaime trat mit seinem Paket unterm Arm auf die Straße hinaus und ging im Schutz der Arkaden bis zur Plaza Mayor, wo er ein paar Minuten lang einer Militärkapelle zuhörte, die vor dem Reiterstandbild von Philipp III. zünftige Märsche spielte. Dann verließ er den Platz und ging in die Calle Mayor, denn er wollte vor der Rückkehr in seine Wohnung im Gasthaus Pereira zu Abend essen. Er war kaum zehn Meter gegangen, als er wie vom Donner gerührt stehenblieb. Auf der anderen Straßenseite war im Fensterausschnitt einer Berline das Profil Adela de Oteros zu erkennen. Sie selbst schien den Fechtmeister nicht zu bemerken, denn sie war völlig ins Gespräch mit einem Herrn mittleren Alters – Frack, Stock und Zylinder – vertieft, der die Ellbogen vertraulich auf den Fensterrahmen der Kutsche stützte.

Don Jaime beobachtete die Szene, ohne sich vom Fleck zu rühren. Der Herr, der ihm den Rücken zuwandte, näherte sich dem Ohr der jungen Frau und redete scheinbar ruhig auf sie ein. Sie war auffällig ernst und schüttelte hin und wieder den Kopf. Dann war sie es, die dem Mann ein, zwei Sätze zuflüsterte, während dieser aufmerksam zuhörte. Don Jaime wollte weitergehen; dieses Beobachten anderer Leute war unter seiner Würde. Dennoch war er stehengeblieben und spitzte sogar die Ohren, um den einen oder anderen Gesprächsfetzen aufzuschnappen, jedoch vergeblich: Die beiden waren zu weit von ihm entfernt.

Der Herr stand mit dem Rücken zu ihm, Don Jaime war ziemlich sicher, daß er ihn nicht kannte. Adela de Otero machte mit dem zugeklappten Fächer gerade eine verneinende Geste und begann dem Mann etwas zu erklären, da heftete sich ihr Blick auf Jaime Astarloa. Dieser setzte schon zum Gruß an, aber noch bevor seine Hand die Zylinderkrempe berühren konnte, hielt er inne, überrascht von dem betroffenen Ausdruck, den das Gesicht der jungen Frau plötzlich angenommen hatte. Sie zog blitzschnell den Kopf ins Innere der Berline zurück, während sich der Herr – sichtlich besorgt – nach dem Fechtmeister umdrehte. Dann mußte Adela de Otero einen brüsken Befehl erteilt haben, denn der Kutscher, der bis zu diesem Augenblick auf dem Kutschbock vor sich hingedöst hatte, fuhr zusammen, griff hastig nach der Peitsche und trieb mit lautem Knallen die Pferde an. Der Unbekannte trat zurück und entfernte sich stockschwingend in entgegengesetzter Richtung. Er ging so schnell, daß Don Jaime von seinem Gesicht nicht mehr als die breiten Koteletten im englischen Stil und den kurzen Oberlippenbart erhaschte. Darüber hinaus konnte er nur feststellen, daß es sich um einen eleganten Herrn von mittlerer Körpergröße und distinguiertem Aussehen handelte, der einen Elfenbeinstock besaß und es offenbar sehr eilig hatte.

Jaime Astarloa zerbrach sich lange den Kopf über diese Szene. Noch während er sein spärliches Abendbrot verzehrte, dachte er unentwegt darüber nach, ja, sie wollte ihm auch später, als er wieder in seiner Wohnung war, nicht aus dem Sinn gehen. Aber alles Grübeln war vergeblich: Er kam dem Geheimnis nicht auf die Spur. Dabei hätte er so gerne gewußt, wer dieser Mann war.

Was ihn jedoch noch viel mehr beschäftigte, war Adela de

Otero selbst. Als sie sich von ihm ertappt gefühlt hatte, war in ihre Augen ein Ausdruck getreten, den er nie zuvor an ihr wahrgenommen hatte. Sie hatte ihn nicht verwundert oder ärgerlich angesehen, was ja verständlich gewesen wäre. Nein, der Fechtmeister brauchte eine ganze Weile, um es sich einzugestehen: Was er in den Augen Adela de Oteros gelesen hatte, war Angst.

Mitten in der Nacht schreckte er schweißgebadet aus dem Schlaf auf. Er hatte einen scheußlichen Alptraum gehabt, der ihm jetzt, da er ins finstere Zimmer starrte, noch immer deutlich vor Augen stand: In einem Tümpel schwamm, das Gesicht nach unten, eine Puppe aus Pappmaché. Ihr Haar hatte sich in Seerosen und anderen glitschigen Wasserpflanzen verfangen. Jaime Astarloa beugte sich mit quälender Langsamkeit zu ihr hinunter, fischte sie aus dem grünlich schimmernden Gewässer und drehte sie um. Da stellte er fest, daß ihre Glasaugen aus den Höhlen gerissen waren. Statt ihrer starrten ihn zwei grauenerregende schwarze Löcher an.

Nach diesem Traum konnte der Fechtmeister keinen Schlaf mehr finden. Er lag wach, bis die ersten Strahlen der Sonne durch die Ritzen der Fensterläden drangen.

Luis de Ayala machte seit einigen Tagen einen nervösen Eindruck. Beim Fechten war er unkonzentriert und schien mit seinen Gedanken ganz woanders zu sein.

»Touché, Exzellenz.«

Der Marquis schüttelte ärgerlich den Kopf. »Zur Zeit ist nichts mit mir anzufangen, Maestro.«

Seine gute Laune war einer seltsamen Schwermut gewichen, Späße machte er kaum noch. Don Jaime glaubte, das rühre von der politischen Lage her, die sich immer mehr zuspitzte. Prim, der doch gerade zur Kur nach Vichy gefahren war, war unter mysteriösen Umständen verschwunden. Der Hof verbrachte den Sommer am Atlantik, aber die wichtigsten politischen Persönlichkeiten und die Miliz waren vorsichtshalber in Madrid geblieben. Es stand nicht gut um die Monarchie.

Eines Morgens, der August neigte sich bereits dem Ende zu, sagte Luis de Ayala seine Fechtstunde ab. Wie üblich war der Fechtmeister zu ihm nach Hause gekommen.

»Heute bin ich gar nicht gut aufgelegt, Don Jaime. Und zum Fechten schon gar nicht.«

Statt dessen schlug der Marquis vor, ein wenig im Garten spazierenzugehen. Die beiden bummelten im Schatten der Weiden über den Kiesweg, an dessen Ende sich der Brunnen mit dem steinernen Putto befand. In einiger Entfernung schuftete ein Gärtner, die Morgenhitze war groß, und die Blumen in den Beeten ließen trostlos die Köpfe hängen.

Zunächst plauderten die beiden über belanglose Dinge, aber als sie bei einer schmiedeeisernen Laube ankamen, wandte sich der Marquis dem Fechtmeister zu und stellte ihm eine Frage:

»Maestro ... Ich wüßte gerne, wie Sie Adela de Otero kennengelernt haben.«

Der Fechtmeister sah überrascht auf. Es war das erste Mal, daß Luis de Ayala ihm gegenüber den Namen dieser Dame aussprach, seit er die beiden miteinander bekannt gemacht hatte. Trotzdem beantwortete er die Frage in wenigen Worten und so gelassen, wie ihm dies möglich war. Der Marqués de los Alumbres hörte ihm schweigend zu und nickte. Er wirkte besorgt. Später wollte er wissen, ob Don Jaime etwas über die gesellschaftlichen Beziehungen der jungen Frau bekannt sei, ob sie ihm je von Freunden oder Verwandten erzählt habe, aber der Fechtmeister konnte nur wiederholen, was er ihm bereits vor einigen Wochen gesagt hatte. Er wisse nichts über sie, außer daß sie allein lebe und eine ausgezeichnete Fechterin sei. Beinahe hätte er von der mysteriösen Szene erzählt, die er in der Nähe der Plaza Mayor beobachtet hatte, dann beschloß er jedoch, den Mund zu halten. So, wie die junge Frau sich verhalten hatte, mußte es sich um ein Geheimnis handeln, und es wäre ihm nicht eingefallen, den Verräter zu spielen.

Luis de Ayala wollte auch wissen, ob Adela de Otero seinen Namen schon vor dem Tag erwähnt habe, an dem er in Don Jaimes Fechtsaal erschienen war, und ob sie irgendwann besonderes Interesse daran gezeigt habe, ihn kennenzulernen. Nach kurzem Zögern gab der Meister zu, daß dem in der Tat so gewesen sei, und lieferte dem Marquis eine knappe Zusammenfassung des Gesprächs, das er mit ihr geführt hatte, als er sie damals in der Droschke nach Hause begleitet hatte.

»Sie wußte, daß Sie ein hervorragender Fechter sind, und wollte unbedingt Ihre Bekanntschaft machen«, gab er wahrheitsgetreu zu, obwohl er nicht recht begriff, worauf Luis de Ayala hinauswollte. Auf die Lippen des Marquis trat ein mephistophelisches Lächeln.

»Meine Worte scheinen Sie zu erheitern«, sagte Don Jaime leicht pikiert; offenbar hielt sein Klient ihn für einen Kuppler. Luis de Ayala begriff.

»Verstehen Sie mich nicht falsch, Maestro«, bat er freundlich. »Es ging mir nicht um Sie, sondern nur um mich selbst ... Sie wundern sich vielleicht, aber diese Geschichte nimmt langsam spannende Züge für mich an, das versichere ich Ihnen. Und was Sie mir soeben erzählt haben«, fuhr er fort und lächelte erneut, als vergnüge er sich in Gedanken, »bestätigt nur eine Reihe von Vermutungen, die mir seit längerem im Kopf herumschwirren. Unsere junge Freundin ist tatsächlich eine ausgezeichnete Fechterin. Wollen sehen, wie sie es anstellen wird, um ins Schwarze zu treffen.«

Jaime Astarloa wurde es ungemütlich. »Verzeihen Sie, Exzellenz. Ich verstehe nicht...«

Der Marquis bat ihn mit einer beschwichtigenden Geste um Geduld. »Alles zu seiner Zeit. Ich verspreche Ihnen, daß ich Sie einweihen werde. Zuvor muß ich aber noch eine kleine Angelegenheit bereinigen... um es einmal so auszudrücken.«

Sollte dies etwas mit dem mysteriösen Vorfall vor ein paar Wochen zu tun haben? War da womöglich ein Rivale im Spiel? Egal, Adela de Otero ging ihn nichts an, ging ihn nichts mehr an. Er war drauf und dran, das Gespräch auf ein anderes Thema zu lenken, als Luis de Ayala ihm die Hand auf die Schulter legte. Seine Augen blickten ungewöhnlich ernst.

»Maestro, ich möchte Sie um einen Gefallen bitten.«

»Zu Ihren Diensten, Exzellenz.«

Der Marqués de los Alumbres zögerte noch einen Augenblick, dann schien er auch die letzten Bedenken überwunden zu haben. Er senkte die Stimme. »Ich möchte Ihnen etwas in Verwahrung geben. Etwas, das ich bisher bei mir zu Hause aufbewahrt habe, nun aber dringend an einem sichereren Ort unterbringen muß – wenigstens vorübergehend. Den Grund für diese Vorsichtsmaßnahme erkläre ich Ihnen später, wahrscheinlich schon sehr bald... Also, kann ich auf Sie zählen?«

»Selbstverständlich.«

»Es handelt sich um ein Aktenbündel... Dokumente, die von vitaler Bedeutung für mich sind. Außer Ihnen kenne ich niemanden, den ich mit dieser Sache betrauen könnte, so unglaublich es klingt. Ich denke, Sie könnten die Papiere in Ihrer Wohnung verstecken, bis ich sie von Ihnen zurückverlange. Sie befinden sich in einem Umschlag mit meinem Siegel. Natürlich müßten Sie mit Ihrem Ehrenwort dafür einstehen, daß Sie das Kuvert verschlossen lassen und zu niemandem darüber sprechen.«

Der Fechtmeister runzelte die Stirn. Etwas seltsam kam ihm

die Geschichte schon vor, aber wie immer, wenn es um Ehre und Vertrauen ging, fühlte er sich angesprochen. »Sie haben mein Wort.«

Der Marquis war auf einmal viel gelöster und bedankte sich mehrmals.

Ob die Sache etwas mit Adela de Otero zu tun hatte? Der Fechtmeister schwieg und beherrschte sich. Für Luis de Ayala war er ein Ehrenmann, und was der ihm gesagt hatte, mußte ihm genügen. Früher oder später würde er ja eine Erklärung bekommen.

Der Marquis zog ein luxuriöses Lederetui aus der Tasche und entnahm ihm eine lange Havanna, die er Don Jaime anbot. Aber der lehnte höflich ab.

»Sie haben ja keine Ahnung, was Ihnen da entgeht«, meinte der Adlige. »Das sind Zigarren aus Vuelta Abajo, Kuba. Die Vorliebe für sie habe ich von meinem verstorbenen Onkel Joaquín geerbt. Kein Vergleich mit diesen billigen Qualmbolzen, die man hierzulande bekommt.«

Das vorherige Thema schien für ihn abgeschlossen zu sein. Der Fechtmeister aber hatte noch eine Frage, eine einzige:

»Warum ich, Exzellenz?«

Luis de Ayala, der sich gerade seine Zigarre anstecken wollte, hielt inne und betrachtete ihn über die Flamme des Streichholzes hinweg. »Aus einem sehr einfachen Grund, Don Jaime. Sie sind der einzige anständige Mensch, den ich kenne.«

Mit diesen Worten hielt er das Zündholz an seine Havanna und sog genüßlich den Rauch ein.

V. Der Gleitstoß

Der Gleitstoß ist einer der sichersten Angriffe, weil er
den Gegner unvermeidlich in die Defensive drängt.

Madrid hielt Siesta. In der letzten Spätsommerhitze des Monats September türmten sich bleierne Gewitterwolken am Himmel, drückende Schwüle lag über der Stadt, selbst das politische Leben kam zum Erliegen. Die zensierte Presse gab zwischen den Zeilen zu verstehen, daß die auf die Kanarischen Inseln verbannten Generäle nicht aufmuckten. Die Truppe hielt allem subversiven Gemunkel zum Trotz Ihrer Königlichen Majestät die Treue. In Madrid wurden schon seit Wochen keine Tumulte mehr verzeichnet. Die Rädelsführer der letzten Volksaufstände hatten im schattigen Kerker von Ceuta Gelegenheit, über ihre Pläne nachzudenken.

Antonio Carreño allerdings hörte im Café Progreso wieder mal das Gras wachsen: »Caballeros, aufgepaßt! Ich weiß aus sicherer Quelle, daß der Wagen bereits im Rollen ist.«

Von allen Seiten schlug ihm spöttische Skepsis entgegen. Carreño, gekränkt, legte sich die Hand aufs Herz.

»Sie werden doch nicht an meinem Wort zweifeln!«

Lucas Rioseco erklärte ihm, daß man nicht an seinem Wort, sondern an der Verläßlichkeit seiner Quellen zweifle; schließlich kündige er seit einem Jahr das große Ereignis an. Aber Carreño bat seine Freunde, näher heranzurücken, und als sie ihre Köpfe über dem Marmortisch zusammensteckten, flüsterte er:

»Diesmal ist die Sache ernst, Señores. López de Ayala ist zu den Kanarischen Inseln unterwegs; er will mit den verbannten Generälen Verbindung aufnehmen. Ich brauche Ihnen wohl nicht erst zu erklären, was das bedeutet.«

Agapito Cárceles war der einzige, der der Sache Bedeutung schenkte. »Dann geht es diesmal also wirklich um die Wurst.«

Jaime Astarloa schlug die Beine übereinander. Diese alberne Rätselraterei langweilte ihn von Tag zu Tag mehr. Aber Carreño war nicht zu bremsen. Leise setzte er seinen Stammtischbrüdern die Konspiration auseinander, die angeblich im Gange war:

»Juan Prim ist in Lissabon gesehen worden: als Lakai verkleidet. Und es heißt, die Mittelmeerflotte warte bloß auf seine Ankunft, um in den Chor einzustimmen.«

»In was für einen Chor?« fragte Marcelino Romero in seiner Naivität.

»In was für einen Chor...? In den Chor der Freiheit natürlich!«

Don Lucas ließ ein ungläubiges Kichern vernehmen: »Ihre Erzählungen hören sich an wie ein Roman von Alexandre Dumas. In Fortsetzungen.«

Carreño schwieg beleidigt, aber Agapito Cárceles rächte ihn mit einer feurigen revolutionären Rede, die Don Lucas' Ohren zum Glühen brachte.

»Höchste Zeit, auf die Barrikaden zu gehen!« schloß er in theatralischem Ton.

»Ja, dort treffen wir uns wieder«, entgegnete der wutschäumende Don Lucas mit demselben Pathos. »Sie auf der einen und ich auf der andern Seite, versteht sich.«

»Selbstverständlich, Señor Rioseco. Ich habe nie daran gezweifelt, daß Sie sich in den Reihen der Ewiggestrigen zu Hause fühlen.«

»Allerdings! Eine große Ehre für mich!«

»Nehmen Sie das Wort Ehre nicht in den Mund! Ehre gebührt dem revolutionären, dem urwüchsigen Spanien. Ihre Bravheit bringt einen bodenständigen Patrioten wie mich zur Raserei!«

»Dann trinken Sie Kamillentee.«

»Hoch lebe die Republik!«

»Ach, du lieber Gott!«

»Hoch lebe der Föderalismus!«

»Ja, Mann, ist ja gut. Fausto! Noch ein Röstbrot!«

»Hoch lebe das Gesetz!«

»Pah, das Gesetz... Hier sollte viel öfter kurzer Prozeß gemacht werden.«

Ein dumpfer Donner rollte über die Dächer Madrids. Wenig später begann es zu schütten, als hätte der Himmel seine Schleusen geöffnet. Jaime Astarloa nahm einen Schluck Kaffee und betrachtete melancholisch den Regen, der gegen die Fensterscheibe trommelte. Die Katze, die sich ein wenig vor der Tür umgesehen hatte, kam in großen Sätzen zurückgerannt und sträubte ihr feuchtes Fell – ein Bild des Jammers.

»Die modernen Fechter, Caballeros, verzichten immer mehr auf die Bewegungsfreiheit. Damit verzichten sie aber auf viele uns zur Verfügung stehende Möglichkeiten.«

Die Cazorla-Brüder und Alvarito Salanova hörten, Florett und Maske unterm Arm, aufmerksam zu. Es fehlte nur Manuel de Soto, der den Sommer mit seiner Familie im Norden verbrachte.

»Diese und andere betrübliche Entwicklungen«, fuhr Jaime Astarloa fort, »tragen zur Verarmung des Fechtens bei. Beispielsweise unterlassen es einige Fechter bereits, zu Beginn eines Assauts den Korb abzunehmen und die Sekundanten zu grüßen.«

»In Assauts gibt es doch gar keine Sekundanten«, wandte der jüngere der beiden Cazorlas vorsichtig ein.

»Genau darum geht es mir ja, junger Herr. Genau darum. Sie haben den wunden Punkt getroffen. Die praktische Anwendung der Fechtkunst auf dem Feld der Ehre interessiert heute keinen mehr. Das Fechten ist ein Sport geworden. Was für ein Frevel! Stellen Sie sich vergleichsweise vor, die Priester würden die heilige Messe auf spanisch zelebrieren. Das wäre doch fortschrittlicher, nicht? Volkstümlicher, wenn Sie so wollen. Zweifellos würde es dem Zeitgeist eher entsprechen. Aber ohne den schönen, etwas geheimnisvollen Klang der lateinischen Sprache wäre dieser herrliche Ritus seiner tiefsten Wurzeln beraubt, herabgewürdigt, vulgär gemacht. Schönheit, echte Schönheit, ist nur erfahrbar, wo der Tradition gehuldigt wird, wo rigoros jene Bräuche und Weisheiten angewandt werden, die der Mensch seit Jahrhunderten von einer Generation zur nächsten weitergegeben hat. Verstehen Sie, was ich meine?«

Die drei jungen Männer nickten aus Respekt mit dem Kopf, aber in Wahrheit waren sie nicht sehr überzeugt. Don Jaime hob die Hand und führte in der Luft ein paar Fechtbewegungen aus.

»Ich will nicht sagen, daß wir uns gegen alles Neue verschließen sollen. Es gibt auch nützliche Neuerungen«, fuhr er etwas herablassend fort. »Unser oberstes Anliegen muß es aber sein zu bewahren, was andere in Vergessenheit geraten lassen. Ein gestürzter Monarch verdient unsere Treue hundertmal mehr als einer, der auf dem Thron sitzt. Unsere Kunst muß rein bleiben, unberührt, klassisch. Vor allem klassisch. Leute, denen es ausschließlich um das Erlernen einer Technik geht, sind eigentlich zu bemitleiden. Sie, meine jungen Freunde, haben die Gelegenheit, in eine Kunst eingeführt zu werden. Und das ist etwas, das sich nicht mit Geld bezahlen läßt, glauben Sie mir. Das sitzt hier, im Herzen und im Kopf.«

Der Meister schwieg und betrachtete die drei Gesichter, die ihn ehrfürchtig ansahen. Dann deutete er auf den älteren der beiden Cazorla-Brüder.

»Genug geredet. Sie, Don Fernando, üben jetzt mit mir die Kreisparade in die Sekond mit Sperrung. Ich erinnere Sie daran, daß diese Bewegungen sehr sauber ausgeführt werden müssen. Wenden Sie sie nie an, wenn Ihr Gegner Ihnen körperlich stark überlegen ist. Haben Sie die Theorie präsent?«

Der Junge nickte stolz mit dem Kopf. »Ja, Maestro«, sagte er und begann den Bewegungsablauf brav herunterzubeten. »Wenn ich eine Kreisparade in der Sekond ausführe und das Florett meines Gegners nicht erwischen kann, sperre ich in Sekond, löse mich aus der Bindung und stoße dann aus der Quart über den Arm des Gegners hinweg zu.«

»Perfekt.« Don Jaime nahm eines der Florette von der Wand, während Fernando Cazorla seine Fechtmaske aufsetzte. »Etes-vous prêt? Dann wollen wir loslegen. Aber lassen Sie uns den Gruß nicht vergessen. So ist es recht... Man streckt den Arm aus und hebt die Faust etwas an, genau. Stellen Sie sich vor, Sie hätten einen Hut auf dem Kopf und würden ihn elegant mit der linken Hand ziehen. Ausgezeichnet.« Der Meister wandte sich an die beiden Zuschauer. »Mit Quart- und Terzgruß erweisen wir den Sekundanten und Zeugen unseren Respekt. Halten wir uns immer vor Augen, daß Gefechte dieser Art für gewöhnlich zwischen Leuten aus gutem Hause ausgetragen werden. Grundsätzlich ist wohl nichts dagegen einzuwenden, daß zwei Männer sich gegenseitig töten wollen, wenn die Ehre sie dazu treibt. Aber daß sie dies so ritterlich wie möglich tun, ist bei Gott das Mindeste, was wir von ihnen verlangen können!«

Der Meister und Fernando Cazorla kreuzten die Klingen. Der Schüler lockerte sein Handgelenk, während er darauf wartete, daß Don Jaime ihm den Stoß vorgab, mit dem die Übung beginnen sollte. Da die Spiegelwände die Szene vervielfältigten, entstand der Eindruck, der Saal sei voll von Fechtern. Ruhig und geduldig erklang die Stimme Don Jaimes:

»So ist es richtig, sehr gut. Kommen Sie auf mich zu. Schön. Und jetzt aufgepaßt: Kreisparade in die Sekond... Nein. Wiederholen Sie das noch einmal. Gut so. Kreisparade. Sperrung! Nein, bitte denken Sie daran: Sie müssen in die Sekond sperren. Noch einmal, wenn Sie so nett sein wollen. Ohne Klingenkontakt, bitte! Auf mich zukommen. Parade. Genau so. Sperrung! Gut. Und jetzt... Perfekt! Quart über den Arm hinweg, ausgezeichnet.« Aus der Stimme Don Jaimes sprach Genugtuung, die Genugtuung des Künstlers vor vollendetem Werk. »Üben wir das noch einmal. Aber passen Sie auf, diesmal bedränge ich Sie stärker. Auf mich zukommen! Gut. Parade. Gut. So ist es schön. Sperrung! Nein. Sie waren zu langsam, Don Fernando, deshalb habe ich Sie getroffen. Das Ganze noch mal von vorn.«

Plötzlich drang Lärm von draußen herein. Das Kopfsteinpflaster dröhnte unter dem Hufeklappern geschlossen vorrückender Pferde. Alvarito Salanova und der jüngere der beiden Cazorlas rannten zum Fenster.

»Da gibt es Krawall, Maestro!«

Don Jaime brach den Assaut ab und trat zu seinen Schülern ans Fenster. Auf der Straße glänzten Lackhüte und Säbel. Berittene Gendarmen der Guardia Civil schlugen auf eine Schar von Aufrührern ein, die in alle Richtungen davonstoben. In der Nähe des Teatro Real fielen Schüsse. Die jungen Fechter verfolgten gebannt das Spektakel.

»Schaut nur, wie sie laufen!«

»Ist das ein Gemenge!«

»Was kann das sein?«

»Vielleicht ist die Revolution ausgebrochen!«

»Unsinn!« Alvarito Salanova wollte seinem Namen Ehre machen und kräuselte herablassend die Oberlippe. »Wegen der paar Ganoven... Seht doch, wie sie die Hucke vollbekommen.«

Unten, auf dem Gehweg, sah man einen Fußgänger, der sich Hals über Kopf ins Hausportal rettete. Wie unheilvolle Krähen äugten schwarz vermummte alte Weiber aus einigen Fenstern, die meisten Leute drängten sich jedoch auf den Balkonen; die einen feuerten die Aufrührer an, die anderen die Zivilgardisten.

»Viva Prim!« schrien drei schlampig aussehende Frauen von einem Balkon im vierten Stock herunter, sicher, dort oben ungestraft davonzukommen. »Marfori soll hängen!«

»Wer ist Marfori?« fragte Francisco Cazorla.

»Ein Minister«, erklärte ihm sein Bruder. »Angeblich hat er mit der Königin...«

Don Jaime fand, nun reiche es, und schloß – ungeachtet des enttäuschten Gemurmels seiner Schüler – energisch die Fensterflügel.

»Wir sind hier, um uns im Fechten zu üben, Caballeros«, sagte er barsch. »Ihre Herren Väter bezahlen mich dafür, daß ich Ihnen etwas Vernünftiges beibringe, nicht dafür, Sie unnütz am Fenster herumstehen zu lassen. Wenden wir uns also wieder unserer Sache zu.« Seine Finger spielten mit dem Griff des Floretts, während seine grauen Augen vor Verachtung zu funkeln begannen. »Was auf der Straße los ist, geht uns nichts an. Das überlassen wir dem Pöbel und den Politikern.«

Jeder kehrte an seinen Platz zurück, und kurz darauf war nur noch das Klirren von Metall im Fechtsaal zu hören. Die staubigen Waffen an den Wänden rosteten weiter vor sich hin, unberührt, als wäre nichts geschehen. Es hatte genügt, die Fenster zu schließen, um in der Wohnung des alten Meisters die Zeit zum Stillstand zu bringen.

Die Portiersfrau, der er später im Treppenhaus begegnete, klärte ihn über den Stand der Dinge auf.

»Guten Abend, Don Jaime. Was sagen Sie zu den Neuigkeiten?«

»Was für Neuigkeiten?«

Die Alte bekreuzigte sich erschrocken. Sie war Witwe, dick und redselig, lebte mit einer ledigen Tochter zusammen, ging zweimal täglich in San Ginés zur Messe. Ihrer Meinung nach waren alle Revolutionäre Ketzer.

»Ist es zu fassen! Ja, haben Sie denn nicht gehört...«

Jaime Astarloa zog aus höflichem Interesse eine Augenbraue hoch. »Erzählen Sie, Doña Rosa.«

Die Portiersfrau senkte die Stimme und sah sich mißtrauisch um, als hätten die Wände Ohren. »Don Juan Prim ist gestern in Cadiz gelandet, und es heißt, das Heer rebelliere... So danken sie unserer armen Königin ihre Gutmütigkeit!«

Der Fechtmeister, unterwegs ins Café Progreso, lief die Calle Mayor in Richtung der Puerta del Sol hinauf. Zweifellos wäre ihm auch ohne den Bericht der Portiersfrau klargeworden, daß etwas im Gange war. An allen Ecken steckten die Leute die Köpfe zusammen, und eine Gruppe von etwa zwanzig Personen beobachtete aus der Ferne neugierig den Soldatentrupp, der an der Ecke zur Calle Postas Wache stand. Die Soldaten – blutjunge Rekruten, die sich sehr wichtig vorkamen – hatten Käppis auf den geschorenen Köpfen und Bajonette auf den Gewehrläufen; sie wurden von einem bärtigen Offizier befehligt, der – die Hand am Säbelschaft – auf und ab ging.

Ein gutgekleideter Herr überholte Don Jaime und trat auf den Offizier zu. »Weiß man schon Näheres?«

Der Offizier wiegte sich überheblich in den Hüften. »Ich führe nur Befehle aus. Gehen Sie weiter.«

Einige Zivilgardisten beschlagnahmten Zeitungen, die von jungen Burschen auf der Straße verkauft wurden. Die Regierung hatte den Kriegszustand ausgerufen, und somit unterlagen alle Nachrichten über die Rebellion der Zensur. Verschiedene Ladenbesitzer, die bei früheren Krawallen schlechte Erfahrungen gesammelt hatten, machten ihre Geschäfte dicht und gesellten sich zu den Schaulustigen. Auf der Calle Carretas glänzten die Dreispitze der Guardia Civil. Nach und nach sickerte durch, González Bravo habe telegraphisch seinen Rücktritt bei der Königin eingereicht und die aufständischen Truppen unter Prim rückten gegen Madrid vor.

Der Stammtisch im Café Progreso war an diesem Nachmittag komplett, und Jaime Astarloa wurde augenblicklich über das Neueste informiert. Prim sei in der Nacht des Achtzehnten in Cadiz gelandet, am Morgen des Neunzehnten hätte sich die Mittelmeerflotte mit dem Schrei »Hoch lebe die nationale Souveränität!« auf die Seite der Revolution geschlagen. Unter den Aufständischen sei auch Admiral Topete, den alle für einen treuen Anhänger der Königin gehalten hatten. Die Garnisonen des Südens und der Ostküste würden sich eine nach der anderen der Erhebung anschließen.

»Jetzt hängt alles davon ab, wie die Königin reagiert«, erklärte Antonio Carreño. »Wenn sie nicht nachgibt, kommt es zum Bürgerkrieg. Diesmal geht es nämlich um mehr als einen gewöhnlichen Putschversuch, Caballeros. Das weiß ich aus sicherer Quelle. Der Graf von Reus hat ein mächtiges Heer hinter sich, das sich stündlich noch vergrößert. Und Serrano mischt auch kräftig mit. Ich habe sogar gehört, man will Don Baldomero Espartero die Regentschaft antragen.«

»Isabella II. wird niemals zurücktreten«, fuhr Don Lucas Rioseco dazwischen.

»Warten wir es ab«, sagte Agapito Cárceles, den die neuesten Entwicklungen in Hochstimmung versetzten. »Obwohl es besser wäre, sie würde sich an ihren Thron klammern, Widerstand leisten.«

Seine Stammtischbrüder sahen ihn verwundert an.

»Widerstand?« fragte Carreño entrüstet. »Das würde unser Land in den Bürgerkrieg führen!«

»In ein Blutbad«, ergänzte Marcelino Romero, um auch seinen Senf dazuzugeben.

»Genau«, entgegnete der Zeitungsschreiber freudestrahlend. »Ja, verstehen Sie denn nicht? Für mich ist die Sache sonnenklar: Wenn uns Isabelita mit Halbheiten kommt, wenn sie sich freiwillig zurückzieht oder zugunsten ihres Sohnes abdankt, fängt das ganze Theater von vorn an. Unter den Aufständischen wimmelt es von Monarchisten, und die setzen uns zum Schluß doch wieder Puigmoltejo vor oder Montpensier oder Don Baldomero oder wen sie sonst im Ärmel haben... Und das wäre wirklich der Gipfel. Dafür haben wir nicht so lange gekämpft.«

»Wo haben Sie noch gleich gekämpft, Don Agapito?« fragte Lucas Rioseco grinsend.

»Im Schatten, mein Herr. Im Schatten.«

»Ach so...«

Der Journalist beschloß, Don Lucas zu ignorieren. »Kommen wir zum Thema zurück«, fuhr er an die anderen gewandt fort. »Was Spanien in diesem Augenblick braucht, ist ein schöner, blutiger Bürgerkrieg mit vielen Märtyrern, Straßenbarrikaden und einem Volk, das sich seiner Souveränität bewußt ist und den Königspalast stürmt. Komitees zur Rettung des öffentlichen Heils müssen wie Pilze aus dem Boden schießen, die monarchistischen Protzfiguren und ihre Lakaien« – grimmiger Seitenblick auf Don Lucas – »müssen an den Haaren durch die Straßen geschleift werden.«

Das ging Antonio Carreño nun doch zu weit. »Don Agapito, jetzt übertreiben Sie aber! Die Logen...«

Cárceles war nicht zu bremsen. »Die Logen sind voll von Schlappschwänzen, Don Antonio.«

»Was sagen Sie da? Schlappschwänze? In den Logen?«

»Jawohl, mein Herr. Schlappschwänze! Und wenn die Revolution von unzufriedenen Generälen ausgelöst wurde, so muß sie jetzt in die Hände ihres rechtmäßigen Besitzers zurückkehren, will sagen des Volkes.« Cárceles war in Ekstase. »Die Republik muß her, Caballeros! Die Res publica, wie sie im Buche steht. Und die Guillotine!«

Don Lucas fuhr mit einem zornigen Schrei auf. Das Monokel in seinem linken Auge war vor Empörung beschlagen. »Endlich lassen Sie die Maske fallen!« donnerte er, den Zeigefinger anklagend auf Cárceles gerichtet. Er zitterte vor Wut. »Endlich zeigen Sie Ihr wahres Gesicht, Don Agapito, Ihre machiavellistische Gesinnung! Bürgerkrieg! Blut! Guillotine! Das ist Ihre wahre Sprache!«

Der Zeitungsschreiber sah seinen Stammtischbruder verblüfft an. »Soweit ich weiß, habe ich nie eine andere gebraucht.«

Don Lucas machte Anstalten, sich vom Tisch zu erheben, dann besann er sich jedoch eines Besseren. An diesem Nachmittag bezahlte Jaime Astarloa, und die Kaffees waren schon unterwegs. »Sie sind schlimmer als Robespierre, Señor Cárceles!« stieß Don Lucas zähneknirschend hervor. »Schlimmer als der ruchlose Danton.«

»Verwechseln Sie da nicht das Huhn mit der Henne, mein Freund?«

»Ich bin nicht Ihr Freund! Leute von Ihrem Schlag haben Schmach und Schande über Spanien gebracht!«

156

»Oje, was sind Sie für ein schlechter Verlierer, Don Lucas.«

»Noch ist gar nichts verloren! Für den Moment hat die Königin General Concha zum Präsidenten ernannt, und der steht seinen Mann! Oberbefehlshaber des Heeres, das gegen die Rebellen vorgehen wird, ist der Marquis de Novaliches geworden, dessen Schneid Sie mir wohl nicht in Abrede stellen... Sie haben sich also zu früh gefreut, Don Agapito.«

»Wir werden sehen.«

»Und ob!«

»Im Grunde sieht man es ja jetzt schon.«

»Nichts sieht man!«

Jaime Astarloa, der die ewigen Wortgefechte satt hatte, zog sich früher als gewöhnlich zurück. Die angeheizte Stimmung, die ihm auf der Straße entgegenschlug, verschlechterte seine Laune noch. Was hatte er mit diesem Affentheater zu tun? Langsam ging ihm alles auf die Nerven: die albernen Streitgespräche zwischen Cárceles und Don Lucas, die Stadt, das ganze Land.

Von ihm aus hätten sie sich alle miteinander aufhängen können, diese verdammten Republikaner und Monarchisten mit ihrem patriotischen Gewäsch und ihrer kindischen Kaffeehauszänkerei. Jeden Tag eine neue Aufregung, ein neuer Tumult, ein neuer Zwist, mit dem sie ihm das Leben sauer machten. Sollten sie doch alle zum Teufel gehen. Er wollte seine Ruhe haben, weiter nichts.

In der Ferne grollte Donner, heftige Windböen fegten durch die Straßen. Don Jaime neigte den Kopf und hielt seinen Zylinder fest, während er den Schritt beschleunigte. Wenige Minuten darauf begann es wie aus Kannen zu gießen.

Die jungen Soldaten an der Ecke zur Calle Postas hielten standhaft Wache. Ihre blauen Uniformen waren durchweicht, obwohl sie sich so hart wie möglich an die Hauswand drängten; dicke Tropfen rannen über ihre Gesichter, und sie wirkten mit einemmal sehr schüchtern und unbeholfen. Der Offizier stand, eine qualmende Pfeife im Mundwinkel, unter einem Hausportal und starrte finster in die Pfützen.

Das ganze Wochenende hindurch schüttete es sintflutartig. In seinem Arbeitszimmer, wo er im Schein der Petroleumlampe über ein Buch gebeugt saß, hörte es Don Jaime unablässig donnern. Immer wieder zerriß ein Blitz die Nacht und ließ Bruchteile von Sekunden lang die Silhouetten der umliegenden Häuser aufleuchten. Der Regen trommelte mit entnervender Eintönigkeit aufs Dach, an zwei Stellen regnete es sogar durch, so daß er Eimer aufstellen mußte.

Don Jaime blätterte zerstreut in dem Buch, als sein Blick an einer Stelle hängenblieb, die er selbst vor Jahren unterstrichen hatte:

>»Alle Empfindungen stiegen bis zu einer nie gekannten Höhe in ihm. Er durchlebte ein unendlich buntes Leben, starb und kam wieder, liebte bis zur höchsten Leidenschaft und war dann wieder auf ewig von seiner Geliebten getrennt. Endlich gegen Morgen, wie draußen die Dämmerung anbrach, wurde es stiller in seiner Seele, klarer und bleibenden wurden die Bilden.«

Der Fechtmeister lächelte tieftraurig, noch immer einen Finger auf den Zeilen des Buches. Diese Worte galten Heinrich von Ofterdingen, aber sie hätten genausogut für ihn geschrieben sein können. Sie lieferten ein getreues Abbild dessen, was ihm in den letzten Jahren widerfahren war; nichts fehlte. Er hätte sich keine treffendere Beschreibung seines Lebens vorstellen können. Und doch vernahm er seit einiger Zeit störende Mißklänge in seinem Inneren. In seiner Seele herrschte keine Stille mehr, die klaren Bilder, die er für dauerhaft gehalten hatte, trübten sich wieder, seine heitere Gelassenheit begann sich unter dem Einfluß einer dunklen Macht zu zersetzen. Ein neuer Faktor war in sein Dasein eingedrungen, eine aufwühlende Kraft, die ihn zwang, sich Fragen zu stellen, vor deren Antworten er zurückschreckte. Unvorhersehbar, wohin das noch führen würde.

Wütend klappte er das Buch zu. Mit einemmal kam ihm seine Einsamkeit in ihrer ganzen Kälte zu Bewußtsein. Jene veilchenblauen Augen hatten ihn benutzt – wozu, wußte er nicht, aber jedesmal, wenn er darüber nachdachte, beschlich ihn ein Gefühl des Grauens. Und was noch viel schlimmer war: Diese Augen hatten seinem müden, alten Geist den Frieden geraubt.

Don Jaime wachte mit der ersten Morgenröte auf. In letzter Zeit schlief er schlecht; sein Schlaf war unruhig und wenig erholsam. Er wusch sich und breitete danach auf einem kleinen Tisch vor dem Spiegel sein Rasierzeug aus. Nachdem er sich gründlich eingeseift hatte, ging er daran, sich zu rasieren, was er wie immer mit der größten Sorgfalt tat. Dann stutzte er sich mit einem alten Silberscherchen den Menjoubart und fuhr sich mit einem Schildpattkamm durch das feuchte weiße Haar. Schließlich wandte er sich mit einem zufriedenen Blick vom Spiegel ab, kleidete sich in aller Ruhe an und band sich eine schwarze Seidenkrawatte um den Hals. Von den drei Sommeranzügen, die er besaß, hatte er den für den Alltag ausgewählt. Der altmodische Gehrock aus leichtem braunen Alpakagewebe verlieh ihm das distinguierte Aussehen eines Dandys vom Anfang des Jahrhunderts. Sicher, das Hinterteil der Hose war etwas abgenutzt, aber unter den langen Rockschößen fiel das nicht weiter auf. Er zog aus einem Stoß sauberer Taschentücher dasjenige, das ihm noch den besten Eindruck machte, gab einen Tropfen Kölnischwasser darauf und steckte es sich in die Brusttasche. Zuletzt setzte er seinen Zylinder auf, klemmte sich das Florettetui unter den Arm und verließ die Wohnung.

Der Tag war grau, es sah nach Regen aus, dabei hatte es schon die ganze Nacht geregnet; das Pflaster war von Pfützen übersät, in denen sich die Kanten der Dächer spiegelten. Don Jaime grüßte die Portiersfrau, die mit einem Korb am Arm vom Einkaufen zurückkam, und ging quer über die Straße, um wie immer in dem kleinen Café an der Ecke zu frühstücken. Dort angelangt, setzte er sich an seinen Stammtisch im hinteren Teil des Lokals, just unter den kugelförmigen Schirm der Gaslampe. Es war neun Uhr früh, und außer Don Jaime gab es nur wenige Kunden. Valentin, der Inhaber, brachte ihm wie gewöhnlich eine Tasse heiße Schokolade und einen Teller Buñuelos, eine Art Krapfen.

»Keine Zeitungen heute morgen, was, Don Jaime? So wie die Dinge im Augenblick liegen, kommen sie wahrscheinlich später raus. Wenn überhaupt.«

Der Fechtmeister zuckte mit den Achseln. Das Ausbleiben der Tagespresse berührte ihn nicht. »Gibt es denn Neuigkeiten?« fragte er mehr aus Höflichkeit denn aus echtem Interesse.

Der Cafébesitzer wischte sich die Hände an der verschmierten Schürze ab. »Sieht so aus, als wäre der Marquis de Novaliches mit dem Heer bereits in Andalusien eingetroffen. Es kann jeden Moment zum Zusammenstoß mit den Rebellen kommen. Übrigens soll General Córdoba kalte Füße bekommen haben, kaum daß die ersten Regierungstruppen am Horizont aufgetaucht sind. Gestern hat er sich mit allen anderen zur Revolution bekannt, und heute hat er ihr schon wieder abgeschworen. Sie sehen also, Don Jaime, da ist vieles unklar. Wer weiß, wo das noch hinführt.«

Nachdem er sein Frühstück bezahlt hatte, verließ der Fechtmeister das Café und machte sich auf den Weg zum Haus
des Marqués de los Alumbres. Ob Luis de Ayala angesichts
der in Madrid herrschenden Stimmung zum Fechten aufgelegt war, wußte er nicht, aber er hatte ein Abkommen mit dem
Marquis, und das wollte er erfüllen. Schlimmstenfalls würde
es auf einen unbezahlten Spaziergang hinauslaufen. Da die
Zeit bereits fortgeschritten war und Don Jaime nicht riskie-
ren wollte, sich wegen irgendwelcher unterwegs eintretender
Zwischenfälle zu verspäten, stieg er in eine der Droschken,
die unter den Bögen der Plaza Mayor warteten.

»Zum Palacio de Villaflores.«

Der Kutscher knallte mit der Peitsche, worauf sich die beiden müden Klepper lustlos in Bewegung setzten. Die jungen
Soldaten standen noch immer brav an ihrer Ecke, aber der
Oberleutnant war nirgends mehr zu sehen. Vor der Post trieben Schutzmänner neugierige Passanten zum Weitergehen an,
jedoch ohne ihre Arbeit mit allzu großem Eifer zu verrich-
ten. Letztendlich waren sie doch nur Gemeindeangestellte,
und daher schwebte ständig das Damoklesschwert der Ent-
lassung über ihnen. Was wäre, wenn morgen die Regierung
wechselte?

Die berittenen Zivilgardisten vom vorigen Abend waren
nicht mehr auf ihrem Posten in der Calle Carretas. Jaime
Astarloa sah sie später mit ihren schwarzen Lackdreispitzen
und den langen Umhängen zwischen dem Abgeordnetenhaus und dem Neptunbrunnen hin und her patrouillieren.
Die Schnurrbärte schneidig aufgezwirbelt, die Säbel in der
Scheide, musterten sie die Fußgänger mit der mürrischen Sicherheit von Menschen, die wußten, daß man sie braucht:
Egal, wer hier siegen würde, zum Bewahren der öffentlichen Ordnung wurden sie immer benötigt. So war es schon
mit den vorherigen Regierungen gewesen, und so würde es

mit den zukünftigen sein. Ob Progressisten oder Moderados, auf die Guardia Civil konnte keiner verzichten.

Don Jaime hatte sich tief in den Sitz der Kutsche zurückgelehnt und ließ das Geschehen auf der Straße achtlos an sich vorüberziehen. Als sie jedoch beim Palacio de Villaflores anlangten, fuhr er mit einem Ruck auf und starrte zum Fenster hinaus. Vor der Villa des Marqués de los Alumbres herrschte ungewöhnlich lebhafter Betrieb. Er schätzte, daß sich da, von mehreren Schutzmännern in Schach gehalten, gut hundert Personen auf der Straße drängten, vorwiegend Nachbarn, Leute aller Stände, aber auch Passanten, die sich aus Neugier dazugesellt hatten. Die Frechsten unter ihnen waren auf den schmiedeeisernen Zaun geklettert und sahen von dort in den Garten. Ambulante Straßenverkäufer, die sich die Gelegenheit nicht entgehen lassen wollten, liefen zwischen den wartenden Droschken hin und her und boten ihre Ware an.

Eine böse Vorahnung beschlich Don Jaime. Er bezahlte den Kutscher und bahnte sich einen Weg durch das Gedränge.

»Entsetzlich. Einfach entsetzlich«, murmelten ein paar Nachbarinnen, indem sie sich bekreuzigten.

Ein weißhaariger Herr mit Zylinder und Spazierstock stellte sich auf die Zehenspitzen, um einen besseren Überblick zu gewinnen. Die Gattin, die an seinem Arm hing, blickte erwartungsvoll zu ihm hinauf.

»Kannst du etwas sehen, Paco?«

Eine der Nachbarinnen zog ihren Fächer aus der Tasche und begann, sich mit besserwisserischer Miene Luft zuzufächeln. »Es ist heute nacht passiert. Das hat mir der Schutzmann dort drüben gesagt ... ein Vetter meiner Schwägerin. Vor ein paar Minuten ist der Herr Untersuchungsrichter angekommen.«

»Eine Tragödie!« sagte jemand.

»Weiß man, wie es passiert ist?«

»Die Dienstboten haben ihn heute morgen gefunden.«

»Er soll ein ziemlicher Windbeutel gewesen sein...«

»Lüge! Er war ein echter Caballero. Und ein Liberaler. Er-innern Sie sich denn nicht, daß er als Minister zurückgetreten ist?«

Die Nachbarin fächelte sich Luft zu, als wäre sie am Er-sticken. »Schrecklich! Und war doch ein so schöner Mann.«

Endlich war es Don Jaime gelungen, sich bis zum Ein-gangstor durchzukämpfen. Einer der Schutzmänner, die es bewachten, pflanzte sich mit seiner ganzen Autorität vor ihm auf:

»Zutritt verboten!«

Der Fechtmeister deutete auf das Florettetui, das er unterm Arm trug. »Ich bin ein Freund des Marquis. Wir hatten heute morgen eine Verabredung...«

Der Gendarm musterte ihn von oben bis unten. Das vor-nehme Aussehen Don Jaimes schien ihn zu beeindrucken, je-denfalls nahm sein Gesicht einen freundlicheren Ausdruck an, während er sich zu einem Kollegen umdrehte, der sich jenseits des Tores im Garten der Villa befand.

»Gefreiter Martínez! Hier ist ein Herr. Er sagt, er sei ein Freund des Hauses. Angeblich hatte er eine Verabredung.«

Der Gefreite Martínez, auf dessen dickem Bauch glän-zende Goldknöpfe prangten, trat herbei und betrachtete den Fechtmeister mit zusammengekniffenen Augen. »Wie ist Ihr Name?«

»Jaime Astarloa. Ich bin mit Don Luis de Ayala um zehn Uhr verabredet.«

Der Gefreite nickte ernst mit dem Kopf und öffnete einen Spaltbreit das Tor. »Kommen Sie herein.«

Der Fechtmeister folgte dem Schutzmann über den Kies-weg, der ihm ja bestens vertraut war. Auch vor der Haus-tür der Villa waren Gendarmen aufgestellt, und in der Eingangshalle, vor der breiten, mit Marmorstatuen geschmückten Treppe, stand eine Gruppe von Männern, die sich unterhielten.

»Warten Sie bitte einen Moment.«

Der Gefreite trat zu den Männern und wechselte mit einem von ihnen ein paar Sätze. Der Angesprochene hatte einen borstigen, schwarz gefärbten Schnurrbart, auf dem Kopf trug er eine Perücke. Er war ziemlich klein und wirkte wie aus dem Ei gepellt, wenngleich er stillos, ja beinahe etwas vulgär gekleidet war. Im Knopfloch seines Kragens hing an einer Kordel ein Zwicker mit blau getönten Gläsern. Auch ein Orden für weiß Gott welche Verdienste fehlte nicht. Während er mit dem Schutzmann redete, drehte er sich kurz nach dem Fechtmeister um, murmelte etwas zu seinen Begleitern und ging dann auf ihn zu. Seine schlauen Augen glänzten wäßrig hinter den bläulichen Gläsern.

»Ich bin Polizeipräsident Jenaro Campillo. Mit wem habe ich die Ehre?«

»Jaime Astarloa, Fechtmeister. Don Luis und ich pflegen miteinander...«

Der Polizeibeamte unterbrach ihn mit einer Geste. »Ich bin unterrichtet«, sagte er und heftete den Blick auf das Florettetui, das Don Jaime unterm Arm trug. »Sind das Ihre Arbeitsutensilien?«

Der Fechtmeister nickte. »Ja, das sind meine Florette. Wie ich Ihnen bereits sagte, haben Don Luis und ich... Also, ich komme jeden Vormittag hierher.« Jaime Astarloa verstummte und sah den Polizisten erschrocken an. Absurderweise kam ihm das Ausmaß der Dinge erst jetzt richtig zu Bewußtsein, als wären seine Gedanken bis zu diesem Augenblick blockiert gewesen. »Ist dem Herrn Marquis etwas zugestoßen?«

Der andere betrachtete ihn nachdenklich und schien im Geiste zu prüfen, ob Don Jaimes Verwunderung echt oder gespielt sei. Dann hüstelte er, fuhr sich mit der Hand in die Rocktasche und zog eine Havanna heraus.

»Señor Astarloa, ich fürchte«, sagte er bedächtig, indem er das Mundende der Zigarre mit einem Zahnstocher löcherte, »ich fürchte, Ihnen mitteilen zu müssen, daß der Herr Marquis heute morgen nicht in der entsprechenden körperlichen Verfassung ist, um mit Ihnen zu fechten. Aus gerichtsmedizinischer Sicht gesprochen, geht es ihm ganz und gar schlecht.«

Er bedeutete Don Jaime mit einer Handbewegung, ihm in eines der angrenzenden Gemächer zu folgen. Dem Meister stockte der Atem, als sie den kleinen Salon betraten, den er nur zu gut kannte, da es sich um das Vorzimmer zur Fechtgalerie handelte, wo er und der Marquis in den vergangenen zwei Jahren fast täglich die Klingen miteinander gekreuzt hatten. Auf der Schwelle der Verbindungstür zwischen den beiden Räumen lag, mit einem Tuch bedeckt, ein regloser Körper, von dem ein dünnes rotes Rinnsal ausging. Es verlief quer über den Parkettboden bis in die Mitte des Zimmers, dort teilte es sich und endete in zwei Lachen geronnenen Blutes.

Jaime Astarloa ließ sein Waffenetui in einen Sessel fallen und stützte sich auf die Rückenlehne. Er starrte seinen Begleiter an, aber der Polizeibeamte zuckte nur mit der Schulter, während er ein brennendes Streichholz an seine Zigarre hielt, dicke Rauchschwaden ausstieß und den Fechtmeister unentwegt beobachtete.

»Ist er tot?« Don Jaimes Frage war so unsinnig, daß der Polizist ironisch die Augenbrauen hochzog.

»Mausetot.«

Der Fechtmeister schluckte. »Selbstmord?«

»Kontrollieren Sie selbst. Würde mich interessieren, zu welchem Ergebnis Sie kommen.«

Während er kräftig an seiner Havanna zog, deckte Jenaro Campillo den Leichnam bis zum Gürtel auf. Dann trat er einen Schritt zurück und wartete gespannt auf Jaime Astarloas Reaktion. Luis de Ayala lag da, als habe ihn der Tod erst vor wenigen Minuten ereilt: auf dem Rücken, den rechten Fuß angewinkelt, den linken darüber. Die halb geöffneten Augen blickten trübe, die Unterlippe hing seitlich herunter, und seine Miene verriet immer noch deutlich die Spuren des Todeskampfes. Er trug nur ein Hemd, die Krawatte war gelöst. Auf der rechten Seite des Halses und im Nacken hatte er jeweils ein Loch, rund und perfekt, wie von einem Durchstich. Von dort war das Blut über den Fußboden geflossen.

Jaime Astarloa kam sich vor wie in einem Alptraum, aus dem er jeden Moment zu erwachen hoffte. Er stierte auf den Leichnam und brachte keinen vernünftigen Gedanken zustande. Das Zimmer, der starre Körper, die großen Blutlachen, alles drehte sich um ihn herum, seine Knie waren weich geworden. Er atmete tief durch und kam wieder zu Kräften, getraute sich jedoch nicht, die Sessellehne loszulassen.

Als er endlich etwas klarer denken konnte, brach die Realität so jäh und heftig über ihn herein, daß er das Gefühl hatte, in tiefster Seele getroffen worden zu sein. Er sah seinen Begleiter mit schreckgeweiteten Augen an. Der runzelte die Stirn und erwiderte seinen Blick mit einem leichten Nicken, als wolle er Don Jaime dazu ermuntern, seine Gedanken laut auszusprechen. Da beugte sich der Fechtmeister über die Leiche und streckte eine Hand nach der Wunde aus, hielt jedoch im letzten Moment inne, ohne sie zu berühren. Als er sich wieder aufrichtete, waren seine Gesichtszüge verzerrt, aus seinen Augen sprach das nackte Entsetzen. Er wußte, was das für eine Wunde war. Luis de Ayala war mit einem Florett getötet worden. Ein einziger, sauberer Stich durch die Drosselader: der Stoß der zweihundert Escudos.

»Es wäre sehr wichtig für mich zu wissen, wann Sie den Marqués de los Alumbres zum letztenmal gesehen haben, Señor Astarloa.«

Die beiden saßen, umgeben von flämischen Gobelins und wunderschönen venezianischen Spiegeln mit Goldrahmen, in einem Salon, der an das Zimmer mit der Leiche angrenzte. Der Fechtmeister schien auf einen Schlag um zehn Jahre gealtert. Er saß vorgebeugt, die Ellbogen auf die Knie gestützt, das Gesicht in die Hände gelegt. Seine Augen starrten ausdruckslos auf den Fußboden. Die Worte des Polizeipräsidenten drangen wie durch einen Nebel an sein Ohr.

»Am Freitag morgen.« Selbst der Klang der eigenen Stimme kam ihm fremd vor. »Wir haben uns kurz nach elf Uhr getrennt, am Ende der Fechtstunde.«

Jenaro Campillo betrachtete die Asche seiner Havanna, als wolle er feststellen, ob sie auch richtig abbrenne; dies schien seine Gedanken mehr zu beschäftigen als der traurige Anlaß, der sie zusammengeführt hatte. »Ist Ihnen an diesem Tag etwas Ungewöhnliches aufgefallen? Irgendein Hinweis auf das tragische Ende des Marquis?«

»Nein, nicht der geringste. Es war alles ganz normal. Wir haben wie immer miteinander gefochten und uns dann bis zum nächstenmal voneinander verabschiedet.«

Die Asche war kurz davor abzufallen, und der Polizeipräsident sah sich, die Havanna vorsichtig in den Fingern balancierend, nach einem Aschenbecher um, fand aber keinen. Darauf warf er einen verstohlenen Blick zur Tür des Zimmers, in dem die Leiche lag, und schnippte die Asche unauffällig auf den Teppich.

»Sie pflegten also engen Umgang mit dem, ähem, Verstorbenen. Hegen Sie Vermutungen bezüglich des Tatmotivs?«

Don Jaime hob die Schultern. »Ich weiß nicht. Vielleicht Diebstahl...«

Der andere sog kopfschüttelnd an seiner Zigarre. »Das Dienstpersonal, also der Kutscher, die Köchin, der Gärtner, wurden bereits verhört. Und die erste Tatortbesichtigung hat ergeben, daß keine Wertgegenstände fehlen.«

An dieser Stelle machte er eine Pause, während Jaime Astarloa seine Gedanken zu ordnen versuchte. Er war insgeheim überzeugt, des Rätsels Lösung zu kennen; die Frage war nur, ob er sie diesem Menschen anvertrauen oder erst noch ein paar Dinge für sich klären sollte, bevor er sich zu diesem Schritt entschloß.

»Hören Sie mir zu, Señor Astarloa?«

Der Fechtmeister fuhr zusammen und errötete, als habe der Polizeipräsident erraten, was er dachte. »Natürlich«, erwiderte er beinahe etwas überstürzt. »Ihrer Meinung nach ist also Diebstahl als Grund für das Verbrechen auszuschließen...«

»Teilweise, Señor Astarloa. Nur teilweise. Zumindest haben wir es nicht mit einem gewöhnlichen Diebstahl zu tun«, präzisierte er. »Die Okularinspektion... Verstehen Sie, was ich meine?«

»Nun, vermutlich eine Inspektion, die mit den Augen gemacht wird.«

»Lustig. Wirklich sehr lustig.« Jenaro Campillo warf ihm einen ärgerlichen Blick zu. »Freut mich, daß Sie Ihren Sinn für Humor bewahren. Hier werden Leute umgebracht, und Sie reißen Witze.«

»Sie doch auch.«

»Ja, aber ich bin ein Vertreter der Obrigkeit.«

Die beiden sahen sich eine Weile schweigend an.

»Die Okularinspektion hat ergeben«, fuhr der Polizist dann fort, »daß ein oder mehrere unbekannte Täter während der Nacht in das Arbeitszimmer des Marquis eingedrungen sind und sich geraume Zeit damit vergnügt haben, Schlösser aufzubrechen und Schubladen zu durchstöbern. Auch der Tresor wurde geöffnet, allerdings mit dem Schlüssel. Übrigens ein ausgezeichnetes Stück der Londoner Firma Bossom und Söhne... der Tresor, meine ich. Und? Wollen Sie nicht wissen, ob etwas daraus entwendet wurde?«

»Ich dachte, hier stellen Sie die Fragen.«

»Das ist der Brauch, aber nicht die Regel.«

»Wurde etwas daraus entwendet?«

»Das ist ja das Seltsame. Der oder die Mörder haben der Verlockung widerstanden, ein hübsches Häufchen Geld und Schmuckstücke mitgehen zu lassen, die in dem Tresor verschlossen waren. Komische Verbrecher, finden Sie nicht auch?« Er nahm einen tiefen Zug von seiner Zigarre und blies dann – sichtlich entzückt von dem Geschmack und seinen scharfsinnigen Überlegungen – den Rauch in die Luft. »Freilich könnten sie etwas anderes daraus gestohlen haben. Wir wissen ja nicht, was sich in dem Tresor befand. Wir wissen nicht einmal, ob sie gefunden haben, was sie suchten.«

Don Jaime lief eine Gänsehaut über den Rücken. Die Mörder haben das Gesuchte nicht gefunden, dachte er sofort, einen versiegelten Umschlag nämlich, der bei mir zu Hause hinter Büchern versteckt ist. Seine grauen Zellen arbeiteten auf Hochtouren, während er die einzelnen Steinchen der Tragödie zu einem Mosaik zusammenzusetzen versuchte. Scheinbar Zusammenhangloses, Gespräche, Gesten, Ereignisse der letzten Zeit fügten sich vor seinem inneren Auge langsam zu einem erschreckenden Bild. Noch überblickte er es nicht ganz, doch zeichnete sich bereits ab, daß er selbst in entscheidendem Maße zum Gelingen des scheußlichen Verbrechens beigetragen hatte. Diese Erkenntnis traf ihn schwer – welche Schmach! Welches Entsetzen!

Der Polizeipräsident sah ihn forschend an. Er hatte Don Jaime eine Frage gestellt, die dieser offenbar überhört hatte.

»Pardon?«

Die feucht schimmernden Glupschaugen hinter den blauen Brillengläsern erinnerten Jaime Astarloa an einen Fisch im Aquarium. Er glaubte, freundschaftliches Wohlwollen in ihnen zu lesen; ob es echt oder geheuchelt war, hätte er nicht zu sagen gewußt. Fest stand bloß, daß Jenaro Campillo trotz seines sonderbaren Benehmens und der wunderlichen Aufmachung alles andere als ein Dummkopf war.

»Ich hatte Sie gefragt, Señor Astarloa, ob Ihnen in der Vergangenheit etwas aufgefallen ist, das mir bei meinen Untersuchungen weiterhelfen könnte.«

»Nein, tut mir leid.«

»Wirklich nicht?«

»Señor Campillo, ich pflege nicht mit den Worten zu spielen.«

Der andere hob beschwichtigend die Hand. »Darf ich offen zu Ihnen sein, Señor Astarloa?«

»Ich bitte Sie darum.«

»Für jemanden, der beinahe täglich mit dem Verstorbenen verkehrte, sind Sie mir nicht sehr hilfreich.«

»Es gibt auch andere Personen, die regelmäßig Umgang mit ihm hatten, und Sie selbst sagten mir vorhin, daß Ihr Verhör Sie nicht weitergebracht hat ... Ich sehe nicht ein, weshalb Sie sich ausgerechnet von meiner Aussage so viel versprechen.«

Campillo sah dem Rauch seiner Zigarre nach und lächelte. »Ehrlich gesagt, verstehe ich das selbst nicht richtig.« Er dachte einen Augenblick nach. »Vielleicht kommt es daher, daß Sie einen so ... ehrenhaften Eindruck auf mich machen. Ja, vielleicht ist es das.«

Don Jaime zuckte wegwerfend mit der Schulter. »Ich bin ein Fechtmeister, weiter nichts«, entgegnete er, bemüht, seiner Stimme einen gleichgültigen Klang zu geben. »Meine Beziehung zum Marqués de los Alumbres war rein beruflicher

170

Natur. Don Luis hat nie sein Privatleben vor mir ausgebreitet.«

»Sie sahen ihn letzten Freitag. Hat er sich da anders als sonst verhalten? War er nervös oder aufgeregt?«

»Nein, nicht daß ich wüßte.«

»Und an den Tagen davor?«

»Vielleicht... So genau erinnere ich mich auch nicht. Aber selbst wenn, so wäre mir das kaum aufgefallen. Schließlich sind die meisten Leute zur Zeit etwas nervös.«

»Apropos, haben Sie auch politische Unterhaltungen miteinander geführt?«

»Selten. Don Luis wollte sich aus der Politik heraushalten, wenn Sie mich fragen. Er versicherte mir immer wieder, es genüge ihm, von ferne zuzuschauen; quasi als Zaungast.«

»Als Zaungast? Hm, verstehe... Ich nehme an, Sie wissen, daß der Verstorbene ein wichtiges Amt im Innenministerium bekleidet hat. Vom Minister höchstpersönlich berufen. Klar, war ja auch ein Onkel von ihm: Don Joaquín Vallespín, Gott hab ihn selig.« Campillo gab mit einem höhnischen Grinsen zu verstehen, wie er über die Vetternwirtschaft des spanischen Adels dachte. »Das ist jetzt schon einige Zeit her, aber in hohen Positionen schafft man sich leicht Feinde. Nehmen Sie meinen Fall als Beispiel. Vallespín hat sechs Monate lang meine Beförderung zum Kommissar blockiert, als er Minister war.« Er schnalzte vielsagend mit der Zunge. »Tja, wie das Leben so spielt!«

»Sie mögen ja recht haben. Aber ich bin gewiß nicht die richtige Person, um Sie über dieses Thema aufzuklären.«

Der Polizeipräsident hatte seine Havanna zu Ende geraucht und überlegte, wo er den Stummel lassen sollte. »Es gibt auch noch einen anderen Blickwinkel, aus dem wir die Sache betrachten können, einen etwas pikanteren, wenn Sie so wollen«, sagte er und ließ den Zigarrenstummel in einer chinesischen Porzellanvase verschwinden. »Anscheinend war der Marquis gerne auf Eroberungen aus. Könnte es nicht sein, daß irgendein eifersüchtiger Ehegatte... Sie verstehen mich schon. Befleckte Ehre und so.«

Der Fechtmeister blinzelte verlegen. Diese Anspielung fand er äußerst geschmacklos. »Leider kann ich Ihnen auch diesbezüglich keine näheren Aufschlüsse geben, Señor Campillo. Ich möchte Sie nur darauf hinweisen, daß Luis de Ayala meines Erachtens ein Caballero war.«

Don Jaime sah in die wäßrigen Augen des Polizeipräsidenten, dann wanderte sein Blick zu der Perücke hinauf; sie war leicht verrutscht, und das machte ihm Mut. Seine Stimme wurde lauter, sein Ton entschlossener: »Und ich darf wohl davon ausgehen, daß Sie dasselbe über mich denken. Erwarten Sie also nicht, daß ich Ihnen irgendwelchen ordinären Klatsch erzähle.«

Campillo entschuldigte sich augenblicklich, rückte verlegen sein Haarteil zurecht. Selbstverständlich, Don Jaime solle ihn nicht mißverstehen. Eine rein formale Frage. Nie hätte er gewagt...

Jaime Astarloa hörte ihm kaum zu. Er rang mit sich selbst, denn er wußte sehr wohl, daß er der Polizei wertvolle Informationen verschwieg, die unter Umständen die Hintergründe des Verbrechens geklärt hätten. Und natürlich wußte er auch, daß er damit eine gewisse Person zu decken versuchte, die ihm beim Anblick der Leiche augenblicklich in den Sinn gekommen war. Zu decken? Nein, das war vielleicht nicht das richtige Wort. Wenn seine eigenen Schlußfolgerungen stimmten, so handelte es sich weniger um Deckung als um regelrechte Irreführung, und das war nicht nur gesetzeswidrig, es verstieß auch gegen die ethischen Grundsätze, die er sein Leben lang vertreten hatte. Trotzdem wollte er nichts überstürzen. Er brauchte Zeit, um die Sache zu durchdenken.

Campillo hatte ihn scharf ins Auge gefaßt, seine Stirn war gerunzelt, die Finger trommelten auf der Armlehne des Sessels herum, und Don Jaime wurde plötzlich klar, daß aus polizeilicher Sicht ja auch er als Tatverdächtiger in Frage kam. Schließlich war Luis de Ayala mit einem Florett ermordet worden.

Völlig unvermittelt schnitt der Beamte das Thema an, das Jaime Astarloa während der ganzen Unterhaltung gefürchtet hatte. »Kennen Sie eine gewisse Adela de Otero?«

Das alte Herz des Fechtmeisters stolperte und begann zu rasen. »Ja«, sagte er so kaltblütig wie möglich. »Sie hat Fechtunterricht bei mir genommen.«

»Ach so? Das wußte ich nicht. Und tut sie das jetzt nicht mehr?«

»Nein, sie kommt schon seit einigen Wochen nicht mehr in meinen Fechtsaal.«

»Seit wie vielen Wochen genau?«

»Fünf oder sechs vielleicht. Ich erinnere mich nicht genau.«

»Und warum kommt sie nicht mehr?«

»Ich habe keine Ahnung.«

Der Polizeipräsident lehnte sich in seinen Sessel zurück, zog eine weitere Havanna aus der Rocktasche und musterte Don Jaime nachdenklich. Diesmal stach er nicht mit einem Zahnstocher in die Zigarre, sondern biß nur zerstreut eines der beiden Enden ab.

»Wußten Sie, daß diese Dame und der Marquis . . . befreundet waren?«

Der Fechtmeister nickte. »Ja, es ist mir zu Ohren gekommen«, erwiderte er. »Soweit ich weiß, begann mit dieser Beziehung die Unterbrechung unserer Fechtstunden. Ich habe die Señora . . .« Er zögerte einen Moment, bevor er seinen Satz zu Ende führte. ». . . ich habe die Señora seither nicht mehr gesehen.«

Campillo hatte inzwischen seine Zigarre angezündet und qualmte vor sich hin. Der Rauch biß Don Jaime in die Nase, seine Stirn war mit Schweißperlen bedeckt.

»Das Verhör der Dienstboten hat ergeben, daß diese Adela de Otero häufig zu Besuch kam«, fuhr der Beamte nach einer Weile fort. »Alle stimmen darin überein, daß der Verblichene und sie ein... nun ja, intimes Verhältnis miteinander hatten.«

Jaime Astarloa hielt dem Blick des Polizisten stand, als berühre ihn das nicht im geringsten. »Ja, und?« fragte er scheinbar teilnahmslos.

Der Beamte fuhr sich mit einem schiefen Lächeln über den gefärbten Schnurrbart. »Gestern abend hat der Marquis sein Personal um zehn Uhr entlassen«, erklärte er flüsternd, fast als fürchte er, die Leiche im Nebenzimmer könne ihn hören. »Wie wir erfuhren, hat er das immer getan, wenn ihm ein, ähem, Rendezvous bevorstand. Die Dienerschaft zog sich wie gewöhnlich in das Gebäude auf der anderen Seite des Parks zurück. Niemand hat etwas Verdächtiges gehört; nur Regen und Donner. Als die Leute heute morgen um sieben in die Villa zurückgekommen sind, haben sie die Leiche ihres Herrn gefunden. Am anderen Ende des Zimmers lag ein blutverschmiertes Florett. Der Marquis war stocksteif und kalt wie ein Fisch. Demnach muß er bereits mehrere Stunden davor über die Klinge gesprungen sein.«

Bei dieser Vorstellung schauderte es den Fechtmeister. Er konnte über die Anspielung des Polizeipräsidenten wirklich nicht lachen.

»Weiß man, wer ihn gestern abend besucht hat?«

Campillo schnalzte resigniert mit der Zunge. »Nein. Wir können nur vermuten, daß der Besucher durch die Nebentür im hinteren Teil der Villa hereingekommen ist. Die Tür geht auf eine kleine Sackgasse hinaus, die der Marquis als Remise benutzt hat... Übrigens eine Remise, die sich sehen lassen kann: fünf Pferde, eine Berline, ein Coupé, ein Tilbury, ein Phaeton und dazu ein englischer Kutscher.« Dem Beamten entrang sich ein melancholischer Seufzer angesichts von so viel Luxus. »Um aber auf unser Thema zurückzukommen: Ich gestehe Ihnen, daß wir bezüglich des Mörders völlig im dunkeln tappen. Wir wissen nicht, ob es sich um einen Mann oder eine Frau, um eine oder mehrere Personen handelt. Obwohl es die ganze Nacht in Strömen regnete, konnten wir keinerlei Spuren sichern.«

»Also eine ziemlich verzwickte Situation.«

»So ist es. Und das politische Chaos dieser Tage erschwert uns die Arbeit noch. Klar, das Land steht kurz vor dem Bürgerkrieg, der Thron unserer Königin ist am Zusammenbrechen – wer interessiert sich da für den Mord an einem Marquis? Unter solchen Umständen Nachforschungen anzustellen ist ausgesprochen mühsam... Sie sehen, Señor Astarloa, der Täter hätte sich keinen günstigeren Augenblick aussuchen können.« Campillo stieß eine dicke Rauchwolke aus und betrachtete zufrieden seine Zigarre – eine Havanna aus Vuelta Abajo, wie Don Jaime der Bauchbinde entnahm, dieselbe Marke, die auch Luis de Ayala geraucht hatte. Offensichtlich war man bei der »Okularinspektion« auf den Zigarrenvorrat des Ermordeten gestoßen. »Aber kommen wir auf Doña Adela de Otero zurück, wenn Sie nichts dagegen haben. Wir wissen nicht einmal, ob es sich um eine Señora oder eine Señorita handelt. Können Sie mir darüber Auskunft geben?«

»Nein. Ich habe sie immer Señora genannt, und sie hat mich nie korrigiert.«

»Mir wurde berichtet, sie sei sehr hübsch. Ein richtiges Klasseweib.«

»Ja, ich könnte mir vorstellen, daß Leute einer gewissen Schicht diesen Ausdruck verwenden.«

Der Beamte überging die Anspielung. »Ein bißchen leicht-sinnig, wie mir scheint, die junge Frau. Diese Geschichte mit dem Fechten...«

Das komplizenhafte Augenzwinkern, mit dem Campillo seine Worte begleitet hatte, ging Don Jaime nun doch zu weit. Alles, was recht war! Mit einem Ruck stand er auf.

»Ich habe Ihnen bereits gesagt, daß ich so gut wie nichts über diese Dame weiß«, sagte er trocken. »Jedenfalls rate ich Ihnen, sie persönlich zu verhören, wenn Ihnen so viel an ihr liegt. Sie wohnt in der Calle Riaño Nummer vierzehn.«

Der Polizeipräsident rührte sich nicht vom Fleck, und Jaime Astarloa begriff sofort, daß hier etwas nicht stimmte. Cam-pillo sah ihn, die Zigarre in den Fingern, von unten herauf an. Die Glupschaugen hinter den blau getönten Brillenglä-sern funkelten verschmitzt, als lasse sich das Ganze auch aus einem höchst amüsanten Blickwinkel betrachten.

»Aber sicher«, sagte er, so genießerisch wie jemand, der auf die Schlußpointe einer Geschichte zusteuert. »Das wissen Sie ja noch gar nicht. Klar, wie könnten Sie auch... Ihre ehema-lige Kundin, Doña Adela de Otero, ist unauffindbar, Señor Astarloa. Komischer Zufall, finden Sie nicht auch? Der Mar-quis wird ermordet, und sie: einfach weg. Wie vom Erdboden verschluckt.«

VI. Die Pressung

Die Pressung ist ein Angriff, der aus einem erzwungenen
Gegendruck der gegnerischen Klinge erfolgt.

Nach Erledigung der üblichen Formalitäten begleitete der Beamte Don Jaime zur Tür und bat ihn, am folgenden Tag in
sein Büro im Polizeipräsidium zu kommen. »Sofern die Umstände es erlauben«, fügte er noch hinzu, und das war eine
Anspielung auf die brenzlige politische Lage. Verwirrt ging
der Fechtmeister davon. Einerseits war er froh, dem Schauplatz der Tragödie und dem unangenehmen Verhör entronnen zu sein, andererseits bedrückte es ihn, daß er nun mit
den schlimmen Ereignissen allein war.

Vor dem Tor des Stadtparks blieb er stehen, lehnte die
Stirn an die schmiedeeisernen Stäbe und ließ seinen Blick
zwischen den Bäumen der Anlage umherwandern. Er hatte
Luis de Ayala geschätzt, er war entsetzt über den grausigen
Mord, aber in seinem Gehirn spukte das Gespenst einer Frau
herum, und das lenkte ihn immer wieder ab und hinderte ihn
an jedem klaren Gedanken. Don Luis war umgebracht worden, und Don Luis war ein Mann, den er gemocht hatte.
Grund genug, sich zu wünschen, der Arm des Gerichts möge
die Täter ergreifen. Warum aber war er dann Campillo gegenüber nicht aufrichtig gewesen? Warum hatte er ihm nicht
erzählt, was er wußte?

Don Jaime schüttelte den Kopf. Du bist dir doch gar nicht
sicher, daß Adela de Otero schuldig ist, dachte er, mußte die-

sen Zweifel jedoch gleich wieder verdrängen. Sinnlos, sich etwas vorzumachen; die Tatsachen sprachen für sich. Ob die junge Frau dem Marquis höchstpersönlich ihr Florett in den Hals gebohrt hatte, war natürlich nicht zu sagen, fest stand nur, daß sie irgendwie mit dieser Sache zu tun hatte, direkt oder indirekt. Ihr plötzliches Auftauchen, ihr übertriebenes Interesse an Luis de Ayala, ihr Verhalten während der letzten Wochen, ihr verdächtiges Untertauchen gerade jetzt... Alles, bis hin zum kleinsten Detail, zur banalsten ihrer Äußerungen, schien mit einemmal einem kaltblütig ausgeführten Plan zu entsprechen. Außerdem war da dieser Florettstoß. Sein Florettstoß.

Nur, warum das Ganze? Sonnenklar, daß man ihn benutzt hatte, um an den Marquis de los Alumbres heranzukommen. Doch zu welchem Zweck? Ein Verbrechen ließ sich nicht aus sich selbst erklären, da steckte immer etwas dahinter. Man brachte nicht einfach so jemanden um, der Mörder mußte einen Grund für seine Tat haben, einen sehr triftigen Grund. Letztendlich führten alle logischen Überlegungen zu dem versiegelten Umschlag, der in seinem Arbeitszimmer hinter Büchern versteckt war. Er mußte nach Hause, den Umschlag öffnen und feststellen, was er enthielt. Nur so konnte er das Rätsel lösen.

Um schneller heimzukommen, hielt er eine Droschke an und nannte dem Kutscher seine Adresse, obwohl er einen Augenblick versucht war, die Adresse der nächsten Polizeiwache anzugeben. Sollte er die Klärung des Falls nicht doch der Untersuchungsbehörde überlassen und die weitere Entwicklung aus den Augen eines unbeteiligten Zuschauers verfolgen? Das wäre sicher klüger gewesen, aber Don Jaime begriff sofort, daß er das niemals fertigbringen würde. Er war gegen seinen Willen in eine Rolle gedrängt worden, und zwar in eine sehr üble Rolle. Wer sie ihm zugedacht hatte, wußte er nicht, er wußte nur, daß man ihn hatte tanzen lassen wie eine Marionette. Sein alter Stolz begehrte auf und forderte Rache – niemand hatte es je gewagt, so mit ihm zu spielen. Vielleicht würde er sich später an die Polizei wenden, jetzt wollte er der Sache erst einmal selbst auf den Grund gehen und herausfinden, ob es eine Möglichkeit gab, seine offene Rechnung mit Adela de Otero zu begleichen: Genugtuung für seine verratenen Gefühle.

Das gleichmäßige Schaukeln der Kutsche beruhigte ihn. Er lehnte sich zurück und begann endlich wieder klar zu denken. Aus reiner Berufsgewohnheit beschloß er, die Ereignisse noch einmal sorgfältig durchzugehen, Schritt für Schritt, als analysiere er die einzelnen Sequenzen eines Gefechts – eine Methode, die ihm in verwickelten Situationen half, seine Gedanken zu ordnen.

Im gegebenen Fall hatten der oder die Gegner das »Gefecht« mit einer Finte eröffnet. Sie waren zum Schein auf ihn losgegangen, hatten in Wirklichkeit jedoch ein anderes Ziel anvisiert. Denn eine Finte ist ja nichts anderes als ein Täuschungsmanöver, hinter dem man seine wahren Absichten verbirgt; man droht einen Stoß an und führt einen anderen aus. Sein Gegner hatte es nicht auf ihn, sondern auf Luis de Ayala abgesehen, und Jaime Astarloa war dumm genug gewesen, auf den Schwindel hereinzufallen. Er hatte die Gefährlichkeit des Angriffs nicht erkannt, ja im Gegenteil den unverzeihlichen Fehler begangen, ihn noch zu begünstigen.

Ja, langsam durchschaute er die Sache. Nach gelungenem ersten Schritt waren sie zum zweiten übergegangen. Der schönen Adela de Otero dürfte es nicht schwergefallen sein, den Widerstand des Marquis zu brechen. Im Fechten brach man den Widerstand des Gegners, indem man, einen Moment der Schwäche ausnutzend, seine Klinge parierte und zur Seite wegdrückte, um in die dadurch entstandene Blöße zu stoßen. Und Luis de Ayalas Schwäche waren das Fechten und die Frauen gewesen.

Was war danach passiert? Als guter Florettfechter mußte der Marquis gemerkt haben, daß man ihn aus der Deckung locken wollte. Da er jedoch alles andere als auf den Kopf gefallen war, hatte er sich rechtzeitig vorgesehen und Don Jaime das Objekt anvertraut, dem die Bemühungen seines Gegners zweifellos galten: jenen mysteriösen Umschlag. Offensichtlich hatte Luis de Ayala also gewußt, daß er in Gefahr schwebte, aber er war nicht nur ein Fechter, sondern eben auch ein Spieler gewesen. So, wie Don Jaime ihn kannte, mußte er vermuten, daß der Marquis allzusehr auf sein Glück vertraut hatte, anstatt das Gefecht zu unterbrechen und erst einmal die Hintergründe auszuleuchten. Zweifellos hatte er fest damit gerechnet, das gegnerische Florett im letzten Augenblick abwehren zu können, dann nämlich, wenn der Angreifer seine Karten aufdecken und zum entscheidenden Stoß ausholen würde. Aber er hatte sich geirrt. Dabei sollte ein erfahrener Fechter wissen, daß es grundsätzlich riskant ist, auf einen Angriff eine Flankonade folgen zu lassen. Besonders wenn eine Frau wie Adela de Otero die Hand im Spiel hat.

Wenn der Angriff aber tatsächlich darauf abgezielt hatte, an die Papiere des Marquis heranzukommen – und das stand für Don Jaime so gut wie fest –, dann war er gescheitert. Der Fechtmeister selbst hatte den Mördern einen Strich durch die Rechnung gemacht, wenn auch unabsichtlich und durch puren Zufall. War es ursprünglich ihre Absicht gewesen, die Sache mit einem simplen Quartstoß in die Drosselader des Marquis abzuhaken, so hatten sie sich jetzt auf eine Terz umzustellen, und die war bei weitem nicht so einfach auszuführen. Allerdings stellte sich dem Fechtmeister nun eine Frage, von der sein Leben abhängen konnte: Wußten die Gegner von der entscheidenden Rolle, die er aufgrund der Vorsichtsmaßnahme des Ermordeten in dieser Geschichte spielte? Wußten sie, daß sich die Dokumente des Marquis wohlverwahrt in seiner Wohnung befanden? Er dachte lange nach und kam letztlich zu dem beruhigenden Schluß, daß dies unmöglich war. Ayala wäre nie so unvorsichtig gewesen, Adela de Otero oder sonst jemanden in das Geheimnis einzuweihen. Er hatte ihm ja selbst gesagt, daß er, Jaime Astarloa, der einzige Mensch sei, den er mit dieser delikaten Aufgabe betrauen könne.

Die Droschke holperte im Trott die Carrera de San Jeronimo hinauf. Don Jaime konnte es kaum erwarten, heimzukommen, den Umschlag aufzureißen und das Rätsel zu lösen. Alles Weitere wollte er danach entscheiden.

Als er an der Ecke der Calle Bordadores aus der Kutsche stieg, begann es erneut zu gießen. Vor dem Hausportal angelangt, klappte er den Regenschirm zu, schüttelte das Wasser ab und eilte schnurstracks die Treppe ins oberste Stockwerk hinauf. Auf dem letzten Treppenabsatz fiel ihm ein, daß er sein Florettetui im Palacio de Villaflores vergessen hatte. Er mußte also später noch einmal dorthin zurück, um es abzuholen. Ärgerlich kramte er seinen Wohnungsschlüssel aus der Tasche, steckte ihn ins Schloß und sperrte auf. Beim Eintreten in die dunkle Wohnung beschlich ihn unwillkürlich ein Gefühl der Beklemmung.

Um sich zu beruhigen, warf er rasch einen Blick in alle Zimmer, aber da war, wie zu erwarten, niemand außer ihm. Hirngespinste, dachte er beschämt, legte seinen Regenschirm ab, zog den Rock aus und öffnete die Fensterläden, um das graue Tageslicht einzulassen. Dann ging er zu einem der Wandregale und fischte hinter der betreffenden Bücherreihe den Umschlag hervor, den Luis de Ayala ihm übergeben hatte.

Seine Hände zitterten, als er das Lacksiegel erbrach. Der Umschlag hatte Briefbogenformat und war etwa ein Zoll dick. Er riß ihn auf und zog eine Mappe heraus, die mit Bändern verschnürt war. Mit großer Hast knüpfte er sie auf und nestelte noch am letzten Band herum, als mehrere handgeschriebene Blätter seitlich aus der Mappe rutschten und auf den Boden fielen. Seine Ungeschicklichkeit verfluchend, kniete Don Jaime nieder und las die Papiere auf, bei denen es sich allem Anschein nach um offizielle Schreiben und Dokumente handelte, größtenteils mit Briefkopf versehen. Er trug sie zu seinem Schreibtisch, setzte sich und breitete sie vor sich aus. Zuerst konnte er vor lauter Aufregung kein einziges Wort lesen; die Buchstaben tanzten ihm vor den Augen. Er schloß die Lider, zwang sich, bis zehn zu zählen, atmete einmal tief durch und begann erneut zu lesen. Diesmal klappte es. Was er da vor sich hatte, waren tatsächlich zum größten Teil Briefe, deren Unterschriften Don Jaime in Erstaunen versetzten.

INNENMINISTERIUM

An
Don Luis Álvarez Rendruejo
Generalinspektor der Staats- und Sicherheits-
polizei Madrid

Hiermit ordne ich strengste Überwachung der nachstehend aufgeführten Personen an, die unter dringendem Verdacht der Konspiration gegen die Regierung Ihrer Majestät der Königin stehen.

In Anbetracht der gehobenen Stellung einiger der mutmaßlich Beteiligten lege ich Ihnen nahe, mit der entsprechenden Diskretion vorzugehen und das Ergebnis der Untersuchungen direkt an mich weiterzuleiten.

Martínez Carmona, Ramón. Rechtsanwalt.
C/ del Prado, 16. Madrid.
Miravalls Hernández, Domiciano. Industrieller.
C/ Corredera Baja, Madrid.
Cazorla Longo, Bruno. Generalprokurator der Banca
de Italia. Plaza de Santa Ana, 10. Madrid.
Cañabate Ruiz, Fernando. Eisenbahningenieur.
C/ Leganitos, 7. Madrid.
Porlier y Osborne, Carmelo. Finanzier.
C/ Infantas, 14. Madrid.

Zur Vermeidung jeglichen Risikos halte ich es für angezeigt, daß Sie die Angelegenheit persönlich in die Hand nehmen.

> *Joaquín Vallespín Andreu*
> *Innenminister*
> *Madrid, den 3. Oktober 1866*

An Don Joaquín Vallespín Andreu
Innenminister
Madrid

Lieber Joaquín!
Ich habe mir unser Gespräch von gestern abend noch einmal durch den Kopf gehen lassen und bin zu dem Schluß gekommen, daß der von Dir gemachte Vorschlag annehmbar ist. Offen gestanden kostet es mich etwas Überwindung, diese Kanaille zu bestechen, aber die Sache scheint es mir wert zu sein. Heutzutage ist ja nichts mehr umsonst!

Was die Bergbaukonzession für die Sierra von Cartagena betrifft, so ist alles Nötige in die Wege geleitet. Ich habe mit Pepito Zamora gesprochen, er zeigte sich einverstanden, obwohl ich ihm keinerlei Einzelheiten erläutert habe. Wahrscheinlich nimmt er an, daß ich auch die Finger in der Pastete habe, aber das ist mir egal. Mittlerweile bin ich zu alt, um mich über Verleumdungen noch aufzuregen. Übrigens habe ich mich ausführlich über diese Kanaille informiert. Sie wird uns tüchtig zur Ader lassen, das kannst Du mir glauben. Ich habe für diese Art von Dingen einen Riecher.

Berichte mir, wenn es Neuigkeiten gibt. Vor dem Kabinett natürlich kein Sterbenswort, und Álvarez Rendruejo hältst Du besser auch aus der Sache heraus. Ab sofort geht sie nur uns beide etwas an.

Ramón María Narváez
8. November

INNENMINISTERIUM

An
Don Luis Álvarez Rendruejo
Generalinspektor der Staats- und Sicherheitspolizei
Madrid

Hiermit wird wegen des Verdachts der kriminellen Konspiration gegen nachstehend genannte Personen Haftbefehl erlassen:

  Martínez Carmona, Ramón
  Porlier y Osborne, Carmelo
  Miravalls Hernández, Domiciano
  Cañabate Ruiz, Fernando
  Mazarrasa Sánchez, Manuel María
Die Festgenommenen sind ab sofort in strenge Einzelhaft zu überführen.

Joaquín Vallespín Andreu
Innenministerium
Madrid, den 12. November

GENERALINSPEKTION FÜR STRÄFLINGE UND
REBELLEN

An
Don Joaquín Vallespín Andreu
Innenminister
Madrid

Sehr verehrter Herr!
Hiermit setzte ich Sie davon in Kenntnis, daß mit heuti-
gem Datum Ramón Martínez Carmona, Carmelo Porlier y
Osborne, Domiciano Miravalls Hernández und Fernando
Cañabate Ruiz ins Gefängnis von Cartagena eingeliefert
wurden, von wo aus sie zur Verbüßung ihrer Strafe in die
afrikanischen Strafkolonien überführt werden sollen.
Ohne weitere Meldungen grüßt Sie ergebenst

> *Ernesto de Miguel Marín*
> *Generalinspektor für Sträflinge und Rebellen*
> *Madrid, den 28. November 1866*

Sr. Exzellenz Señor Don Ramón María Narváez
Kabinettspräsident. Madrid

Mein General,
es ist mir eine große Genugtuung, Ihnen den zweiten
Teil unserer Ermittlungsergebnisse übersenden zu können. Der Bericht ist gestern abend in meine Hände gelangt und liegt diesem Schreiben bei. Für weitere Auskünfte stehe ich Ihnen jederzeit zur Verfügung.

> *Joaquín Vallespín Andreu*
> *Madrid, den 5. Dezember*

An

Señor Don Joaquín Vallespín Andreu
Innenminister. Madrid

Lieber Joaquín!

Ich kann nur sagen: Exzellent, was unser Informant uns
da zugespielt hat. Damit können wir dem Intriganten J.
P. ordentlich die Suppe versalzen. Ich schicke Dir geson-
dert ausführliche Anweisungen, wie die Sache zu behandeln ist. Alles Weitere besprechen wir heute abend, sowie
ich vom Abgeordnetenhaus zurückkomme.

Hier muß einmal mit eisernem Besen ausgekehrt werden, mein Freund. Das ist die einzige Methode. Sangonera soll ein Exempel statuieren und mit unerbittlicher
Strenge vorgehen, besonders gegen die involvierten Militärs.

Die Bresche ist geschlagen, jetzt gilt es nur, sich dranzu-
halten!

Ramón María Narváez
6. Dezember

INNENMINISTERIUM

An
Don Luis Álvarez Rendruejo
Generalinspektor der Staats- und Sicherheits-
polizei Madrid

Hiermit wird gegen nachstehend aufgeführte Personen
Haftbefehl erlassen. Die Anklage lautet auf Hochverrat
und kriminelle Konspiration gegen die Regierung Ihrer
Majestät der Königin:

De la Mata Ordóñez' José. Industrieller. Ronda de Toledo, 22. Madrid.

Fernández Garre, Julián. Staatsbeamter.
C/ Cervantes, 19. Madrid.

Gal Rupérez, Olegario. Generalfeldmarschall des Ingenieurwesens. Jarilla Kaserne. Alcalá de Henares.

Gal Rupérez, José María. Oberleutnant der Artillerie. Colegiata Kaserne. Madrid.

Cebrián Lucientes Santiago. Oberstleutnant der Infanterie. Trinidad Kaserne. Madrid.

Ambrona Páez, Manuel. Major des Ingenieurwesens. Jarilla Kaserne. Alcalá de Henares.

Figuero Robledo, Ginés. Großkaufmann.
C/ Segovia, 16. Madrid.

Esplandiú Casals, Jaime. Oberleutnant der Infanterie. Kaserne von Vicálvaro.

Romero Alcázar, Onofre. Verwalter des Landguts »Los Rocíos«. Toledo.

Villagordo López, Vicente. Major der Infanterie. Kaserne von Vicálvaro.

Bezüglich der genannten Armeeangehörigen ist in Zusammenarbeit mit der zuständigen Militärbehörde zu verfahren, die bereits entsprechende Weisungen von Sr. Exzellenz dem Herrn Kriegsminister erhalten hat.

Joaquín Vallespín Andreu
Innenminister
Madrid, den 7. Dezember 1866

GENERALINSPEKTION DER STAATS- UND
SICHERHEITSPOLIZEI

An

Don Joaquín Vallespín Andreu
Innenminister

Sehr verehrter Herr Minister!
Hiermit bestätige ich den Empfang Ihres gestrigen
Schreibens und setze Sie davon in Kenntnis, daß die
darin genannten Personen gemäß Ihrer Instruktionen
und in Übereinstimmung mit der zuständigen Militärbehörde heute morgen von Beamten meines Ressorts
festgenommen wurden. Gott schütze Sie.

> *Luis Álvarez Rendruejo*
> *Gen. Inspektor der Staats- und Sicherheitspolizei*
> *Madrid, den 8. Dezember 1866*

GENERALINSPEKTION FÜR STRÄFLINGE
UND REBELLEN

An

Don Joaquín Vallespín Andreu
Innenminister

Sehr verehrter Herr Minister!
Hiermit bestätige ich Ihnen, daß mit heutigem Datum
nachstehend aufgeführte Personen in Erwartung ihrer
Deportation auf die Philippinen ins Gefängnis von Cádiz
eingeliefert wurden:
De la Mata Ordóñez, José
Fernández Garre, Jullán
Figuero Robledo, Ginés
Romero Alcázar, Onofre

Bis auf weiteres verbleibe ich untertänigst

Ernesto de Miguel Marín
Gen.Inspektor für Sträflinge und Rebellen
Madrid, den 19. Dezember 1866

KRIEGSMINISTERIUM

An
Don José Vallespín Andreu
Innenminister
Madrid

Lieber Joaquín!
Mit diesem Brief teile ich Dir offiziell mit, daß heute abend der Dampfer »Rodrigo Suárez« in See gestochen ist, mit dem Oberstleutnant Cebrián Lucientes sowie die Majore Ambrona Páez und Villagordo López auf die Kanarischen Inseln deportiert werden. Generalfeldmarschall Olegario Gal Rupérez und sein Bruder José María Gal Rupérez verbleiben einstweilen im Militärgefängnis von Cádiz, um bei nächster Gelegenheit nach Fernando Póo eingeschifft zu werden.
Das ist alles für heute, sei herzlich gegrüßt

Pedro Sangonera Ortiz
Kriegsminister
Madrid, den 23. Dezember

KRIEGSMINISTERIUM

An
Don José Vallespín Andreu
Innenminister
Madrid

Lieber Joaquín!
Ein bedauerlicher Anlaß zwingt mich, erneut zur Feder
zu greifen, um Dir offiziell Mitteilung darüber zu erstat-
ten, daß der wegen Meuterei, Hochverrats und krimi-
neller Konspiration gegen die Regierung Ihrer Majestät
der Königin zum Tode verurteilte Oberleutnant Jaime Esplandiú Casals heute früh um vier Uhr in der Festung von
Oñate standrechtlich erschossen wurde, nachdem Ihre
Majestät die Königin seinem Gnadengesuch nicht statt-
gegeben hatte.
Bis auf weiteres verbleibe ich

Pedro Sangonera Ortiz
Kriegsminister
Madrid, den 26. Dezember

Dies und dergleichen mehr enthielt die Mappe: offizielle Mitteilungen und Briefe aus dem privaten Schriftverkehr zwischen Kabinettspräsident Narváez und seinem Innenminister
Vallespín; später datierte Schreiben gaben unter anderem
Aufschluß über das Agieren der Agenten Don Juan Prims in
Spanien und im Ausland. Jaime Astarloa konnte dem entneh-
men, daß die Regierung bestens über die geheimen Machenschaften der Verschwörer informiert gewesen war. Laufend
wurden irgendwelche Namen oder Orte erwähnt, man be-
fahl die Überwachung von Herrn X, die Festnahme von Herrn
Y, gab den falschen Namen bekannt, unter dem ein Spitzel

Juan Prims sich in Barcelona einzuschiffen gedachte... Der Fechtmeister sah sich noch einmal das Datum der einzelnen Schriftstücke an: Sie waren innerhalb eines Zeitraums von zwölf Monaten verfaßt, dann brach die Korrespondenz plötzlich ab. Don Jaime strengte sein Gedächtnis an und kam zu dem Schluß, daß diese Unterbrechung mit dem Tod des Innenministers zusammenfiel, der irgendwie im Mittelpunkt des ganzen Schriftwechsels zu stehen schien. Joaquín Vallespín, daran erinnerte er sich gut, war eines der schwarzen Schafe seines Stammtischbruders Agapito Cárceles. Er hatte als einer der treuesten Anhänger Narváez' und der Monarchie gegolten, war ein führendes Mitglied der Moderados-Partei gewesen und hatte sein Amt mit eisernen Faust ausgeübt. Einem Herzleiden erlegen, war er unter Staatstrauer in Madrid beigesetzt worden. Narváez hatte seiner Beerdigung beigewohnt, war ihm jedoch wenig später ins Grab gefolgt – zum großen Leidwesen Isabellas II., die dadurch eine ihrer wichtigsten politischen Stützen verloren hatte.

Jaime Astarloa raufte sich verzweifelt die Haare. Das ergab doch alles keinen Sinn.

Warum hatte Luis de Ayala dieses Aktenbündel unbedingt verstecken wollen? Gut, er verstand nicht viel von Intrigenwirtschaft, aber allem Anschein nach enthielten jene Papiere nichts, was die Sorge des Marquis gerechtfertigt hätte. Und schon gar nicht den Mord an ihm! Don Jaime nahm sich einige der Dokumente noch einmal vor, vielleicht war ihm beim ersten Lesen ja irgendein versteckter Hinweis entgangen. Doch es half alles nichts: So konzentriert er sie auch studierte, er konnte nichts entdecken. Am verdächtigsten kam ihm noch das in sehr persönlichem Ton abgefaßte Schreiben Narváez' an Vallespín vor, mit dem er sich besonders ausführlich beschäftigte. Darin bezog sich der Herzog von Valencia auf einen vom Innenminister gemachten Vorschlag, den er als

»annehmbar« bezeichnete und der anscheinend irgend etwas mit einer Bergbaukonzession zu tun hatte. Narváez gab an, diesbezüglich mit einem gewissen Pepito Zamora gesprochen zu haben. Don Jaime vermutete, daß es sich um den damaligen Bergbauminister José Zamora handelte, aber damit kam er auch nicht viel weiter. »Es kostet mich etwas Überwindung, diese Kanaille zu bestechen...«, schrieb Narváez. Wer war diese Kanaille? Ja, vielleicht war hier der Schlüssel verborgen, im Namen dieses Menschen, der nirgendwo auftauchte... Oder doch?

Der Fechtmeister seufzte. Möglich, daß sich ein anderer einen Reim auf diese Sache machen konnte, jemand, der sich mit der Materie auskannte; er selbst wurde beim besten Willen nicht schlau daraus. Was mochte diese Papiere so wertvoll machen, so gefährlich, daß man einen Mord dafür beging? Warum hatte Luis de Ayala sie ihm anvertraut? Wer hätte sie ihm stehlen sollen, und zu welchem Zweck? Don Jaime überlegte auch, wie der Marqués de los Alumbres, der doch immer vorgegeben hatte, am Rande der Politik zu stehen, in den Besitz dieser Dokumente gelangt war, die zum privaten Schriftwechsel des verstorbenen Innenministers gehörten.

Aber wenigstens dafür gab es eine logische Erklärung. Joaquín Vallespín Andreu war ein Verwandter des Marquis gewesen, der Bruder seiner Mutter, wenn Don Jaime sich recht entsann. Er hatte Ayala das Amt im Innenministerium verschafft, damals, als der Marquis vorübergehend politisch aktiv gewesen war, und das mußte während eines der letzten Narváez-Kabinette gewesen sein. Stimmten die Daten der Briefe damit überein? Don Jaime versuchte nachzurechnen, erinnerte sich jedoch nicht mehr genau. War ja auch egal, jedenfalls stand fest, daß der Marqués de los Alumbres entweder an diese Papiere gekommen sein konnte, als er im Ministerium tätig gewesen war, oder nach dem Tode seines Onkels. Aber das war noch lange keine Antwort auf die Frage, was diese Dokumente wirklich bedeuteten und weshalb Ayala sie unbedingt hatte in Sicherheit bringen wollen. Waren sie so kompromittierend, daß jemand ihretwegen bis zum Äußersten gehen könnte?

Jaime Astarloa erhob sich vom Schreibtisch und ging nervös im Zimmer auf und ab. Nun wußte er, was der Umschlag enthielt, und war so klug wie zuvor. Es war absurd, einfach absurd. Am absurdesten aber war, daß er selbst – wenn auch unfreiwillig – in dieser Tragödie mitgewirkt hatte und es noch immer tat, wie er mit einem Schauder feststellen mußte. Was hatte Adela de Otero mit diesen Briefen, Verordnungen und Namenslisten zu schaffen? Er selbst kannte so gut wie keine der genannten Personen. Sicher, von den erwähnten Begebenheiten hatte auch er in der Zeitung gelesen oder am Stammtisch reden gehört, meist in Zusammenhang mit Prims Putschversuchen. Er erinnerte sich sogar an die Erschießung jenes bedauernswerten Oberleutnants, Jaime Esplandiú. An mehr jedoch nicht.

Nein, Don Jaime befand sich eindeutig in einer Sackgasse. Er überlegte, zur Polizei zu gehen, das Aktenbündel abzuliefern und sich selbst aus der Affäre zu ziehen. Mit lebhaftem Unbehagen dachte er an das Verhör von heute morgen zurück. Er hatte Campillo hinters Licht geführt, ihm die Existenz des versiegelten Umschlags verheimlicht. Und wenn diese Papiere kompromittierend waren, so nun auch für ihn, ihren unschuldigen Verwahrer... Unschuldig? Er schnitt eine Grimasse. Luis de Ayala konnte nicht mehr zur Klärung des Sachverhalts beitragen, und über Schuld oder Unschuld entschieden die Richter.

Er war in seinem ganzen Leben noch nie so ratlos gewesen. Der Instinkt riet ihm, die Akte zu verbrennen, diesen Alptraum willentlich zu beenden, bevor es zu spät war. So würde keiner irgendwas erfahren. Keiner, aber du auch nicht, dachte er betreten. Und das konnte er nicht zulassen. Er mußte erfahren, was sich hinter dieser üblen Geschichte verbarg. Das war sein Recht, Gründe dafür gab es genug. Wenn er darauf verzichtete, das Geheimnis zu lüften, würde er keine ruhige Stunde mehr haben.

Später wollte er dann schon sehen, ob er die Papiere vernichtete oder der Polizei übergab, jetzt mußte er erst einmal den Schlüssel finden, mit dem er sie deuten konnte. Daß er dazu fremde Hilfe brauchte, war ihm mittlerweile klar. Vielleicht jemanden, der sich in der Politik besser auskannte als er...

Agapito Cárceles fiel ihm ein. Ja, warum eigentlich nicht? Er war ein Stammtischbruder, sein Freund und außerdem bestens über das politische Geschehen im Lande informiert. Zweifellos wußte er mit den Namen und Ereignissen, die in der Akte erwähnt wurden, mehr anzufangen.

Don Jaime sammelte rasch die Blätter ein, verstaute sie wieder hinter der Bücherreihe, schnappte Stock und Zylinder und verließ hastig die Wohnung. Im Treppenhaus zog er seine Taschenuhr aus der Weste: Es war kurz vor sechs. Sicher befand sich Cárceles bereits seit längerem im Café Progreso. Bis dorthin war es nicht weit, gerade nur zehn Minuten zu Fuß, aber der Fechtmeister hatte es eilig. Er hielt eine Droschke an und bat den Kutscher, ihn so schnell wie möglich zu seinem Stammtisch zu bringen.

Cárceles saß in der gewohnten Ecke und hielt einen Monolog über die unselige Rolle, die Österreich und die Bourbonen im Schicksal Spaniens gespielt hatten. Marcelino Romero, der geistesabwesend einen Zuckerwürfel lutschte, starrte ihn an, ohne ihm zuzuhören, das zerknitterte Seidentuch um den Hals, melancholisch wie immer. Entgegen seiner Gewohnheit hielt Jaime Astarloa sich nicht lange mit Formalitäten auf, bat nur kurz den Pianisten um Entschuldigung und zog dann Cárceles beiseite, um ihm in groben Zügen und mit tausend Vorbehalten sein Problem auseinanderzusetzen.

»Es handelt sich um gewisse Dokumente, die in meinen Besitz gelangt sind – wie, tut hier nichts zur Sache. Sie enthalten ein paar dunkle Punkte, die ich gerne von einem Experten wie Ihnen erklärt hätte.«

Der Zeitungsschreiber zeigte sich entzückt. Er hatte seinen Vortrag über die austro-bourbonische Dekadenz beendet; davon abgesehen war Klavierlehrer Romero nicht gerade das, was man einen unterhaltsamen Menschen nannte. Die beiden verabschiedeten sich also von ihm und verließen das Lokal.

Sie beschlossen, zu Fuß in die Calle Bordadores zu gehen. Unterwegs kam Cárceles auf die Tragödie im Palacio Villaflores zu sprechen, die bereits in aller Munde war. Er wußte vage, daß Luis de Ayala ein Klient Don Jaimes gewesen war. Aus Berufsneugier löcherte er den Fechtmeister mit Fragen, denen dieser nur mit Mühe ausweichen konnte. Cárceles, der bekanntlich keine Gelegenheit versäumte, über die Aristokratie zu lästern, war nicht im geringsten betrübt über das Ableben eines ihrer Vertreter.

»Das erspart dem souveränen Volk Arbeit, wenn die Stunde der Abrechnung gekommen ist«, sagte er düster, wechselte angesichts von Jaime Astarloas vorwurfsvollem Blick jedoch sofort wieder das Thema. Später kam er allerdings noch einmal darauf zurück, diesmal um die These aufzustellen, die Ermordung des Marquis hänge mit einer seiner zahlreichen Liebesaffären zusammen. Für den Zeitungsschreiber lag der Fall klar auf der Hand: Luis de Ayala war von einem betrogenen Ehegatten ins Jenseits befördert worden. Mit einem Säbel oder so etwas Ähnlichem, habe er gehört. Ob Don Jaime Näheres wisse.

Der Fechtmeister war froh, als sie bei ihm zu Hause angekommen waren. Cárceles, der die Wohnung zum erstenmal sah, inspizierte neugierig den kleinen Empfangssalon, der auch als Arbeitszimmer diente. Kaum hatte er das Bücherregal entdeckt, steuerte er zielstrebig darauf zu, um die Bücher zu begutachten.

»Nicht schlecht«, sagte er schließlich großzügig. »Ich vermisse allerdings ein paar grundlegende Werke zum Verständnis der Epoche, in die wir hineingeboren wurden. Rousseau beispielsweise, die eine oder andere Schrift von Voltaire...«

Jaime Astarloa scherte sich einen feuchten Dreck um die Epoche, in die sie hineingeboren waren, und erst recht um den literarischen und philosophischen Geschmack seines Stammtischbruders. Daher unterbrach er Cárceles mit dem größtmöglichen Takt und lenkte das Gespräch auf das Thema, das ihm am Herzen lag. Der Zeitungsschreiber hatte alle Bücher vergessen, als Don Jaime den Umschlag aus seinem Versteck hervorzog.

»Zunächst müssen Sie mir Ihr Ehrenwort als Freund und Caballero geben, daß Sie diese Sache mit größter Diskretion behandeln«, sagte der Fechtmeister und stellte fest, daß Cárceles vom Ernst dieser Worte beeindruckt war. »Versprechen Sie mir das, Don Agapito?«

Der legte feierlich die Hand aufs Herz. »Natürlich. Das verspreche ich Ihnen.«

Don Jaime zögerte einen Augenblick: Vielleicht war es doch ein Fehler, Cárceles in die Geschichte einzuweihen? Aber zu einem Rückzieher war es nun zu spät. Er öffnete den Umschlag und breitete seinen Inhalt auf dem Tisch aus.

»Diese Papiere sind mir unlängst unter dem Siegel der Verschwiegenheit anvertraut worden; ich kann Ihnen also nicht sagen, von wem und warum... Ich kann Ihnen nur sagen, daß sie ein Geheimnis bergen, das ich unbedingt lüften muß.

Aber so sehr ich mich bemühe, sie entziehen sich einfach meinem Verständnis.« Don Jaime fiel es nicht leicht, die richtigen Worte zu finden, obwohl Cárceles ihn ungestört reden ließ. »Vielleicht liegt das daran, daß ich mich in der spanischen Politik so schlecht auskenne, an meiner Beschränktheit oder woran auch immer... Jedenfalls komme ich partout nicht hinter den Sinn, den diese Dokumente zweifellos haben. Da dachte ich mir, Sie zu Rate zu ziehen, Don Agapito. Sie sind in solchen Dingen beschlagener als ich. Ich bitte Sie, lesen Sie diese Akte und bilden Sie sich ein Urteil.«

Cárceles starrte den Fechtmeister eine ganze Weile sprachlos an. Dann fuhr er sich mit der Zungenspitze über die Lippen und betrachtete die Papiere auf dem Tisch.

»Don Jaime«, sagte er endlich mit kaum verhohlener Bewunderung. »Ich hätte nie gedacht, daß Sie...«

»Ich auch nicht«, fiel ihm der Fechtmeister ins Wort. »Und der Ehrlichkeit halber muß ich Ihnen gestehen, daß ich gegen meinen Willen in den Besitz dieser Dokumente gelangt bin. Aber da es nun einmal so ist, bleibt mir keine andere Wahl. Ich muß herausfinden, was sie bedeuten.«

Agapito Cárceles betrachtete erneut die Blätter, unentschlossen, als fühle er eine Gefahr von ihnen ausgehen. Dann gab er sich jedoch einen Ruck, setzte sich an den Tisch und nahm sie zur Hand. Don Jaime blieb stehen und sah ihm beim Lesen über die Schulter, was er unter normalen Umständen niemals getan hätte. Aber die Lage war ernst, und da durfte er schon einmal gegen die Regeln der Höflichkeit verstoßen.

Cárceles schluckte hörbar, als er die Briefköpfe und Unterschriften der ersten Dokumente sah. Ein paarmal blickte er ungläubig zum Fechtmeister auf, ohne jedoch einen Kommentar abzugeben. Er las schweigend, legte vorsichtig die Seiten um und verweilte bisweilen mit dem Zeigefinger auf einem

Namen. Als er ungefähr die Hälfte des Stoßes durchgegangen war, hielt er plötzlich inne, als sei ihm eine Idee gekommen. Rasch überflog er noch einmal die ersten Seiten, und dabei erhellte sich sein unrasiertes Gesicht wie von einem schwachen Lächeln. Dann vertiefte er sich erneut in die Lektüre, während Don Jaime, der es nicht wagte, ihn zu unterbrechen, mit klopfendem Herzen auf seine Reaktion wartete.

»Blicken Sie da durch?« fragt der Fechtmeister schließlich, unfähig, sich noch länger zu beherrschen. Der Zeitungsschreiber hob ein wenig die Schulter.

»Möglich«, sagte er mit gerunzelter Stirn. »Mindestens ahne ich etwas. Aber ich muß mich erst noch vergewissern, daß wir auf der richtigen Spur sind.« Und damit beugte er sich wieder über die Blätter.

Kurz darauf nickte er mit dem Kopf, als habe er endlich gefunden, was er suchte. Sein Blick wanderte nachdenklich zur Zimmerdecke hinauf.

»Da war doch was mit Bergbaukonzessionen«, murmelte er vor sich hin. »Ich erinnere mich nicht mehr genau, aber es muß Anfang des letzten Jahres gewesen sein... Ja, eine Kampagne gegen Narváez wegen irgendwelcher krummen Geschäfte mit Minen. Wie hieß noch gleich dieser...?«

Jaime Astarloa war noch nie in seinem Leben so aufgeregt gewesen. Don Agapitos Augen leuchteten plötzlich auf.

»Aber natürlich! Warum bin ich da nicht früher drauf gekommen?« rief er aus, indem er mit der flachen Hand auf den Tisch schlug. »Lassen Sie mich schnell den Namen überprüfen... Ist das etwa tatsächlich...« Er nahm sich rasch noch einmal die ersten Blätter vor. »Himmelhergott, Don Jaime! Unfaßbar, daß Ihnen das nicht aufgegangen ist: Was Sie hier in Händen haben, ist ein Skandal allerersten Ranges! Ich schwöre Ihnen...«

Cárceles verstummte jäh, denn in diesem Augenblick

klopfte es an der Wohnungstür. »Erwarten Sie jemanden?« fragte er den Fechtmeister.

Don Jaime, der nicht weniger verwundert war als er, schüttelte verneinend den Kopf. Mit ungeahnter Geistesgegenwart raffte Agapito Cárceles die Papiere zusammen, sprang auf, sah sich um und schob sie schließlich unters Sofa. Danach wandte er sich wieder Don Jaime zu.

»Wer auch immer das sein mag – wimmeln Sie ihn ab!« flüsterte er ihm ins Ohr. »Wir beide müssen miteinander sprechen!«

Der Fechtmeister rückte sich mechanisch die Krawatte zurecht und ging verwirrt zur Tür. Gleich würde er wissen, was Adela de Otero zu ihm geführt und Luis de Ayala das Leben gekostet hatte. Irgendwie kam es ihm vor, als müsse er jeden Augenblick aufwachen, um festzustellen, daß alles nur ein übler Scherz gewesen war, ein Streich, den ihm seine Einbildung gespielt hatte.

Vor der Tür stand ein Polizist. »Don Jaime Astarloa?«

Den Fechtmeister überlief eine Gänsehaut. »Der bin ich.«

Der Gendarm hüstelte. Er hatte ein zigeunerhaftes Gesicht und einen ungepflegten, struppigen Schnurrbart. »Mich schickt der Polizeipräsident, Don Jenaro Campillo. Er bittet Sie, mit mir zu kommen.«

Don Jaime sah ihn verständnislos an. »Pardon?« fragte er, um Zeit zu gewinnen.

Der Polizist mußte sein Unbehagen bemerkt haben, denn er setzte ein beruhigendes Lächeln auf. »Keine Sorge. Es geht um eine reine Formalität. Anscheinend gibt es neue Indizien im Mordfall des Herrn Marqués de los Alumbres.«

Der Fechtmeister blinzelte irritiert. Diese Sache kam ihm denkbar ungelegen. Aber da der Gendarm von neuen Indizien sprach, war er doch etwas neugierig. Womöglich hatte man Adela de Otero gefunden.

»Würde es Ihnen etwas ausmachen, einen Augenblick zu warten?«

»Nicht im geringsten. Nehmen Sie sich ruhig Zeit.«

Er ließ den Polizisten vor der Tür stehen und kehrte zu Cárceles zurück, der das Gespräch mit angehört hatte.

»Was machen wir jetzt?« fragte Don Jaime leise.

Don Agapito war nicht aus der Ruhe zu bringen. »Begleiten Sie den Gendarmen«, sagte er. »Ich warte hier auf Sie und lese mich etwas gründlicher in die Sache ein.«

»Haben Sie schon etwas entdeckt?«

»Ich glaube ja, aber ich bin mir noch nicht ganz sicher. Da ist Verschiedenes, das ich noch mal überprüfen muß. Gehen Sie also ruhig.«

Don Jaime nickte, es blieb ihm ja gar nichts anderes übrig. »Ich komme so schnell wie möglich zurück.«

»Seien Sie unbesorgt.« Agapito Cárceles' Augen hatten plötzlich einen seltsamen Glanz angenommen. Er deutete zur Tür: »Hat diese Geschichte etwas mit den Papieren hier zu tun?«

Jaime Astarloa errötete und wurde gleichzeitig von dem unangenehmen Gefühl beschlichen, daß ihm langsam alles aus der Hand glitt. »Das weiß ich noch nicht«, erwiderte er wahrheitsgetreu, denn Cárceles in diesem Punkt zu belügen wäre ihm lächerlich vorgekommen. »Ich meine... aber reden wir darüber, wenn ich zurückkomme. Ich muß dringend ein wenig Ordnung in meine Gedanken bringen.«

Er schüttelte seinem Freund die Hand und verließ in Begleitung des Gendarmen das Haus. Auf der Straße wartete eine Kutsche der Polizei.

»Wohin fahren wir?« fragte er.

»Ins Leichenschauhaus«, sagte der Schutzmann, lehnte sich bequem in der Kutsche zurück und begann einen Gassenhauer zu pfeifen.

Campillo erwartete Don Jaime in einem Büro des gerichtsmedizinischen Instituts. Seine Stirn war schweißbedeckt, die Perücke hing ihm schief auf dem Kopf, und der Zwicker baumelte an der Kordel, die an seinem Rockkragen befestigt war. Als er den Fechtmeister eintreten sah, erhob er sich mit einem freundlichen Lächeln.

»Tut mir leid, Señor Astarloa, daß ich Sie heute gleich zweimal bemühen muß, noch dazu unter so bedauerlichen Umständen.«

Don Jaime sah sich mißtrauisch um. Es kostete ihn ungeheure Anstrengung, wenigstens den Anschein von Selbstsicherheit zu wahren. Die Grenzen, innerhalb derer sich seine kontrollierten Gefühle normalerweise bewegten, waren längst überschritten. »Was gibt es denn noch?« fragte er gereizt.

Jenaro Campillo bat ihn mit einer Geste um Verzeihung. »Ich verspreche Ihnen, daß ich Sie nur wenige Minuten belästigen werde. Mir ist vollkommen klar, wie unangenehm diese ganze Sache für Sie ist, aber es ist leider etwas Unvorhergesehenes eingetreten«, sagte er und schüttelte ärgerlich den Kopf. »Und an was für einem Tag, Herrgott noch mal! Soeben habe ich Nachrichten erhalten, die auch nicht gerade beruhigend sind. Die rebellierenden Truppen rücken gegen Madrid vor, die Königin könnte gezwungen sein, sich nach Frankreich abzusetzen, und hier befürchtet man jeden Augenblick einen Volksaufstand. Heitere Aussichten, nicht? Aber was soll's, die Justiz muß trotzdem ihren Lauf nehmen. Dura lex, sed lex. Habe ich recht?«

»Entschuldigen Sie, Señor Campillo, aber ich bin etwas konfus. Mir scheint, das ist nicht der richtige Ort...«

Der Polizeipräsident hob die Hand, als bitte er um Nachsicht. »Wenn Sie die Güte hätten, mir zu folgen.«

Er wies dem Fechtmeister mit dem Zeigefinger den Weg.

Sie stiegen eine Treppe hinunter und gelangten in einen dämmrigen Korridor mit weißgekachelten Wänden und Schimmelflecken an der Decke. Die ungeschützten Flämmchen der Gasbeleuchtung flackerten in dem kalten Luftzug, der hier herrschte, und Don Jaime fröstelte in seinem leichten Sommerrock. Unheimlich hallten die Schritte der beiden Männer im Dunkeln.

Campillo blieb vor einer Glastür stehen, stieß sie auf und ließ seinem Begleiter den Vortritt. Don Jaime fand sich in einem kleinen, mit alten Karteikästen vollgepferchten Raum. Hinter einem Schreibtisch saß ein Gemeindeangestellter, ein hagerer Mensch undefinierbaren Alters, der sich bei ihrem Anblick erhob. Sein weißer Kittel war mit gelben Flecken übersät.

»Die Nummer siebzehn, Lucio. Sei so gut.«

Der Angestellte nahm eine der Karteikarten, die auf seinem Tisch lagen, und lief damit zu einer Schwingtür auf der gegenüberliegenden Seite des Zimmers. Bevor sie ihm folgten, zog der Polizeipräsident eine Havanna aus der Tasche und bot sie Jaime Astarloa an.

»Danke, Señor Campillo. Ich habe Ihnen ja heute morgen schon gesagt, daß ich nicht rauche.«

Jenaro Campillo wölbte tadelnd die Augenbrauen. »Der Anblick, den ich Ihnen bieten muß, ist nicht sehr schön«, sagte er, während er sich die Zigarre in den Mund steckte und ein Streichholz anriß. »Meistens hilft einem der Tabakrauch ein bißchen über diese Dinge hinweg.«

»Was für Dinge?«

»Sie werden es gleich sehen.«

»Trotzdem. Ich möchte nicht rauchen.«

Der Polizist zuckte mit der Schulter. »Ich habe Sie gewarnt.«

Die beiden betraten einen großen, gleichfalls weiß gekachelten Raum mit niedriger Decke; auch sie war mit Schimmelflecken übersät. In einer Ecke befand sich ein breites Waschbecken, dessen Hahn tropfte.

Don Jaime blieb unwillkürlich stehen, während ihm die eisige Kälte des Raumes bis in die Knochen drang. Er war nie zuvor in einem Leichenschauhaus gewesen und hätte sich darunter auch niemals einen derart desolaten und schaurigen Ort vorgestellt. Ein halbes Dutzend großer Marmortische reihte sich aneinander, vier von ihnen waren mit Leintüchern bedeckt, unter denen sich menschliche Körper abzeichneten. Der Fechtmeister schloß einen Moment lang die Augen und atmete tief ein, stieß die Luft jedoch sofort wieder aus, angeekelt von dem seltsamen Geruch, den er erst jetzt richtig wahrnahm.

»Das ist Phenol«, erklärte ihm der Polizeipräsident. »Man benutzt es als Desinfektionsmittel.«

Don Jaime nickte schweigend. Seine Augen waren starr auf einen der Marmortische gerichtet. An einem Ende schauten unter dem Leintuch zwei Füße hervor, die im Schein der Gaslampe wächsern schimmerten.

Jenaro Campillo war seinem Blick gefolgt. »Den kennen Sie schon«, sagte er mit einer Unbekümmertheit, die Don Jaime die Haare zu Berge stehen ließ. »Uns interessiert die Leiche daneben.«

Er deutete mit seiner Zigarre auf den betreffenden Marmortisch, unter dessen Leintuch man eine schmalere, kleinere Gestalt erahnen konnte. Dann sog er einmal kräftig an seiner Havanna und führte Don Jaime zu dem Tisch.

»Sie wurde heute vormittag aus dem Manzanares gefischt. Ungefähr zu der Zeit, als wir beide im Palacio de Villaflores gemütlich miteinander geplaudert haben. Man hat sie im Lauf der Nacht in den Fluß geworfen.«

»Geworfen?«

»Ganz richtig.« Der Beamte kicherte sarkastisch, als könne er der Sache nach wie vor eine humoristische Seite abgewinnen. »Hier handelt es sich weder um einen Selbstmord noch um einen Unfall, das versichere ich Ihnen... Möchten Sie nicht doch meinen Rat befolgen und kurz an einer Zigarre ziehen? Gut, dann eben nicht. Ich fürchte, was Sie jetzt gleich sehen, Señor Astarloa, vergessen Sie so schnell nicht wieder. Das ist ziemlich schwere Kost. Aber Ihre Aussage ist leider unerläßlich, um die Leiche zu identifizieren – was nicht einfach sein wird. Sie verstehen gleich, warum.«

Während er noch sprach, gab er dem Angestellten ein Zeichen, worauf dieser das Leintuch zurückzog. Dem Fechtmeister krampfte sich der Magen zusammen, er schnappte verzweifelt nach Luft und konnte nur mit Mühe einen Brechreiz unterdrücken. Seine Knie wurden so weich, daß er sich an der Kante des Marmortischs festhalten mußte, um nicht umzukippen.

»Erkennen Sie die Frau?«

Don Jaime zwang sich, die nackte Leiche zu betrachten. Vor ihm lag der Körper einer jungen Frau von mittlerer Statur, den er wenige Stunden zuvor vielleicht als attraktiv bezeichnet hätte. Die Haut war aschfahl, die Bauchdecke zwischen den Hüften tief eingesunken. Die Brüste, die zu Lebzeiten schön gewesen sein mußten, hingen schlaff auf beiden Seiten herunter und berührten die eng angelegten, stocksteifen Arme.

»Saubere Arbeit, nicht?« murmelte Campillo hinter seinem Rücken.

Unter größter Selbstüberwindung schaffte es Don Jaime, noch einmal dorthin zu sehen, wo früher das Gesicht gewesen war und wo man jetzt nur noch einen Klumpen Fleisch, Haut und Knochen erkannte. Die Nase war herausgerissen, der Mund nurmehr ein schwarzes Loch ohne Lippen, aus dem einzelne kaputte Zähne hervorstachen. Anstelle von Augen starrten ihn leere rote Höhlen an, das füllige schwarze Haar war völlig zerzaust und mit Schlick verklebt.

Don Jaime wankte schreckensbleich zurück. Wie durch einen Nebel nahm er die Hand des Polizeipräsidenten wahr, die ihn behutsam stützte, den Geruch seiner Zigarre, das ernste Flüstern seiner Stimme.

»Erkennen Sie sie?«

Jaime Astarloa schüttelte den Kopf. In seinem verstörten Geist tauchte die Erinnerung an einen alten Alptraum auf: eine blinde Puppe, die in einem Tümpel schwamm. Und als er dann noch die nächsten Worte Jenaro Campillos hörte, überkam ihn eine tödliche Kälte, die bis in den letzten Winkel seiner Seele vordrang:

»Eigentlich sollten Sie sie aber erkennen, Señor Astarloa, trotz der Verstümmelung… Das ist nämlich Ihre ehemalige Kundin, Doña Adela de Otero!«

VII. Die Einladung

Durch eine sogenannte Einladung verleitet der Fechter
seinen Gegner dazu, die Deckung zu vernachlässigen.

Es dauerte eine Weile, bis er merkte, daß der Polizeipräsident
mit ihm sprach. Sie waren aus dem Keller ins Erdgeschoß
hinaufgegangen und befanden sich nun wieder in dem kleinen Büro des gerichtsmedizinischen Instituts. Jaime Astarloa
saß zurückgelehnt auf seinem Stuhl und starrte auf den alten,
etwas verwischten Stich an der Wand – eine nördliche Landschaft mit Tannenwäldern und Seen. Seine grauen Augen waren wie verschleiert, die Arme hingen kraftlos herunter.

»Die Leiche wurde unter der Toledo-Brücke gefunden, am
linken Flußufer im Schilf. Bei dem Unwetter von gestern
nacht hätte die Strömung sie eigentlich mitreißen müssen. Es
sei denn, man hat sie erst gegen Morgen ins Wasser geworfen, und das ist meine Vermutung. Nur: Warum haben die
Täter sich die Mühe gemacht, sie bis dorthin zu schleppen...
ich meine, anstatt sie in der Wohnung zu lassen?«

Campillo sah den Fechtmeister an, als erwarte er sich von
ihm eine Antwort auf diese Frage. Da jedoch keine Reaktion
kam, zog er schulterzuckend ein Taschentuch heraus und begann seine Brillengläser zu reinigen – dies alles, ohne eine Sekunde lang die Zigarre aus dem Mund zu nehmen.

»Als ich vom Fund der Leiche erfuhr, habe ich angeord-
net, die Wohnungstür aufzubrechen. Hätten wir das bloß früher getan! Der Anblick war scheußlich, wie kurz nach ei-

ner Schlacht. Alles war durchwühlt, das Mobiliar halb zerstört, und dann Blut... Blut, wohin man schaute; eine riesige Pfütze im Schlafzimmer, eine breite Spur durch den ganzen Flur... als sei ein Kalb abgestochen worden, entschuldigen Sie den Vergleich.« Campillo blickte den Fechtmeister prüfend an: War seine Schilderung realistisch genug gewesen, um ihn zu beeindrucken? Er mußte wohl zu dem Schluß gekommen sein, daß sie das nicht gewesen war, denn er runzelte die Stirn, polierte noch energischer seinen Zwicker und begann makabre Einzelheiten aufzuzählen, wobei er Don Jaime unablässig aus den Augenwinkeln beobachtete: »Offensichtlich haben sie der Frau also zuerst gründlich den Garaus gemacht, sie dann aus dem Haus geschmuggelt und in den Fluß geworfen. Ich weiß nicht, ob es irgendeine Zwischenphase gab, Sie verstehen schon, Folter oder so etwas Ähnliches – so, wie die Ärmste zugerichtet wurde, ist das allerdings zu befürchten. Also, wenn Sie mich fragen... vergnügt hat sich Señora de Otero nicht, bevor sie ihre Wohnung in der Calle Riaño als Tote verlassen hat.«

Jenaro Campillo machte eine Pause, hielt seinen Zwicker gegen das Licht und klemmte ihn sich mit zufriedener Miene auf die Nase.

»Als Tote«, wiederholte er nachdenklich, den Faden des Gesprächs wiederaufnehmend. »Im Schlafzimmer haben wir mehrere Haarbüschel gefunden. Sie stammen von dem Opfer, das wurde bereits überprüft. Außerdem war da noch ein Fetzen hellblauer Stoff; er gehört zum Kleid der Leiche; wahrscheinlich ist er im Lauf des Handgemenges rausgerissen worden.« Der Polizist fuhr sich mit zwei Fingern in die obere Westentasche und förderte einen schmalen Silberring zutage. »Den hatte die Leiche am Ringfinger der linken Hand. Kommt er Ihnen bekannt vor?«

Jaime Astarloa kniff einmal fest die Augen zu, öffnete sie

wieder und hob langsam den Kopf. Er war blaß, als sei der letzte Tropfen Blut aus seinem Gesicht gewichen. »Pardon?«

Der Polizeipräsident rutschte nervös auf seinem Stuhl herum. Er hatte sich bei Gott etwas mehr Mitarbeit versprochen, Jaime Astarloas schlafwandlerisches Gebaren ging ihm langsam auf die Nerven. Nach Überwindung des ersten Schocks hatte sich der Fechtmeister in hartnäckiges Schweigen zurückgezogen, und beinahe schien es, als ob diese Tragödie ihn gar nicht berühre.

»Ich habe Sie gefragt, ob Ihnen dieser Ring bekannt vorkommt.«

Don Jaime packte mit zwei Fingern den feinen Silberreif. Zuletzt hatte er ihn auf der gebräunten Haut einer schmalen Frauenhand glänzen sehen. Von qualvollen Erinnerungen bedrängt, legte er ihn auf den Tisch zurück. »Dieser Ring hat Adela de Otero gehört«, sagte er heiser.

Campillo versuchte aufs neue, mehr zu erfahren. »Was ich einfach nicht verstehe, Señor Astarloa: Warum sind sie so barbarisch mit ihr verfahren? War das ein Racheakt? Wollten sie vielleicht ein Geständnis aus ihr herauspressen?«

»Ich weiß es nicht.«

»Hatte diese Frau Feinde?«

»Keine Ahnung.«

»Ein Jammer. Sie muß sehr schön gewesen sein.«

Don Jaime dachte an den matt schimmernden Hals unter dem schwarzen, im Nacken mit einer Perlmuttspange zusammengefaßten Haar. Er erinnerte sich an eine angelehnte Tür und das Rascheln von Unterröcken, an ihre Haut, die sich zusammenzog, wenn es sie durchrieselte. »Mich gibt es nicht«, hatte sie zu ihm gesagt, in jener Nacht, in der alles möglich gewesen und nichts passiert war. Jetzt stimmte dieser Satz: Jetzt gab es sie nicht mehr. Jetzt gab es nur noch totes Fleisch, das auf einem Marmortisch verweste.

»Ja, sehr«, antwortete er nach einer Weile. »Adela de Otero war sehr schön.«

Campillo fand, nun habe er genügend Zeit verschwendet. Er steckte den Ring ein, warf seine Zigarre in einen Spucknapf und stand auf. »Sie stehen noch etwas unter Schock, das kann ich gut verstehen«, sagte er. »Vielleicht ist es besser, wenn wir unsere Unterhaltung morgen vormittag fortsetzen, wenn Sie ausgeruht und in besserer Verfassung sind. Schauen Sie... Ich bin überzeugt, daß es zwischen den Morden an Ayala und Adela de Otero eine direkte Verbindung gibt. Sie sind der einzige, der mich diesbezüglich auf eine Spur bringen kann. Wollen wir uns also um zehn Uhr in meinem Büro im Polizeipräsidium treffen?«

Jaime Astarloa starrte ihn an, als gehe ihm plötzlich ein Licht auf. »Werde ich verdächtigt?« fragte er.

Campillo zwinkerte mit seinen Glupschaugen. »Wer von uns wäre in diesen Tagen nicht verdächtig?« erwiderte er in scherzhaftem Ton, aber der Fechtmeister gab sich mit seiner Antwort nicht zufrieden.

»Nein, im Ernst: Ich möchte wissen, ob Sie mich verdächtigen.«

Jenaro Campillo wippte auf den Zehenspitzen, die Hände in den Hosentaschen vergraben. »Nicht besonders, wenn Sie das beruhigt«, antwortete er nach kurzem Nachdenken. »Die Sache ist nur die: Ich kann niemanden grundsätzlich ausschließen, und Sie sind, wie gesagt, der einzige, den ich an der Hand habe.«

»Freut mich, Ihnen wenigstens zu etwas dienlich zu sein.«

Der Polizeipräsident setzte ein versöhnliches Lächeln auf. »Nehmen Sie es mir nicht übel, Señor Astarloa«, sagte er. »Aber Sie müssen doch selbst zugeben, daß hier einiges zusammenkommt, was... nun ja, in eine gewisse Richtung deutet: Zwei Ihrer Klienten werden umgebracht – gemeinsamer

Faktor: das Fechten. Einen der beiden tötet man gar mit einem Florett! Irgendwie dreht sich alles um dieselbe Achse. Die Frage ist nur: Wofür steht diese Achse, und welche Rolle spielen Sie in der Geschichte? Vorausgesetzt, Sie spielen eine.«

»Ich verstehe Ihr Problem ja, aber ich kann Ihnen nicht helfen.«

»So? Das ist sehr bedauerlich. Sie sehen natürlich ein, daß ich angesichts der Fakten nicht daran vorbeikomme, Sie als Tatverdächtigen in Betracht zu ziehen ... In meinem Alter und bei dem, was ich in meinem Beruf schon alles erlebt habe, würde ich nicht einmal meine eigene Mutter von vornherein ausschließen.«

»Das heißt im Klartext: Ich werde überwacht.«

Campillo schnitt eine Grimasse, als könne man es so nun auch wieder nicht sagen. »Nein, nur ... Ich würde ungern auf Ihre werte Mitarbeit verzichten, Señor Astarloa. Der beste Beweis dafür ist, daß ich Sie für morgen früh in mein Büro bestellt habe. Und daß ich Sie mit größtem Respekt bitte, die Stadt nicht zu verlassen und jederzeit erreichbar zu sein.«

Don Jaime nickte wortlos, beinahe zerstreut, während er sich erhob und nach Stock und Zylinder griff. »Wurde das Dienstmädchen schon verhört?«

»Was für ein Dienstmädchen?«

»Doña Adelas Hausangestellte. Ich glaube, sie hieß Lucía.«

»Ach so! Verzeihen Sie, daß ich Sie nicht gleich verstanden habe. Das Dienstmädchen, natürlich. Also ... nein. Ich meine, wir konnten es bislang nirgendwo auftreiben. Die Portiersfrau hat ausgesagt, dem Mädchen sei vor einer Woche gekündigt worden und sie habe sich seither nicht mehr blicken lassen. Überflüssig, Sie darauf hinzuweisen, daß wir das Mädchen suchen wie eine Stecknadel im Heuhaufen.«

»Und was wußte das Portiersehepaar sonst noch?«

»Sehr wenig, um ehrlich zu sein. Gestern nacht haben die beiden nichts gehört; klar, der Lärm des Unwetters hat alles übertönt. Über Señora de Otero wissen sie so gut wie nichts, und wenn sie was wissen, sagen sie es nicht... aus Zurückhaltung oder Angst. Wir haben nur herausbekommen, daß die Wohnung nicht ihr gehörte; sie hat sie vor drei Monaten über einen Dritten gemietet, einen Makler. Dessen Verhör war auch umsonst. Doña Adela soll kaum etwas mitgebracht haben, nur den nötigsten Hausrat. Keiner weiß, woher sie kam, obwohl einiges darauf hindeutet, daß sie eine Zeitlang im Ausland gelebt hat... Bis morgen, Señor Astarloa. Vergessen Sie unsere Verabredung nicht.«

Der Fechtmeister warf ihm einen kalten Blick zu. »Nein, die vergesse ich nicht. Gute Nacht.«

Lange Zeit blieb er einfach auf der Straße stehen, die Hände über seinem Stockknauf gefaltet, und starrte in den schwarzen Himmel. Hier und da, wo die Wolkendecke aufgerissen war, funkelte ein Stern. Wären Passanten an ihm vorübergegangen, so hätten sie sich zweifellos über den Ausdruck seines vom fahlen Licht der Gaslaternen beschienenen Gesichts gewundert. Die feinen Züge des Fechtmeisters wirkten wie in Stein gemeißelt. Nur die Ader auf seiner Schläfe pochte, ruhig und regelmäßig. Er wußte nicht warum, wollte es auch gar nicht wissen, aber seit er die verstümmelte Leiche Adela de Oteros gesehen hatte, war die Konfusion der letzten Stunden wie weggeblasen. Als sei die Kälte der Leichenhalle auf ihn übergegangen, hatte er auf einmal wieder einen kühlen Kopf und glaubte selbst den kleinsten seiner Muskeln zu kontrollieren. Die Umwelt war zu ihren normalen Dimensionen zurückgekehrt. Es gelang ihm nun wieder, sie auf die gewohnte, etwas distanzierte Art und Weise zu betrachten: Er hatte zu seiner alten Seelenruhe zurückgefunden.

Was war mit ihm passiert? Der Fechtmeister hätte es selbst nicht recht sagen können. Er wußte nur, daß ihn der Tod Adela de Oteros befreit hatte. Jenes Gefühl der Demütigung und Scham, das ihn während der vergangenen Wochen fast in den Wahnsinn getrieben hatte, war von ihm gewichen, und er empfand Genugtuung, eine perverse Genugtuung darüber, daß er nicht vom Henker, sondern von einem seiner Opfer betrogen worden war. Dazu kam eine traurige Gewißheit: Nicht um eine Frauenintrige hatte es sich gehandelt, sondern um den säuberlich ausgeführten Plan eines skrupellosen Individuums, eines unbarmherzigen, grausamen Mörders. Noch kannte er dessen Namen nicht, aber sicher würde er auch den bald erfahren, dank der Dokumente, die Agapito Cárceles in der Zwischenzeit bestimmt schon entschlüsselt hatte. Wie auch immer, der Augenblick war gekommen, um das Blatt zu wenden. Die Marionette hatte die längste Zeit mitgespielt, jetzt würde sie ihre Fäden zerreißen. Don Jaime war fest entschlossen, fortan auf eigene Faust zu handeln; deshalb hatte er dem Polizeipräsidenten nicht mehr verraten. Seine Verwirrung war kaltem Zorn gewichen und einem gewaltigen, ruhigen, hellsichtigen Haß.

Auf geradem Wege kam Don Jaime nicht nach Hause, denn obwohl es bereits elf Uhr nachts war, herrschte Aufruhr in den Straßen. Überall patrouillierten Soldatentrupps und berittene Zivilgardisten; an der Ecke zur Calle Hileras versperrten ihm gar die Reste einer Barrikade, die von Anwohnern unter polizeilicher Aufsicht abgerissen wurde, den Weg. Im Umkreis der Plaza Mayor war der Lärm eines fernen Tumults zu hören, vor dem Teatro Real gingen Hellebardiere mit aufgepflanzten Bajonetten hin und her. Don Jaime war jedoch so tief in Gedanken versunken, daß er dies alles nur am Rande mitbekam. Zu Hause angelangt, stieg er hastig die Treppe hinauf und öffnete die Tür, in der Erwartung, Cárceles vorzufinden. Das Eingangszimmer war dunkel.

Von bösen Vorahnungen überkommen, zündete er die Petroleumlampe an, sah im Schlafzimmer und in der Fechtgalerie nach – vergeblich. Darauf kehrte er in sein Arbeitszimmer zurück und suchte unterm Sofa und in den Bücherregalen nach den Dokumenten des Marquis, doch sie waren ebenfalls verschwunden. Das ist doch absurd, dachte er. Wie konnte es Agapito Cárceles einfallen zu gehen, ohne mit ihm gesprochen zu haben? Und wo zum Teufel hatte er die Papiere gelassen? Ein schlimmer Verdacht stieg in ihm auf: Ob er sie womöglich mitgenommen hatte?

Plötzlich fiel sein Blick auf einen Zettel, der auf dem Schreibtisch lag. Cárceles hatte ihm vor dem Gehen eine Nachricht hinterlassen:

Lieber Don Jaime!
Die Sache macht Fortschritte. Ich bin unterwegs, um verschiedenes zu überprüfen. Vertrauen Sie auf mich.

Der Zettel war nicht einmal unterschrieben. Don Jaime zerknüllte ihn und warf ihn auf den Boden. Klar, Cárceles hatte das Aktenbündel mitgenommen. Er spürte blinden Zorn in sich aufsteigen und verfluchte sich laut dafür, daß er so idiotisch gewesen war, den Zeitungsschreiber in die Sache einzuweihen. Weiß Gott, wo sich dieser Mensch jetzt mit den Papieren herumtrieb, die Luis de Ayala und Adela de Otero das Leben gekostet hatten.

Eine Minute später eilte er bereits wieder die Treppe hinunter. Sein Entschluß stand fest: Er würde schnurstracks zu Cárceles gehen, dessen Adresse er kannte, die Dokumente zurückverlangen und ihn notfalls mit Gewalt dazu bringen, ihm das Ergebnis seiner Nachforschungen mitzuteilen.

Auf dem ersten Treppenabsatz blieb er jedoch stehen und zwang sich zur Ruhe. Das war kein Spiel mehr. Verlier nicht schon wieder den Kopf! sagte er sich. Besonnenheit war das oberste Gebot. Er lehnte sich im finsteren Treppenhaus an die Wand und dachte nach. Als erstes mußte er Agapito Cárceles aufsuchen, das war klar. Aber was dann? Im Grunde gab es dann nur einen vernünftigen Weg, und der führte zu Jenaro Campillo; dieses Versteckspiel mußte ein Ende haben. Don Jaime überlegte sich zerknirscht, wieviel wertvolle Zeit durch sein törichtes Schweigen schon verlorengegangen war... nein, dieser Fehler durfte sich nicht wiederholen. Er würde dem Polizeipräsidenten die Dokumente übergeben, ein volles Geständnis ablegen, und dann sollte die Gerechtigkeit ihren Lauf nehmen. Mit einem traurigen Lächeln stellte er sich das Gesicht Campillos vor, wenn er morgen vormittag mit dem Aktenbündel in dessen Büro erschiene.

Einen Moment lang dachte er auch daran, gleich zur Polizei zu gehen, aber damit wäre die Sache nur schwieriger geworden. Mit Beweisen in der Hand aufzutauchen war etwas anderes, als eine Geschichte zu erzählen, die geglaubt werden konnte oder auch nicht; eine Geschichte, die obendrein in wesentlichen Punkten den Aussagen widersprach, die er während der vorausgegangenen Gespräche mit Campillo gemacht hatte. Außerdem wußte er ja nicht, was Cárceles im Schilde führte; der würde womöglich der Polizei gegenüber alles abstreiten. In der Nachricht, die er ihm hinterlassen hatte, war kein Wort von den Dokumenten des Marquis, abgesehen davon, daß er den Zettel ja gar nicht unterschrieben hatte. Nein, es blieb keine andere Wahl: Als erstes mußte er den treulosen Freund aufsuchen.

Plötzlich kam Jaime Astarloa ein Gedanke, der ihm eine Gänsehaut über den Rücken jagte. Komisch, daß ihm das nicht früher aufgegangen war: Wer auch immer hinter diesen

Morden steckte, hatte zweimal getötet und würde nicht davor zurückschrecken, es ein drittes Mal zu tun. Doch es blieb bei einer Gänsehaut. Die Vorstellung, selbst in Gefahr zu schweben, umgebracht werden zu können wie Luis de Ayala und Adela de Otero, ängstigte ihn nicht wirklich. Genau besehen, machte ihn diese Möglichkeit eher neugierig, ja, sie erleichterte ihm die Sache sogar, da sie ihn in die Lage versetzte, das Problem auf seine Art zu lösen. Jetzt ging es nicht mehr um fremde Tragödien, in die er gegen seinen Willen verwickelt wurde, nun war er nicht länger zu dieser quälenden Ohnmacht verdammt. Als mögliches nächstes Opfer brauchte er nicht mehr machtlos der Blutspur der Mörder folgen, nun waren sie es, die auf ihn zukommen würden.

Auf ihn. Das Blut des alten Fechtmeisters geriet in Wallung: Er war zum Kampf bereit. Zu oft in seinem Leben war er gezwungen gewesen, Angriffe aller Art zu parieren, als daß ihn ein Stoß mehr ängstigen könnte, selbst wenn er von hinten kommen sollte. Vielleicht waren der Marqués de los Alumbres und Adela de Otero nicht genügend auf der Hut gewesen – er würde es sein. Wie er seinen Schülern immer sagte: Eine Terz erforderte sehr viel mehr Geschicklichkeit als eine Quart. Und er verstand sich darauf, Angriffe aus der Terz zu parieren, und auch darauf, sie auszuführen.

Seine Entscheidung war gefallen. Er würde noch heute nacht die Dokumente Luis de Ayalas zurückfordern. Mit diesem Gedanken stieg Don Jaime die Treppe wieder hinauf, öffnete seine Wohnungstür, stellte den Stock in den Schirmständer zurück und wählte einen anderen, etwas schwereren aus Mahagoniholz. Darauf ging er abermals die Treppe hinunter, das Geländer achtlos mit dem silbernen Knauf des Stockes streifend – einem ganz normalen Spazierstock, hätte sich in seinem Inneren nicht etwas verborgen: ein Stoßdegen aus bestem Stahl nämlich, scharf wie ein Rasiermesser.

Unterm Hausportal blieb er kurz stehen und spähte vorsichtig nach rechts und links, bevor er sich in die Dunkelheit der verlassenen Straße hinauswagte. Er ging bis zur Ecke hinunter, bog in die Calle Arenal ein, und als er bei der Backsteinmauer der Kirche San Ginés angekommen war, sah er im Licht einer Gaslaterne auf die Uhr. Es war zwanzig Minuten vor Mitternacht.

Don Jaime setzte seinen Weg fort, ohne jemandem zu begegnen. Nach den vorausgegangenen Unruhen hatten sich die Leute in ihren Häusern eingeschlossen. Nur der eine oder andere Nachtschwärmer getraute sich, durch Madrid zu streifen, das in der schummrigen Straßenbeleuchtung an eine Geisterstadt erinnerte. Die Soldaten an der Ecke gegenüber der Post hatten ihre Gewehre in Pyramiden aufgestellt und schliefen in Decken gewickelt auf dem Trottoir. Ihr Wachposten legte die Hand an die Schirmmütze, um den Gruß des Fechtmeisters zu erwidern. Das Postgebäude selbst wurde von mehreren Zivilgardisten bewacht, Karabiner geschultert, die Hand am Säbelschaft. Über der Silhouette der Dächer der Carrera de San Jeronimo ging, rötlich und rund, der Mond auf.

Er hatte Glück. Bei der Puerta de Alcalá kam ihm eine Droschke entgegen. Der Kutscher, der auf dem Heimweg war, zeigte sich etwas mürrisch, aber er nahm den nächtlichen Kunden trotzdem mit. Don Jaime machte es sich auf dem Rücksitz bequem und nannte ihm die Adresse von Agapito Cárceles, der in einem alten Haus bei der Puerta de Toledo wohnte. Daß er das wußte, war purer Zufall. Cárceles hatte sich nämlich einmal darauf versteift, den versammelten Stammtisch in seine Wohnung einzuladen, um den ersten und zweiten Akt eines von ihm verfaßten Dramas mit dem Titel »Alle für einen, einer für alle oder Das Souveräne Volk« vorzulesen, ein wildes Œuvre in freien Rhythmen, mit dem er sich – wäre es je zu einer öffentlichen Aufführung gekommen – mehrere Jahre afrikanisches Straflager eingehandelt hätte. Denn die Tatsache, daß es sich um ein plumpes Plagiat von Lope de Vegas' »Fuenteovejuna« handelte, wäre ihm wohl kaum als mildernder Umstand angerechnet worden.

Die Droschke rollte durch finstere, ausgestorbene Gassen, in denen außer dem Hufschlag des Pferdes und dem Peitschenknallen des Kutschers kein Laut zu vernehmen war. Jaime Astarloa überlegte sich, wie er sich seinem Freund gegenüber verhalten sollte. Es könnte sein, daß Cárceles den Skandal, den er in den Papieren Luis de Ayalas entdeckt hatte, auf irgendeine Weise auszuschlachten gedachte, aber das würde er niemals zulassen. Schon allein der Gedanke, daß das Vertrauen des Marquis so elend mißbraucht werden könnte, empörte ihn zutiefst. Dann beruhigte er sich etwas, denn noch stand ja nicht fest, daß Agapito Cárceles das Aktenbündel tatsächlich in unlauterer Absicht mitgenommen hatte; vielleicht wollte er wirklich nur verschiedene Daten überprüfen, die Papiere mit Unterlagen vergleichen, die er zu Hause aufbewahrte. Wie dem auch sei, er würde es bald erfahren.

Die Droschke war stehengeblieben, und der Kutscher beugte sich zu ihm herunter. »Wir sind da, Señor. Calle de la Taberna.«

Die Calle de la Taberna war eine schmale, schlecht beleuchtete Sackgasse, in der es nach Abfall und gegorenem Wein stank. Don Jaime bat den Kutscher, eine halbe Stunde auf ihn zu warten, aber der lehnte ab, es sei zu spät, er wolle nach Hause. Seufzend bezahlte der Fechtmeister, die Kutsche holperte davon, und er stand allein in der finsteren Gasse und versuchte das Haus seines Freundes ausfindig zu machen.

Er erinnerte sich an einen Innenhof, den man durch einen Torbogen betrat, und schließlich fand er ihn. Von dort tastete er sich im Dunkeln zur Treppe und stieg, dem Geländer folgend, die quietschenden Holzstufen ins oberste Stockwerk hinauf, wo ein von Eisenträgern gehaltener Glasbalkon in den Innenhof ragte. Hier kramte er eine Schachtel Streichhölzer aus der Tasche und zündete eines davon an. Er konnte nur hoffen, sich nicht in der Tür geirrt zu haben und irgendwelche Nachbarn aus dem Schlaf zu reißen, denn in diesem Fall würde viel Zeit mit lästigen Erklärungen draufgehen. Mit dem Stockknauf klopfte er zweimal nacheinander an.

Als sich daraufhin nichts regte, klopfte er nochmals und hielt das Ohr an die Tür, aber im Innern der Wohnung herrschte Grabesstille. Don Jaime fragte sich entmutigt, ob Cárceles womöglich gar nicht daheim war. Aber wo konnte er zu dieser Uhrzeit sonst sein? Unentschlossen zögerte er einen Augenblick, dann klopfte er abermals, diesmal mit der Faust und lauter. Vielleicht schlief der Mann ja so tief, daß er ihn nicht hörte. Er lauschte erneut, doch vergeblich.

Jaime Astarloa trat zurück und lehnte sich mit dem Rücken ans Geländer der Galerie. Die Vorstellung, bis zum nächsten Tag warten zu müssen, war ihm unerträglich. Er wollte Cárceles auf der Stelle sehen oder zumindest die Dokumente wieder an sich bringen, die man doch schließlich auch als gestohlen betrachten konnte. Denn egal, ob Don Agapito nun in guter oder schlechter Absicht gehandelt hatte, im Grunde ging es hier um Diebstahl, und das konnte er nicht dulden.

Seit ein paar Minuten schon schwirrte Don Jaime ein Gedanke durch den Kopf, zu dem er sich erst noch durchringen mußte: der Gedanke nämlich, Cárceles' Tür aufzubrechen. Aber warum eigentlich nicht? Sein Stammtischbruder hatte unrecht gehandelt, indem er die Akte mitnahm! Er wollte lediglich etwas zurückhaben, das unter tragischen Umständen in seinen Besitz gelangt war.

Don Jaime trat erneut vor die Tür und klopfte noch einmal an. Zum Teufel mit der ewigen Rücksichtnahme! Diesmal wartete er schon gar nicht mehr, ob sich dort drinnen etwas rührte, sondern tastete statt dessen nach dem Türschloß. Mit einem angezündeten Streichholz untersuchte er es näher. Das Schloß machte keinen sehr stabilen Eindruck. Jetzt spähte er durchs Schlüsselloch: Seltsam, aber er glaubte zu erkennen, daß der Schlüssel von innen steckte. Don Jaime richtete sich voller Argwohn auf und rieb sich nervös die Hände. Dann war Cárceles vielleicht doch zu Hause! Womöglich öffnete er absichtlich nicht, weil er ahnte, wer da so spät noch zu ihm wollte. Nein, diese Sache gefiel dem Fechtmeister ganz und gar nicht, und nun stand sein Entschluß fest. Er mußte in die Wohnung eindringen; für den Schaden würde er dann schon aufkommen.

Als nächstes sah er sich nach einem Gegenstand um, mit dem er die Tür hätte aufbrechen können. Zwar fehlte ihm auf diesem Gebiet jede Erfahrung, aber er nahm an, daß sich ein Schloß mit einer Stange oder etwas Ähnlichem sprengen ließ. Im Licht von Streichhölzern, die er mit der hohlen Hand schützte, suchte er die ganze Galerie nach einem geeigneten Werkzeug ab, jedoch vergeblich.

Als ihm nur noch drei Zündhölzer geblieben waren und er drauf und dran war, die Hoffnung aufzugeben, entdeckte er plötzlich ein paar verrostete Eisenstäbe, die sprossenartig in die Wand eingelassen waren. Don Jaime blickte nach oben und sah eine winzige Luke, durch die man zweifellos aufs Hausdach gelangte. Sein Herz schlug schneller, als ihm einfiel, daß Cárceles' Wohnung zur andern Seite hin einen kleinen Balkon hatte. Vielleicht stand dort eine Tür offen. Rasch legte er Rock und Zylinder ab, klemmte sich den Stock zwischen die Zähne und kletterte zu der Luke hinauf, die sich mühelos aufklappen ließ. Nun hatte er das sternenbedeckte Firmament über sich. Er stemmte sich nach draußen und prüfte mit den Füßen vorsichtig den Halt der Dachziegel. Wenn er hier abstürzte, war es um ihn geschehen; immerhin befand er sich drei Stockwerke über dem Erdboden. Dank des Fechtens war er ganz gut in Form, doch über die Behendigkeit eines jungen Burschen verfügte er natürlich nicht mehr. Er begann also, mit größter Vorsicht auf allen vieren übers Dach zu kriechen, indem er immer nur eine der vier Extremitäten ein winziges Stück vorsetzte und dabei das Gewicht auf die andern drei verlagerte. In der Ferne schlug es von einem Kirchturm eins. Don Jaime mußte beinahe lachen, wenn er sich vorstellte, was für ein groteskes Bild er abgab: ein älterer Herr mit Stock im Mund, der wie eine Katze übers Hausdach schlich. Gut, daß es dunkel war und niemand ihn so sehen konnte.

Er tastete sich behutsam weiter, jegliches Geräusch vermeidend, um die Anwohner nicht zu wecken. Ein paarmal konnte er wie durch ein Wunder im letzten Augenblick verhindern, auf locker sitzenden Ziegeln abzurutschen, aber schließlich war er bei dem kleinen Vordach angelangt, das über Cárceles' Balkon ragte. Er ließ sich an der Regenrinne hinab und landete wohlbehalten auf dem Boden des Balkons. Dort blieb er eine Weile stehen, in Hemd und Weste, den Stock in der Hand, und verschnaufte. Danach zündete er ein weiteres Streichholz an und näherte sich der verglasten Balkontür. Sie hatte eine schlichte Klinke, die von innen wie von außen betätigt werden konnte. Bevor er die Tür öffnete, warf Jaime Astarloa durch das Glasfenster einen Blick in die Wohnung: Sie war stockfinster.

Er biß die Zähne zusammen, drückte so leise wie möglich die Türklinke nach unten und fand sich in einer engen Küche neben Herd und Spülbecken wieder. Im fahlen Licht des Mondes, das durchs Fenster drang, erkannte er einen Tisch mit mehreren Töpfen und Speiseresten, wie ihn dünkte. Er riß sein vorletztes Streichholz an und suchte nach irgend etwas, mit dem er hätte Licht machen können. Zu seiner Erleichterung entdeckte er in einer Fensternische einen Kerzenhalter mit Kerze. Damit machte er sich auf den Weg, während auf dem Boden die Küchenschaben auseinanderstoben.

Als erstes gelangte er in einen kurzen Korridor, dessen Tapeten in Fetzen herunterhingen. Rechts erkannte er einen Vorhang, der vermutlich in eines der Zimmer führte. Er wollte ihn gerade zurückziehen, als er hinter einer Tür zu seiner Linken ein Geräusch zu vernehmen glaubte. Er blieb stehen und horchte, hörte aber nichts als seinen eigenen, kurzen Atem. Sein Mund war ausgetrocknet, die Zunge klebte ihm am Gaumen, die ganze Situation kam ihm unwirklich vor. Er näherte sich auf Zehenspitzen der Tür und drückte sie langsam auf. Sie führte ins Schlafzimmer, und da sah er Agapito Cárceles.

Jaime Astarloa hatte sich mehrmals überlegt, was er ihm sagen würde, wenn er ihn fand, aber der Anblick, der sich ihm nun bot, verschlug ihm die Sprache. Sein Freund lag splitternackt auf dem Rücken, Hände und Füße an die vier Bettpfosten gefesselt. Sein Rumpf war mit Schnittwunden übersät – ein unförmiger Klumpen rohen Fleischs. Auf dem blutdurchtränkten Bettüberwurf glänzte im Schein der Kerze ein Rasiermesser. Aber Cárceles war nicht tot. Als er den Lichtschimmer wahrnahm, drehte er den Kopf in Don Jaimes Richtung und bewegte die geplatzten Lippen, brachte jedoch nur ein heiseres, animalisches Stöhnen hervor.

Jaime Astarloa war stumm vor Entsetzen. Mechanisch, als sei ihm das Blut in den Adern gestockt, trat er an das Bett heran und starrte auf den gemarterten Körper seines Freundes. Dieser begann unruhig zu werden, als er seine Nähe spürte.

»Nein... Ich flehe Sie an«, hauchte er mit gebrochener Stimme; Blut und Tränen rannen ihm über die Wangen. »Erbarmen... Hören Sie auf, beim allmächtigen Gott! Das

ist alles, mehr weiß ich nicht... Nein... Hören Sie auf...
Gnade, Gnade!«

Sein Flehen endete in einem Schrei. Die Augen waren
angsterfüllt auf die Kerzenflamme gerichtet, während sich
der Brust des armen Cárceles ein Todesröcheln entrang. Jaime
Astarloa streckte die Hand nach ihm aus und befühlte seine
Stirn: Sie glühte.

»Wer hat Ihnen das angetan?« flüsterte er mit erstickter
Stimme.

Cárceles Blick wanderte langsam in seine Richtung, im an-
gestrengten Versuch herauszufinden, wer da mit ihm sprach.
»Der Teufel«, wimmerte er. Gelblicher Schaum quoll ihm aus
dem Mund, in seinen Gesichtszügen stand das nackte Grauen
geschrieben. »Das waren... Teufel.«

»Wo sind die Dokumente?«

Cárceles verdrehte, von heftigen Schluchzern geschüttelt,
die Augen. »Holen Sie mich hier raus, bitte... Lassen Sie
nicht zu, daß sie weitermachen... Ich flehe Sie an, holen Sie
mich hier raus... Ich habe alles gesagt... Er hatte sie, er,
Astarloa... Ich habe nichts damit zu tun, das schwöre ich...
Gehen Sie zu ihm, er kann es bestätigen... Ich wollte nur...
Mehr weiß ich nicht... Gnade, ich weiß nicht mehr!«

Don Jaime erschrak, als er seinen Namen aus dem Munde
des Sterbenden vernahm. Er wußte nicht, wer dessen Peiniger
gewesen waren, er wußte nur, daß Agapito Cárceles ihn an sie
verraten hatte. Ein eisiger Schauer rann ihm über den Rücken.
Er durfte keine Zeit verlieren, er mußte...

Da bewegte sich etwas hinter seinem Rücken. Von einem
unguten Gefühl gepackt, wandte er sich blitzschnell um, und
das rettete ihm wahrscheinlich das Leben. Er schaffte zwar
nur eine halbe Drehung, aber dank ihrer traf ihn der harte Gegenstand, der auf ihn zuflog, nur am Hals und nicht am Kopf.
Vor Schmerz wie betäubt, war er doch geistesgegenwärtig ge-

nug, einen Sprung zur Seite zu machen. Bevor ihm die Kerze entglitt und am Boden erlosch, konnte er gerade noch einen Schatten wahrnehmen, der auf ihn zustürzte.

Er wich zurück, rempelte in der Dunkelheit ein Möbelstück an und hörte nun den keuchenden Atem des Angreifers ganz nah vor sich. Mit der Kraft der Verzweiflung umklammerte er seinen Stock, den er noch immer in der Hand hielt, und zielte in die Richtung, aus der das Keuchen kam.

Hätte Don Jaime Zeit gehabt, seinen Gemütszustand zu ergründen, so wäre er verwundert gewesen, daß er keinerlei Furcht verspürte, nur die wilde Entschlossenheit, seine alte Haut teuer zu verkaufen. Sein ausgestreckter Arm war gespannt wie eine Feder und wartete nur darauf, losschlagen zu können, den gemeinen Folterknecht zu töten. Er dachte an Luis de Ayala, an Cárceles, an Adela de Otero. Bei Gott, ihn würde der Kerl nicht wie die anderen abschlachten.

Während er im Dunkeln unverzagt auf den Angriff seines Gegners wartete, nahm der alte Meister instinktiv und ohne daß es ihm selbst zu Bewußtsein gekommen wäre, die traditionelle Fechtstellung ein.

»Hier bin ich!« schrie er herausfordernd in die Finsternis. Das Keuchen kam näher, und eine Hand packte den Degen am unteren Ende, um ihn Don Jaime aus der Hand zu reißen. Der Fechtmeister lachte lautlos in sich hinein, als er das klirrende Geräusch der Stahlklinge hörte, die aus der Stockscheide glitt. Genau das war sein Ziel gewesen: Der Angreifer selbst hatte ihm soeben unfreiwillig die Waffe entblößt und obendrein seinen Standort und die ungefähre Entfernung angezeigt. Mit einer raschen Armbewegung zog er den Degen vollends aus seinem Futteral und fiel gleich darauf dreimal hintereinander aus, indem er blindlings in die Dunkelheit stach. Beim drittenmal stieß seine Klinge auf ein Hindernis, und gleichzeitig vernahm er ein schmerzliches Stöhnen.

»Hier bin ich!« schrie Don Jaime erneut und preschte mit vorgehaltenem Degen in Richtung Tür. Stühle stürzten um, ein Blumentopf zischte an seinem Ohr vorbei und zerschellte an der Wand. Dann schlug ihm sein Gegner mit der harmlosen Stockhülse auf den Arm, bevor es ihm gelang, sich außer Reichweite zu bringen.

»Pack ihn! Er will abhauen!« schrie eine Stimme hinter ihm her. »Vorsicht, er hat einen Degen... Ich habe einen Stich abgekriegt.«

Dann war der Mörder also nur verletzt, und was noch schlimmer war: Er hatte einen Komplizen. Wild um sich hauend, stürzte Don Jaime zur Tür und in den Korridor hinaus.

»Hier bin ich!«

Der Wohnungseingang mußte sich links befinden, am Ende des Flurs, hinter dem Vorhang, der ihm beim Hereinkommen aufgefallen war. Er hatte gerade den ersten Schritt getan, als ein riesiger Schatten vor ihm auftauchte und hart neben seinem Kopf etwas an die Wand flog. Don Jaime duckte sich, umklammerte seinen Degen noch fester und drang weiter vor. Plötzlich hörte er den schweren, abgehackten Atem eines Mannes; eine Hand packte ihn am Hemdkragen, scharfer Schweißgeruch stieg ihm in die Nase, dann wurde er in die Zange genommen: Zwei bärenstarke Arme schlangen sich um seinen Brustkorb und drückten zu, immer fester, bis er kaum noch Luft bekam. Unfähig, seine Waffe zu benutzen, schaffte er es wenigstens, die linke Hand freizubekommen und das Gesicht des Angreifers zu ertasten, ein Gesicht mit Stoppelbart. Mit letzter Kraft packte er den Kerl am Haar, zog seinen Kopf nach vorn und schlug mit der eigenen Stirn, so brutal er konnte, dagegen. Die Ohren dröhnten ihm vor Schmerz, trotzdem konnte er deutlich ein Krachen hören, und gleich darauf rann ihm eine warme, schleimige Flüssigkeit übers Gesicht. Ob er dem Halunken tatsächlich das Nasenbein gebrochen hatte oder ob das sein eigenes Blut war, wußte er nicht, aber jedenfalls war er nun wieder frei. Er preßte den Rücken an die Wand, beschrieb mit dem Degen Halbkreise in der Luft und rückte auf diese Weise seitlich vor. Dabei stieß er abermals gegen irgendein Möbelstück, das mit lautem Gepolter umstürzte.

»Hier bin ich! Kommt schon, ihr Schweinehunde!«

Er hatte seinen Satz kaum beendet, als wirklich jemand auf ihn zukam. Don Jaime konnte ihn nicht sehen, hörte nur die Holzdielen des Fußbodens unter Schritten knacken; er hieb und stach so lange in die Dunkelheit, bis die Schritte sich wieder entfernten. Darauf lehnte er sich um Atem ringend an die Wand zurück. Er war völlig erschöpft. Lange halte ich nicht mehr durch, dachte er, wo ist bloß die Wohnungstür? Er konnte sie im Dunkeln nicht finden, aber selbst wenn, hätte er wohl kaum Zeit gehabt, den Schlüssel im Schloß umzudrehen und sie zu öffnen, bevor die Burschen wieder über ihn herfielen. Dein letztes Stündlein hat geschlagen, alter Freund, sagte er sich, während er den schwarzen Flur durchforschte, ohne sich noch Illusionen zu machen. Im Grunde bekümmerte es ihn gar nicht so sehr, hier in der Finsternis zu sterben; es tat ihm nur leid, abtreten zu müssen, ohne dem Rätsel auf die Spur gekommen zu sein.

Rechts von ihm bewegte sich etwas. Don Jaimes bewaffneter Arm schnellte vor und stieß zu, aber sein Degen traf auf einen harten Widerstand, unter dem sich die Klinge bog; einer der Mörder war auf die Idee gekommen, sich mit einem Stuhl zu schützen, während er gegen ihn vorrückte. Jaime Astarloa wich nach links aus, indem er weiter an der Wand entlangrutschte, bis er mit der Schulter an einen Schrank stieß. Nun begann er, Hiebe in alle Richtungen auszuteilen; wie eine Peitsche sauste und pfiff sein Degen durch die Luft, was zu seiner Genugtuung recht gefährlich klang und offensichtlich auch auf seine Gegner Eindruck machte. Jedenfalls ließen sie einen Moment von ihm ab und schenkten ihm damit noch ein paar Sekunden Leben.

Dann gingen sie erneut auf ihn los. Jaime Astarloa spürte ihre Nähe, noch bevor er sie hören konnte. Mit einem Satz rettete er sich auf die andere Seite des Korridors, dort drückte er sich an die Wand und hielt mühsam den Atem an, um hören zu können, was um ihn herum vor sich ging. Links von ihm zerbarst Porzellan am Boden. Ohne auch nur einen Augenblick zu zögern, ließ er sich auf das linke Bein vorfallen, stieß zweimal kräftig zu und vernahm ein wütendes Aufstöhnen.

»Er hat mich schon wieder getroffen!«

Dieser Kerl war zweifellos ein Esel. Jaime Astarloa nutzte die Gelegenheit, um abermals die Stellung zu wechseln, diesmal, ohne etwas anzurempeln. Das ist ja fast wie beim Bäumchen-wechsle-dich-Spiel, dachte er und konnte sich ein Schmunzeln nicht verkneifen. Allerdings fragte er sich, wie lange er sich den beiden auf diese Weise noch entziehen konnte. Wahrscheinlich nicht mehr sehr lange. Aber wie auch immer, das war nicht die schlechteste Art zu sterben. Jedenfalls besser, als in ein paar Jahren in irgendeinem schäbigen Altersheim zu einem Gott zu beten, an den er nie geglaubt hatte, während ihm falsche Nonnen die letzten Kröten unter der Matratze hervorzogen.

»Hier bin ich! Los, kommt schon!«

Diesmal erklang sein Schlachtruf umsonst. Scherben knirschten, ein Schatten huschte an ihm vorbei, dann tat sich ein helles Rechteck in der Wand auf. Der Schatten wischte aus der Tür, ihm hinterher ein zweiter, der hinkend floh. Im Treppenhaus liefen, vom Lärm geweckt, bereits die Nachbarn zusammen. Türen wurden aufgerissen, Fensterläden geöffnet, alles redete, fragte und schrie durcheinander.

Der Fechtmeister wankte zum Ausgang, lehnte sich an den Türrahmen und sog genüßlich die frische Nachtluft ein. Er war schweißgebadet, die Hand, die den Degen hielt, zitterte wie Espenlaub. Er brauchte eine Weile, bis er sich an den Gedanken gewöhnt hatte, daß er allem Anschein nach also doch weiterleben mußte.

Nach und nach scharten sich immer mehr Nachbarn um ihn. Sie waren im Nachthemd, trugen Kerzen oder Petroleumfunzeln und spähten vorsichtig in die Wohnung hinein, wagten aber nicht, sie zu betreten. Laterne und Spieß in der Hand, kam ein Nachtwächter die Treppe heraufgeschnauft. Als er Don Jaime mit seinem Stoßdegen sah, verzog er das Gesicht.

»Haben Sie sie zu fassen bekommen?« fragte der Fechtmeister.

Der Nachtwächter verneinte, während er sich unter die Mütze griff und verlegen am Kopf kratzte. »Unmöglich, Señor. Ein Nachbar, sein Diener und ich haben zwei Männer verfolgt; sie sind vor uns die Straße runtergerannt, aber bei der Puerta de Toledo mußten wir aufgeben. Dort hat eine Kutsche auf sie gewartet – rein, und weg waren sie!... Ist etwas passiert?«

Der Fechtmeister nickte und deutete in die Wohnung. »Dort drin liegt ein Mann, er ist schwer verwundet; sehen Sie, was Sie für ihn tun können... Ich glaube, man sollte einen Arzt rufen.« Don Jaime fühlte sich mit einemmal sehr alt und müde. Die Energie, die der Kampf in ihm freigesetzt hatte, war verschwunden und einer großen Mattigkeit gewichen. »Irgend jemand sollte auch zur Polizei gehen. Señor Jenaro Campillo, der Polizeipräsident, muß dringend benachrichtigt werden.«

Der Nachtwächter gab sich dienstfertig. »Auf der Stelle!« sagte er und betrachtete besorgt Don Jaimes blutverschmiertes Gesicht. »Sind Sie verletzt, Caballero?«

Der Fechtmeister faßte sich an die Stirn; eine Augenbraue war dick geschwollen, was von dem Stoß kommen mußte, den er dem Halunken mit dem Kopf versetzt hatte.

»Das Blut ist nicht von mir«, erwiderte er mit einem schwachen Lächeln. »Und wenn Sie eine Beschreibung dieser beiden Elemente von mir erwarten, so muß ich Sie enttäuschen... Ich kann Ihnen nur sagen, einer der Kerle hat ein gebrochenes Nasenbein und der andere irgendwo zwei Degenstiche im Leib.«

Die Glupschaugen hinter den blau getönten Brillengläsern blickten ihn kalt an. »Ist das alles?«

Jaime Astarloa starrte in die Kaffeetasse, die er in der Hand hielt. Er schämte sich immer noch. »Ja, jetzt habe ich Ihnen wirklich alles erzählt, was ich weiß.«

Campillo erhob sich hinter seinem Schreibtisch, ging langsam zum Fenster und sah, die Daumen in die Westentäschchen gehängt, nachdenklich hinaus. Nach einer Weile drehte er sich mit düsterer Miene zu Jaime Astarloa um.

»Señor Astarloa... nehmen Sie es mir nicht übel, aber Ihr Verhalten in dieser Geschichte kann nur als kindisch bezeichnet werden.«

Der alte Fechtmeister blinzelte betreten. »Ich bin ja der erste, der das zugibt.«

»Was Sie nicht sagen! Sie geben es also zu. Und können Sie mir verraten, was uns das jetzt noch nützt, daß Sie es zugeben? Dieser Cárceles wurde zerlegt wie ein Stück Schlachtvieh, bloß weil Sie es sich in den Kopf gesetzt hatten, auf eigene Faust Detektiv zu spielen.«

»Ich wollte nur...«

»Ich weiß sehr gut, was Sie wollten! Aber besser, ich denke erst gar nicht darüber nach, sonst wäre ich nämlich versucht, Sie ins Gefängnis zu stecken.«

»Ich wollte Doña Adela de Otero rächen.«

Der Polizeipräsident stieß ein sarkastisches Lachen aus. »Habe ich es doch geahnt!« Er schüttelte den Kopf wie ein Arzt, der ein unheilbares Leiden diagnostiziert. »Und was haben Sie damit erreicht? Ein Mensch ist abgemurkst worden, ein zweiter so gut wie, und Sie selbst sind nur durch ein Wunder noch am Leben. Ohne Luis de Ayala mitzurechnen.«

»Glauben Sie mir, ich habe immer versucht, am Rande zu bleiben...«

»Ein Glück! Was wäre erst passiert, wenn Sie richtig eingegriffen hätten!« Campillo zog ein Taschentuch hervor und begann ausführlich die Gläser seiner Brille zu putzen. »Ich weiß nicht, ob Sie sich über den Ernst der Lage klar sind, Señor Astarloa.«

»Doch, das bin ich. Und ich übernehme die volle Verantwortung dafür.«

»Sie haben eine Person gedeckt, die möglicherweise an der Ermordung des Marqués de los Alumbres beteiligt war, oder besser gesagt, die ganz sicher an seiner Ermordung beteiligt war. Adela de Oteros Tod entkräftet keineswegs den Verdacht, daß sie ihre Finger im Spiel hatte. Im Gegenteil – vielleicht ist sie gerade deshalb umgebracht worden.«

Campillo machte eine Pause, während der er sich den Zwicker auf die Nase klemmte und mit dem Taschentuch den Schweiß vom Gesicht tupfte. »Beantworten Sie mir nur eine Frage, Señor Astarloa... Warum haben Sie mir nicht die ganze Wahrheit über diese Frau erzählt?«

Don Jaime ließ mehrere Sekunden verstreichen, dann hob er den Kopf und sah durch den Polizeipräsidenten hindurch auf einen Punkt in der Ferne. Seine Lider waren halb geschlossen, die grauen Augen hatten einen harten Ausdruck angenommen. »Ich habe sie geliebt.«

Durch das offene Fenster drang das Rasseln vorbeifahrender Kutschen zu ihnen herauf. Jenaro Campillo schwieg betroffen; es war das erste Mal, daß er wirklich um eine Antwort verlegen war. Er machte ein paar Schritte durchs Zimmer, räusperte sich, setzte sich dann wieder hinter seinen Schreibtisch, getraute sich aber nicht, dem Fechtmeister ins Gesicht zu schauen.

»Tut mir leid«, brachte er schließlich hervor.

Jaime Astarloa blieb stumm.

»Ich will Ihnen etwas gestehen«, fuhr der Polizist nach einer respektvollen Pause fort. »Mit jeder Stunde, die vergeht, wird es unwahrscheinlicher, daß wir diesen Fall noch aufklären, geschweige denn, die Mörder zu fassen bekommen. Ihr Freund Cárceles, oder was noch von ihm übrig ist, ist der einzige Mensch, der sie kennt. Hoffen wir, daß er überlebt... Sie konnten also keinen der beiden Kerle identifizieren, die ihm so übel mitgespielt haben?«

»Nein, unmöglich. Es ist alles im Dunkeln passiert.«

»Tja... Sie hatten einen Schutzengel letzte Nacht. Sonst würden Sie jetzt an einem gewissen Ort auf einem Marmortisch liegen.«

»Ich weiß.«

Auf Campillos Lippen trat, zum erstenmal an diesem Morgen, ein schwaches Lächeln. »Sie scheinen ja ein harter Knochen zu sein.« Er machte mit einem imaginären Florett ein paar Fechtbewegungen in der Luft. »Ich meine, es in Ihrem Alter mit zwei professionellen Mördern aufnehmen zu können... Alle Achtung!«

Jaime Astarloa zuckte wegwerfend mit der Schulter. »Ich habe um mein Leben gekämpft, Señor Campillo.«

Der Polizist steckte sich eine Zigarre in den Mund. »Sicher«, erwiderte er, »das fällt natürlich ins Gewicht. Rauchen Sie noch immer nicht, Señor Astarloa?«

»Nein, danke.«

»Es ist schon seltsam...« Campillo zündete ein Streichholz an und sog genüßlich den ersten Rauch ein. »Ich komme nicht umhin, trotz Ihres... nun ja, unvernünftigen Verhaltens in dieser Geschichte, Sympathie für Sie zu empfinden. Doch, im Ernst... Gestatten Sie mir, einen etwas gewagten Vergleich anzustellen? Bei allem Respekt, natürlich.«

»Bitte.«

Die wäßrigen Augen sahen ihn eindringlich an. »Sie haben etwas, wie soll ich sagen... Unschuldiges an sich. Ich möchte Ihnen jetzt nicht zu nahe treten, aber ich finde, daß man Ihr Verhalten mit dem eines Klausurmönchs vergleichen könnte, der plötzlich in den Strudel der Welt gerät. Sie lavieren sich durch diese Tragödie hindurch, als wären Sie unverletzbar, Sie mißachten die Regeln der Logik und beweisen nicht den geringsten Sinn für die Realität – oder für das, was der normale Mensch unter Realität versteht. Paradoxerweise mag es aber gerade an Ihrer... nun ja, Weltfremdheit liegen, daß wir uns jetzt hier, in diesem Büro, und nicht im Leichenhaus befinden. Was ich damit sagen will: Meines Erachtens war Ihnen in keinem Augenblick bewußt, in was für einen gefährlichen Schlamassel Sie sich hineinmanövriert haben.«

Jaime Astarloa stellte seine Kaffeetasse auf den Tisch zurück und sah Campillo mit gerunzelter Stirn an. »Wollen Sie damit andeuten, ich sei ein Idiot?«

»Nein, nein, ich bitte Sie...« Der Polizist hob beschwörend die Hände. »Vielleicht habe ich mich falsch ausgedrückt. Verzeihen Sie meine Ungeschicklichkeit... Schauen Sie, Señor Astarloa: Wo, wie in unserem Fall, kaltblütige Berufsmörder am Werk sind, muß normalerweise eine kompetente Behörde her, die ebenso professionell ist wie die Verbrecher. Leuchtet Ihnen das ein? Deshalb wundere ich mich so, daß ein Laie wie Sie lustig unter Mördern und Leichen verkehrt, ohne auch nur einen Kratzer abzubekommen. Das nenne ich einen guten Stern haben, jawohl, mein Herr, einen sehr guten Stern. Aber früher oder später verläßt einen das Glück... Haben Sie schon einmal vom russischen Roulette gehört, ich meine, diesem Spiel mit den modernen Revolvern? Na, sehen Sie. Und so ist es auch im Leben: Wer Glück hat, muß immer daran denken, daß irgendwo eine Kugel in der Trommel steckt. Und wer ein ums andere Mal abdrückt, den erwischt es zum Schluß doch. Peng. Ende der Vorstellung. Verstehen Sie, was ich meine?«

Der Fechtmeister nickte. Sichtlich zufrieden mit seiner lehrreichen Darstellung, lehnte sich der Polizeipräsident, die qualmende Zigarre in den Fingern, in den Bürosessel zurück.

»Ich rate Ihnen also, sich fortan aus dieser Geschichte herauszuhalten. Zu Ihrer Sicherheit wäre es sogar das beste, wenn Sie vorübergehend Ihren Wohnort verlassen. Nach all den Aufregungen täte Ihnen eine kleine Reise bestimmt gut. Und vergessen Sie eines nicht: Die Mörder wissen jetzt, daß Sie die Dokumente des Marquis kennen; vermutlich trachten sie danach, Sie für immer zum Schweigen zu bringen.«

»Ich werde darüber nachdenken.«

Campillo hob die Hand zum Zeichen, daß er ihm nun alle guten Ratschläge gegeben hatte, die ihm zur Verfügung standen. »Ich würde Sie gern unter polizeilichen Schutz stellen, aber bei der kritischen Lage, die derzeit herrscht, ist das leider unmöglich. Serrano und Prim rücken mit dem aufständischen Heer gegen Madrid vor, die entscheidende Schlacht steht bevor, und die königliche Familie kehrt vielleicht gar nicht mehr in die Hauptstadt zurück, sondern bleibt in San Sebastian... um sich gegebenenfalls nach Frankreich zu retten. Sie werden also verstehen, daß ich mich als Polizeipräsident um wichtigere Dinge kümmern muß.«

»Wollen Sie damit sagen, daß Sie die Suche nach den Mördern aufgeben?«

Der Beamte machte eine vieldeutige Geste. »Um jemanden suchen zu können, muß man wissen, wie er aussieht. Und mir fehlt jeglicher Anhaltspunkt. Ich stehe sozusagen vor einem Berg von Trümmern: zwei Leichen, ein halb irrer Verstümmelter, der wahrscheinlich nicht überlebt, und sonst nichts. Möglich, daß uns ein eingehendes Studium dieser mysteriösen Dokumente weitergeholfen hätte, aber dank Ihres himmelschreienden Leichtsinns sind die nun auch weg. Meine einzige Trumpfkarte ist jetzt Ihr Freund Cárceles; hoffen wir, daß er sich noch einmal aufrappelt und uns erzählen kann, woher die Mörder wußten, daß er die Papiere hatte, was in ihnen steht, ob sie den Namen enthalten, den wir suchen... Erinnern Sie sich denn wirklich an gar nichts, Señor Astarloa?«

Der Fechtmeister schüttelte reumütig den Kopf. »Was ich weiß, habe ich Ihnen gesagt«, murmelte er. »Ich konnte die Akte nur einmal durchlesen, und das sehr oberflächlich. Sie enthielt amtliche Schreiben und lange Personenlisten, in denen auch Namen von Militärs vorkamen... aber keinen, mit dem ich etwas anfangen konnte.«

Jenaro Campillo betrachtete ihn, wie man ein exotisches Gewächs betrachtet. »Ich versichere Ihnen, daß Sie mich verblüffen, Señor Astarloa. Ehrenwort. In einem Land, wo es sozusagen ein Nationalvergnügen ist, auf den erstbesten zu ballern, der um die Ecke biegt, wo zwei Leute, die miteinander streiten, binnen Sekunden zweihundert Zuschauer haben, die den einen oder anderen anfeuern, in so einem Land fallen Sie absolut aus dem Rahmen. Ich wüßte zu gerne...«

In diesem Augenblick klopfte es, und auf der Türschwelle erschien ein Polizist in Zivil. Campillo winkte ihn zu sich, worauf der Mann ihm ein paar Worte ins Ohr flüsterte. Der Polizeipräsident zog die Augenbrauen zusammen und nickte ernst mit dem Kopf. Nachdem der Polizist wieder gegangen war, sah Campillo den Fechtmeister an.

»Soeben ist unsere letzte Hoffnung geplatzt«, teilte er ihm düster mit. »Ihrem Freund Cárceles tut nichts mehr weh.«

Jaime Astarloa ließ seine Hände auf die Knie fallen und hielt den Atem an. Die grauen, faltengesäumten Augen hefteten sich fassungslos auf den Polizeipräsidenten. »Verzeihung?«

Campillo griff nach einem Bleistift, der auf dem Tisch lag, und brach ihn entzwei. Dann zeigte er Don Jaime die beiden Stücke, als habe das irgendeine Bedeutung. »Cárceles ist vor einer halben Stunde im Krankenhaus gestorben. Meine Beamten konnten kein einziges vernünftiges Wort aus ihm herausbekommen – er war vor Grauen wahnsinnig geworden.« Die Glupschaugen des Polizeipräsidenten hielten dem Blick Don Jaimes stand. »Jetzt sind Sie das letzte heile Glied in der Kette, Señor Astarloa.«

Campillo machte eine Pause, um sich mit dem zerbrochenen Bleistift unter der Perücke zu kratzen. »Wenn ich Sie wäre«, fügte er eisig hinzu, »würde ich meinen Wunderstock keine Minute aus der Hand legen.«

VIII. Mit scharfer Klinge

In einem Gefecht mit scharfer Klinge achtet der Fechter
weniger auf die Form als darauf, sich um jeden Preis zu
schützen, solange es nicht gegen das Gesetz der Ehre verstößt.

Es war beinahe vier Uhr nachmittags, als Don Jaime das Polizeipräsidium verließ. Die Hitze war unerträglich. Ein paar
Minuten blieb er unter der Markise einer Buchhandlung stehen. Wenige Schritte von ihm entfernt bot ein ambulanter
Straßenverkäufer Mandelmilch an. Er ging zu dem kleinen
Karren und ließ sich ein Glas geben, sie war angenehm er-
frischend. Eine Zigeunerin verkaufte halb verwelkte Nelken-
sträußchen in der prallen Sonne. An ihren schwarzen Rock
klammerte sich ein barfüßiger Junge. Jetzt lief der Junge einer mit Fahrgästen beladenen Pferdebahn hinterher, aber der
Kutscher vertrieb ihn mit der Peitsche. Geräuschvoll schnie-
fend kehrte er zu seiner Mutter zurück.

Das Straßenpflaster flimmerte in der Hitze. Jaime Astarloa
trat in den Schatten eines Hauses und nahm seinen Zylinder
ab, um sich den Schweiß von der Stirn zu wischen. Dann blieb
er eine Weile unschlüssig stehen. Wohin sollte er gehen?

Das Café Progreso kam nicht in Frage. Seine Stammtischbrüder würden ihn bestimmt mit Fragen löchern, und er
fühlte sich im Augenblick außerstande, von den Vorfällen in
Cárceles' Wohnung zu berichten. Nun fielen ihm auch seine
Schüler wieder ein. Er war weder gestern noch heute zu den
vereinbarten Fechtstunden erschienen, und das bedrückte
ihn fast mehr als alles, was in den letzten Tagen passiert war.

Er mußte ihnen dringend irgendeine Ausrede schreiben, das war das erste.

Wie er so dastand und gedankenversunken den Blick über die Müßiggänger schweifen ließ, die in Grüppchen auf dem Gehsteig plauderten, hatte er plötzlich das Gefühl, beobachtet zu werden und zwar von einem jungen, ärmlich gekleideten Burschen. Er machte den Eindruck eines arbeitslosen Tagelöhners, jedenfalls lungerte er mit vier Freunden an der Ecke der Carrera de San Jerónimo herum; als er Don Jaimes Augen begegnete, sah er weg und vertiefte sich mit seinem Nachbarn in ein angeregtes Gespräch. Das kam dem Fechtmeister verdächtig vor. Ob die hinter mir herspionieren? fragte er sich, den jungen Mann mißtrauisch musternd. Unsinn, dachte er dann und ärgerte sich über sich selbst, diese Überempfindlichkeit, überall Verdächtige zu entdecken, in jedem Passanten einen Mörder zu sehen, lächerlich!

Den Wohnort wechseln, Madrid verlassen, hatte Campillo ihm geraten, sich in Sicherheit bringen... mit einem Wort: fliehen. Fliehen. Je länger er über diese Möglichkeit nachdachte, desto unbehaglicher wurde ihm zumute. Zum Teufel, das war der einzige Schluß, zu dem er gelangte. Zum Teufel mit ihnen allen. Er war zu alt, um sich wie ein Karnickel zu verstecken, allein die Vorstellung kam ihm entwürdigend vor. Er hatte ein langes Leben hinter sich und genügend Erinnerungen angesammelt, die es rechtfertigen konnten. Warum sein Ansehen – vor sich selbst und vor der Welt – im letzten Moment mit Schmach bedecken? Denn das hätte eine Flucht in seinen Augen bedeutet. Abgesehen davon: Vor wem oder was hätte er überhaupt fliehen sollen? Nein, Don Jaime war nicht bereit, den Rest seiner Tage in Angst und Schrecken zu verbringen, vor jedem fremden Gesicht davonzulaufen. Und an einem neuen Ort noch einmal ganz von vorn zu beginnen, dazu war er einfach zu alt.

Immer wieder spürte er einen stechenden Schmerz in der Brust, dann nämlich, wenn er sich an die Augen Adela de Oteros, das offene Lachen Luis de Ayalas, die feurigen Reden des armen Cárceles erinnerte. So ging es nicht weiter. Er durfte nicht mehr daran denken, sonst würde er in Schwermut und Trostlosigkeit verfallen, und dahinter steckte ja auch die Angst. Angst war ein Gefühl, das er sich nicht leisten konnte, ein Gefühl, das weder seinem Alter noch seinem Charakter entsprach. Das Schlimmste, was ihm passieren konnte, war der Tod, und den fürchtete Jaime Astarloa nicht; mit dem Tod würde er es aufnehmen können. Mehr noch: Er hatte es ja bereits mit ihm aufgenommen, letzte Nacht in dem beinahe aussichtslosen Kampf mit den beiden Verbrechern. Tiefe Genugtuung und Stolz erfüllten ihn, wenn er daran zurückdachte. Der einsame alte Wolf hatte bewiesen, daß ihm noch lange nicht alle Reißzähne ausgefallen waren.

Nein, eine Flucht kam nicht in Frage. Im Gegenteil: Er würde ihnen die Stirn bieten. »Hier bin ich!« lautete die uralte Devise seiner Familie, und genau das gedachte er zu tun: sich zeigen. Er lächelte in sich hinein. Jeder Mensch sollte die Chance bekommen, aufrecht zu sterben, das war schon immer seine Meinung gewesen. Und jetzt, da ihm die Zukunft kaum noch etwas anderes bieten konnte als den körperlichen Verfall, das langsame Dahinsiechen in einem Altersheim oder den Freitod, einen verzweifelten Pistolenschuß, jetzt bot sich ihm, Jaime Astarloa, Fechtmeister der Pariser Akademie, die einmalige Chance, seinem Schicksal einen gehörigen Strich durch die Rechnung zu machen, indem er freiwillig auf sich nahm, was andere an seiner Stelle mit Entsetzen von sich gewiesen hätten.

Er konnte die Mörder nicht direkt aufsuchen, weil er nicht wußte, wer und wo sie waren, aber früher oder später würden sie selbst auf ihn zukommen, denn er war, wie Jenaro

Campillo gesagt hatte, das letzte heile Glied in der Kette. Don Jaime mußte an einen Satz denken, den er vor kurzem in einem französischen Roman gelesen hatte: *»Herrschte nur in seiner Seele Frieden, so konnte sich die ganze Welt gegen ihn verschwören, ohne daß ihn das im geringsten betrübt hätte.«* Diese niederträchtigen Halunken sollten schon erfahren, was die Haut eines alten Fechtmeisters wert war.

Nach diesen Gedanken fühlte er sich bereits viel besser. Er sah sich um, als wolle er das ganze Universum zum Duell herausfordern, straffte sich und trat stockschwingend den Heimweg an. Wer Jaime Astarloa in diesem Augenblick begegnete, sah weiter nichts als einen älteren Herrn mit altmodischem Rock und mürrischer Miene, der seine müden Knochen an der Sonne spazierentrug. Auffallend war jedoch, daß seine grauen Augen vor Entschlossenheit leuchteten, ja geradezu blitzten wie die Stahlklingen seiner Florette.

Zu Hause kochte er sich Bohnensuppe, aß zu Abend und stellte danach einen Topf Wasser mit Kaffeepulver aufs Feuer. Um die Wartezeit zu überbrücken, zog er ein Buch aus dem Regal und setzte sich damit auf das abgenutzte Ledersofa in seinem Arbeitszimmer. Es dauerte nicht lange, bis er die Stelle fand, die er vor zehn oder fünfzehn Jahren säuberlich mit Bleistift unterstrichen hatte:

»Das Leben eines Menschen läßt sich mit Szenen des Herbstes verbinden: Blätter, die fallen wie unsere Jahre, Blumen, die verwelken wie unsere Stunden, Wolken, die davonziehen wie unsere Illusionen, Licht, das nachläßt wie unsere Intelligenz, Sonne, die kälter wird wie unsere Liebe, Flüsse, die gefrieren wie unser Leben, all dies verweht sich heimlich mit unserem Schicksal ...«

Er las die Zeilen mehrmals durch, indem er still die Lippen bewegte, und fand, daß diese Reflexionen gut auf seinen Grabstein gepaßt hätten. Mit einer ironischen Geste, die außer ihm leider niemand würdigen konnte, legte er das aufgeschlagene Buch neben sich. Ein feines Aroma zeigte an, daß der Kaffee fertig war. Er stand auf, ging in die Küche, schenkte sich eine Tasse ein und kehrte damit in sein Arbeitszimmer zurück.

Mittlerweile war die Nacht angebrochen. Draußen vor dem Fenster funkelte in unendlicher Ferne die einsame Venus am Himmel. Jaime Astarloa trank einen Schluck Kaffee und trat vor das Bild seines Vaters. »Ein schöner Mann«, hatte Adela de Otero gesagt. Dann ging er zu der gerahmten Plakette des alten Regiments der Königlichen Garde, das den Anfang und das Ende seiner kurzen militärischen Laufbahn darstellte. Daneben hing das vergilbte Diplom der Pariser Fechtakademie; das Pergament war im Laufe vieler Winter stockfleckig geworden. Er erinnerte sich noch gut an den Tag, an dem es ihm von der Prüfungskommission überreicht worden war – eine Kommission aus den berühmtesten Fechtmeistern Europas. Der alte Lucien de Montespan hatte mit an dem langen Tisch gesessen und ihn voller Stolz angesehen. »Der Schüler übertrifft den Meister«, sollte er Jahre später zu ihm sagen.

Seine Fingerkuppen glitten über die kleine Glasvitrine mit dem aufgeklappten Fächer: Er war alles, was ihm von der Frau geblieben war, deretwegen er seinerzeit Paris verlassen hatte. Wo mochte sie jetzt sein? Sicherlich war sie eine reizende Großmutter, vornehm und sanft wie damals. Er konnte sie sich gut vorstellen, wie sie ihren Enkelkindern beim Spielen zusah oder – eine Stickarbeit in den einst so schönen Händen – geheimen Erinnerungen nachhing. Aber vielleicht täuschte er sich auch, und sie hatte den jungen Fechtmeister längst vergessen.

Etwas weiter links hing ein Rosenkranz an der Wand, dessen Holzperlen vom vielen Beten schwarz und abgenutzt waren. Amelia Bescós de Astarloa, Witwe eines im Unabhängigkeitskrieg gegen Frankreich gefallenen Helden, hatte diesen Rosenkranz bis zu ihrem Tod in den Händen gehabt, und danach hatte ihn ein Verwandter ihrem Sohn zukommen lassen. Jaime Astarloa betrachtete ihn gerührt. Im Lauf der Jahre waren die Erinnerungen an seine Mutter immer mehr verblaßt. Er wußte nicht mehr, wie sie ausgesehen hatte, nur daß sie sehr schön gewesen war. Darüber hinaus waren ihm zwei Empfindungen im Gedächtnis geblieben: die Berührung ihrer zarten Hände, die ihm als Kind übers Haar gestrichen, und das Pulsieren ihres warmen Halses, in dem er schluchzend sein Gesicht vergraben hatte. Manchmal tauchte auch eine Szene aus seiner Erinnerung auf, verblichen wie ein altes Ölgemälde: seine Mutter, die sich bückte, um das Feuer im Kamin zu schüren, und der rötliche Widerschein der Glut auf den Wänden des düsteren kastilischen Salons.

Der Fechtmeister leerte seine Kaffeetasse und wandte sich von den vielen Andenken ab. Lange blieb er reglos stehen, ohne daß irgendein weiterer Gedanke den Frieden gestört hätte, der in seine Seele eingekehrt war. Schließlich ging er zur Kommode, zog eine Schublade auf und holte ein langes, flaches Etui heraus. Er ließ die Schlösser aufschnappen, entnahm ihm einen schweren Gegenstand, der in ein Tuch eingeschlagen war, und wickelte ihn aus. Zum Vorschein kam ein Lefaucheux-Trommelrevolver mit Holzschaft und Magazin für fünf großkalibrige Patronen. Obwohl er den Revolver, der ihm von einem Kunden geschenkt worden war, seit über fünf Jahren besaß, hatte er ihn noch nie benutzt. Der Gebrauch von Feuerwaffen war unvereinbar mit seinem Ehrenkodex – nur Feiglinge töteten aus großer Entfernung. Unter den gegebenen Umständen konnte er es sich allerdings gestatten, seine Skrupel vorübergehend beiseite zu schieben.

Er legte die Pistole auf den Schreibtisch und lud sie bedächtig, indem er in jede Trommelkammer ein Geschoß steckte. Als er damit fertig war, wog er die Waffe kurz auf dem Handteller und legte sie auf den Tisch zurück. Dann sah er sich, die Fäuste auf den Hüften, im Zimmer um, zog einen Sessel heran und plazierte ihn so, daß er Ausblick auf die Wohnungstür bot. Vor den Sessel stellte er seinen kleinen Tisch mit der Petroleumlampe und einer Schachtel Streichhölzer. Nachdem er sich mit einem letzten Blick vergewissert hatte, daß alles in Ordnung war, ging er daran, nacheinander alle Gaslichter der Wohnung zu löschen. Nur bei der Lampe in dem winzigen Vorraum zwischen Eingangstür und Arbeitszimmer drehte er lediglich die Flamme niedriger, bis sie nur noch einen fahlen bläulichen Schimmer verbreitete, der wohl den Vorraum, aber nicht sein Arbeitszimmer erhellte. Darauf zog er den Degen aus dem Spazierstock und legte ihn zusammen mit dem Revolver auf den kleinen Tisch vor dem Sessel. Als alle Vorbereitungen getroffen waren, blieb er eine Weile im Halbdunkel stehen und betrachtete zufrieden sein Werk. Dann ging er zur Eingangstür und schob den Riegel zurück, mit dem sie von innen verschlossen war.

Er pfiff leise durch die Zähne, während er in der Küche eine Kanne mit Kaffee füllte und sich eine frische Tasse holte, beides ins Arbeitszimmer trug und zu Petroleumlampe, Streichholzschachtel, Revolver und Degen auf den Tisch stellte. Dann setzte er sich in den Sessel, zündete die Petroleumlampe an, schraubte ihren Docht so weit wie möglich herunter, schenkte sich Kaffee ein, nippte an der Tasse und begann zu warten.

Seine Augen fielen zu, der Kopf sank ihm auf die Brust, doch er riß ihn, von ziehenden Nackenschmerzen befallen, sogleich wieder hoch und blinzelte verwirrt. Im Dämmerlicht der Petroleumlampe warf er einen Blick auf seine Taschenuhr: Es war Viertel nach zwei. Er steckte die Uhr wieder weg, griff nach der Kaffeekanne und schenkte sich ein. Der Kaffee war kalt geworden und schmeckte scheußlich, aber er überwand sich und trank die Tasse in einem Zug leer. Um ihn herum herrschte tiefe Stille. Vielleicht kommen sie zum Schluß doch nicht, dachte er. Der Revolver und die Degenklinge auf dem kleinen Tisch glänzten im Schein der Lampe.

Das Poltern einer Kutsche, das von der Straße heraufdrang, ließ ihn aufhorchen. Er hielt die Luft an und lauschte auf das kleinste Geräusch, das irgendeine Gefahr hätte anzeigen können, doch das Rumpeln verlor sich, ohne daß irgend etwas geschah. Ein anderes Mal glaubte er, die Holzstufen im Treppenhaus knarren zu hören, und durchforschte daraufhin lange das bläuliche Halbdunkel des kleinen Vorraums, die rechte Hand auf den Revolverschaft gelegt.

Auf dem Dachboden lief eine Maus hin und her. Don Jaime sah zur Decke hinauf und hörte dem Trippeln ihrer Füße zu. Er machte schon seit Tagen Jagd auf sie und hatte zu diesem Zweck in der Küche zwei Fallen aufgestellt, eine davon vor einem Loch neben der Kaminöffnung, durch das der kleine Räuber nachts eindrang, um seinen Vorratsschrank zu plündern. Wenn er aber morgens in die Küche kam, war der Käseköder angeknabbert, ohne daß die Fallen zugeschnappt wären. Es mußte sich also um eine sehr schlaue Maus handeln, und das machte offensichtlich auch im Tierreich den Unterschied zwischen Jäger und Gejagtem aus. Wie der Fechtmeister die Maus jetzt im Dach umherhuschen hörte, freute er sich, daß es ihm noch nicht gelungen war, sie zu fangen. Irgendwie leistete sie ihm doch Gesellschaft und ließ ihn das einsame Warten besser ertragen.

242

Seltsame Bilder gingen ihm durch den Kopf, während er bald döste, bald wachte, doch stets alarmbereit war. Dreimal schreckte er auf, weil er glaubte, in dem kleinen Vorraum hätte sich etwas bewegt, aber jedesmal lehnte er sich wieder in den Sessel zurück, weil es sich um Sinnestäuschungen gehandelt hatte. Von der Turmuhr der nahe gelegenen Kirche San Ginés schlug es drei, da hörte er wieder etwas: Aus dem Treppenhaus drang ein gedämpftes Geräusch zu ihm, ähnlich einem leisen Rascheln. Er beugte sich langsam vor und horchte mit äußerster Konzentration, gespannt bis in die letzte Faser seines Körpers. Ja, vor der Wohnungstür bewegte sich etwas, wenn auch sehr behutsam. Er schluckte einmal trocken, hielt den Atem an und löschte die Petroleumlampe. Bis auf den gespenstischen blauen Schimmer in dem kleinen Vorraum war es nun stockfinster in der Wohnung. Ohne aufzustehen, angelte er sich mit der rechten Hand den Revolver, klemmte ihn zwischen die Beine und spannte lautlos den Hahn. Dann stemmte er die Ellbogen auf den Tisch und legte an. Er war kein geübter Pistolenschütze, aber auf so kurze Entfernung konnte er sein Ziel kaum verfehlen. Außerdem hatte er fünf Schuß im Magazin.

Zu seiner großen Überraschung hörte er es sacht anklopfen. Seltsamer Mörder, dachte er. Bittet um Erlaubnis, bevor er in die Wohnung seines Opfers eindringt. Er blieb reglos in der Dunkelheit sitzen und wartete ab. Vielleicht hatte der Kerl ja nur prüfen wollen, ob er schlief.

Doch es klopfte erneut, diesmal ein wenig kräftiger, wenn auch nicht sehr laut. Kein Zweifel, der mysteriöse Besucher wollte die Nachbarn nicht wecken, aber warum machte er sich überhaupt bemerkbar? Don Jaime kam die Sache immer seltsamer vor. Er war auf alles gefaßt gewesen, nur nicht darauf, daß der Übeltäter um drei Uhr früh an seine Tür pochen würde. Den Revolver mit beiden Händen umklammernd, den

Zeigefinger am Abzug, wartete er – atemlos und gespannt. Egal, wer da zu ihm wollte, früher oder später würde er hereinkommen; die Tür war ja nicht verriegelt, er brauchte sie bloß zu öffnen.

Und in der Tat hörte er wenige Sekunden später, wie die Klinke nach unten gedrückt wurde; gleich darauf quietschten leise die Türangeln. Der Fechtmeister ließ vorsichtig die Luft ausströmen, atmete ebenso vorsichtig wieder ein und hielt erneut den Atem an. Sein Zeigefinger drückte noch fester auf den Revolverabzug, seine Augen starrten in den kleinen Vorraum hinaus. Sobald sich die Umrisse des Eindringlings im Dämmerlicht abzeichneten, würde er schießen.

»Don Jaime?«

Die in fragendem Ton geäußerten Worte waren nicht mehr als ein Flüstern, aber im Herzen des Fechtmeisters brach eine Grabeskälte aus, die ihm das Blut in den Adern gefrieren ließ. Seine Gliedmaßen starben ab, seine Finger erlahmten, der Revolver polterte auf den Tisch. Er griff sich mechanisch an die Stirn und erhob sich, starr wie eine Leiche aus der Gruft: Jene soeben vernommene, heisere Stimme mit dem ausländischen Akzent schien aus dem Jenseits zu kommen und gehörte keinem anderen als Adela de Otero.

Die weibliche Gestalt, die sich im blauen Licht abzeichnete, blieb auf der Schwelle zu seinem Arbeitszimmer stehen. Röcke raschelten, dann erklang ihre Stimme zum zweitenmal. »Don Jaime?«

Der Fechtmeister tastete nach der Streichholzschachtel und riß eines der Hölzer an. Sein vor Grauen verzerrtes Gesicht wirkte unheimlich im Licht-Schatten-Spiel der kleinen Flamme, und seine Hand zitterte, während er die Petroleumlampe anzündete und hochhob, um die Erscheinung zu beleuchten, die ihm den Tod in die Seele gesenkt hatte.

Adela de Otero stand reglos unter der Tür. Sie trug ein schwarzes Kleid und einen dunklen Strohhut mit schwarzen Bändern, ihr Haar war im Nacken zusammengefaßt. Wie sie so dastand, schüchtern, beinahe hilflos, erinnerte sie an ein kleines Mädchen, das reumütig um Verzeihung bittet, weil es zu spät nach Hause gekommen ist.

»Ich glaube, ich bin Ihnen eine Erklärung schuldig, Maestro.«

Jaime Astarloa schluckte, während er die Lampe auf den Tisch zurückstellte. Er dachte an eine andere Frau, die Frau mit dem gräßlich verstümmelten Gesicht auf dem Marmortisch im Leichenschauhaus, und fand, daß Adela de Otero ihm mehr als eine Erklärung schuldig sei.

Zweimal öffnete er den Mund, um etwas zu sagen, doch er brachte kein einziges Wort über die Lippen. An die Tischkante gelehnt, sah er zu, wie die junge Frau sich ihm näherte, bis ihre Brust im Lichtkegel der Petroleumlampe erschien.

»Ich bin allein gekommen, Don Jaime. Wollen Sie mich anhören?«

Die Stimme des Fechtmeisters klang völlig erloschen. »Sprechen Sie«, murmelte er.

Die junge Frau trat noch einen Schritt vor; jetzt waren ihr Kinn und der Mund mit der kleinen Narbe im Schein der Lampe zu erkennen. »Das ist eine lange Geschichte...«

»Wer war die ermordete Frau?«

Es folgte ein Schweigen, Mund und Kinn verschwanden aus dem Lichtkegel.

»Haben Sie Geduld, Don Jaime. Alles zu seiner Zeit.« Sie sprach ruhig, sanft und mit jenem heiseren Klang in der Stimme, der bei dem alten Fechtmeister so widersprüchliche Gefühle hervorrief. »Wir brauchen uns nicht zu beeilen.«

Jaime Astarloa schluckte erneut. Er fürchtete, jeden Moment aus einem Traum zu erwachen. Wahrscheinlich mußte er nur einmal die Augen zukneifen, um festzustellen, daß Adela de Otero nicht mehr da war, ja überhaupt niemals dagewesen war.

Eine ihrer schmalen Hände bewegte sich im Schein der Lampe, offen: Hier, ich habe nichts zu verbergen, schien das zu heißen.

»Damit Sie verstehen, was ich Ihnen sagen will, muß ich ziemlich weit ausholen. Die Geschichte beginnt vor rund zehn Jahren.« Ihre Stimme hatte jetzt einen neutralen, unbeteiligten Ton. Don Jaime konnte ihre Augen nicht sehen, aber er stellte sich vor, daß sie abwesend in die Ferne starrten – oder ihn verstohlen betrachteten, um herauszubekommen, was für einen Eindruck ihre Erzählung auf ihn machte. »In jener Zeit gab es ein junges Mädchen, das seine erste große Liebe erlebte. Sie sollte ewig dauern, wie ihr versprochen wurde...«

Adela de Otero schwieg einen Augenblick, wie um ihre letzten Worte noch einmal zu überdenken.

»Ewig«, wiederholte sie dann. »Ich möchte mich jetzt nicht in Details verlieren, die Ihnen wahrscheinlich geschmacklos vorkämen, nur soviel sei gesagt: Die ewige Liebe endete sechs Monate später in einem fremden Land. Eines kalten Winterabends findet sich das Mädchen, trostlos und verlassen, am nebligen Ufer eines Flusses wieder. Die grauen Fluten ziehen es an, Don Jaime. Sie ziehen das Mädchen so sehr an, daß es hineingleiten und sich dem süßen Vergessen hingeben will, um es poetisch auszudrücken... Sie sehen also: bis hierher alles wie im Roman. Im Kitschroman, natürlich.«

Adela de Otero hielt inne und stieß ein freudloses Lachen aus. Jaime Astarloa hörte ihr zu, ohne sich vom Fleck zu rühren.

»Aber passen Sie auf, jetzt kommt der entscheidende Punkt«, fuhr sie fort. »Das junge Mädchen will gerade seine persönliche, innere Nebelwand durchbrechen, als ein anderer

Mann in sein Leben tritt...« Sie schwieg erneut. Ihre Stimme hatte während der letzten Worte etwas weicher geklungen, aber es sollte für den Rest ihres Berichts die einzige Regung bleiben, die Don Jaime an ihr wahrnahm. »Ein Mann, der das Mädchen vom Ufer des grauen Flusses wegführt, seine Wunden heilt, ihm das Lächeln zurückgibt. Und das alles aus purer Barmherzigkeit, stellen Sie sich vor. Ohne etwas dafür zu verlangen. Er wird für sie der Vater, den sie nie kennengelernt hat, der Bruder, den sie nie gehabt hat... der Ehemann, den sie nie haben sollte und dessen Edelmut so weit geht, daß er auf jedes Recht verzichtet, das ihm als Ehemann eigentlich zugestanden hätte. Begreifen Sie, Don Jaime, was ich Ihnen da erzähle?«

Der Fechtmeister wußte, daß Adela de Oteros Blick auf ihn geheftet war, obwohl er ihre Augen noch immer nicht sehen konnte.

»Ich fange an, es zu begreifen.«

»Ganz werden Sie es wahrscheinlich nie verstehen«, erwiderte sie so leise, daß Don Jaime es mehr erriet als hörte. Danach schwieg sie lange, und der Fechtmeister fürchtete schon, sie würde überhaupt nichts mehr sagen, aber schließlich sprach sie doch weiter. »Zwei volle Jahre hat sich dieser Mann der Aufgabe gewidmet, aus dem Mädchen, das zitternd in den Fluß starrte, eine neue Frau zu machen. Ohne das geringste von ihr zu verlangen.«

»Ein echter Altruist also.«

»Nein, das vielleicht nicht, Don Jaime.« Sie zögerte einen Moment. »Ich glaube, da steckte noch mehr dahinter«, sagte sie dann. »Ganz frei von Egoismus war sein Verhalten nicht... Meines Erachtens verspürte er Genugtuung darüber, etwas geschaffen zu haben, eine Art Besitzerstolz – denn im Grunde seines Herzens war er überzeugt davon, mich zu besitzen, auch wenn er diesen Besitz nie geltend gemacht hat.

›Du bist mein schönstes Werk‹, hat er einmal gesagt. Und das mußte wohl stimmen, denn er sparte an nichts, weder an Aufwand noch an Geld, noch an Geduld. Es stand alles zur Verfügung: schöne Kleider, Tanzlehrer, Reitlehrer, Musiklehrer und... ein Fechtmeister. Ja, Don Jaime: Eine Laune der Natur wollte, daß dieses junge Mädchen eine außergewöhnliche Begabung fürs Fechten hatte. Und so verging die Zeit, aber es kam der Tag, an dem der Mann aus beruflichen Gründen in sein Heimatland zurückkehren mußte. In der Stunde des Abschieds faßt er das Mädchen an der Schulter, führt es vor einen Spiegel und zwingt es, sich lange darin zu betrachten. ›Du bist schön und frei‹, sagt er. ›Schau dich gut an. Das ist mein Lohn.‹ Er war verheiratet, er hatte eine Familie und viele Verpflichtungen, trotzdem wollte er sich auch weiterhin um sein Geschöpf kümmern. Vor der Abreise schenkte er dem Mädchen eine schöne Wohnung, in der es sorglos leben konnte. Und danach wachte er aus der Ferne über sie und ließ es ihr an nichts fehlen. Auf diese Weise verstrichen sieben Jahre.«

Sie verstummte und wiederholte dann leise: »Sieben Jahre.« Dabei beugte sie sich etwas vor, so daß zum erstenmal ihr ganzes Gesicht von der Petroleumlampe beleuchtet wurde. Ihre veilchenblauen Augen funkelten im Flackerlicht, und die kleine Narbe in ihrem Mundwinkel rief auch jetzt jenes rätselhafte Lächeln auf den Lippen hervor, das der Fechtmeister so gut kannte.

»Sie, Don Jaime, wissen bereits, wer dieser Mann war.«

Der Fechtmeister blinzelte verwirrt und war drauf und dran zu verneinen, aber eine Eingebung riet ihm, sich bis zum Ende ihres Geständnisses jeglichen Kommentars zu enthalten. Adela de Otero sah ihn an, als versuche sie sein Schweigen zu deuten. Dann fuhr sie jedoch fort:

»Um dem Gönner seine immense Dankbarkeit auszudrücken, fand das Mädchen keine anderen Abschiedsworte als diese: ›Ruf mich, wenn du mich eines Tages brauchst, und sei es, um für dich durch die Hölle zu gehen.‹ Aus dem Mund einer Frau mag das angeberisch klingen, aber ich versichere Ihnen, Sie würden sich nicht darüber wundern, wenn Sie wüßten, wie kühn dieses junge Mädchen war.«

»Mich hätte eher das Gegenteil gewundert«, gab Don Jaime zu. Sie nickte leicht mit dem Kopf, ihr Lächeln wurde breiter, als habe er ihr ein Lob erteilt. Der Fechtmeister fuhr sich mit der Hand über die Stirn, sie war kalt wie Marmor. Langsam begann es ihm zu dämmern.

»Und so kam der Tag«, sagte er, »an dem der Mann sie bat, für ihn durch die Hölle zu gehen.«

Adela de Otero sah ihn überrascht an, dann klatschte sie ihm lautlos Beifall. »Eine ausgezeichnete Definition, Don Jaime. Wirklich ausgezeichnet.«

»Ich habe nur Ihre eigenen Worte wiederholt.«

»Trotzdem ausgezeichnet.« Ihre Stimme strotzte vor Ironie. »Durch die Hölle gehen – genau das verlangte er von ihr.«

»So tief stand sie in seiner Schuld?«

»Ich dachte, das hätte ich Ihnen bereits erklärt.«

»So tief, daß ihr keine andere Wahl blieb?«

»Nein. Alles, was sie besaß, hatte sie diesem Mann zu verdanken. Und was noch wichtiger ist: Alles, was sie war. Ihre Dankbarkeit kannte keine Grenzen... Aber lassen Sie mich weitererzählen. Der Mann, von dem wir sprechen, arbeitete für eine bedeutende Gesellschaft; er hatte dort eine der höchsten Positionen inne. Aus Gründen, die leicht zu erraten sind, wird er in politische Machenschaften verwickelt. In sehr gefährliche Machenschaften, Don Jaime. Finanzielle Interessen verleiten ihn dazu, Juan Prim zu unterstützen. Genauer gesagt, er finanziert einen der Umsturzversuche des Generals... Was sich leider als Fehler herausstellt, denn der

Putsch endet in einem Debakel. Zu allem Unglück kommt die Sache auch noch heraus, und das würde normalerweise seine Verbannung bedeuten, mithin den totalen Ruin. Seine gehobene gesellschaftliche Stellung und einige zusätzliche Faktoren ermöglichen es ihm jedoch, sich noch einmal zu retten.«

Adela de Otero machte eine Pause. Als sie weitersprach, klang ihre Stimme noch härter und unpersönlicher, beinahe metallen. »Kurz und gut, er entscheidet sich, mit dem Kabinettspräsidenten Narváez zu kollaborieren.«

»Und wie reagiert Prim, als er von dem Verrat erfährt?«

Adela de Otero biß sich auf die Unterlippe und machte ein nachdenkliches Gesicht. »Verrat? Ja... wahrscheinlich muß man es tatsächlich so nennen.« Dann nahmen ihre Augen einen schelmischen Ausdruck an. »Prim erfährt natürlich nichts davon. Er ist bis heute völlig ahnungslos.«

Nun war der Fechtmeister ehrlich empört: »Was, Sie haben das alles für einen Mann getan, der fähig war, seine Freunde zu denunzieren?«

»Ich sehe, Sie verstehen nicht, worum es mir geht. Sie verstehen überhaupt nichts.« Die veilchenblauen Augen sprühten vor Verachtung. »Für Sie kann man also immer noch zwischen Guten und Bösen unterscheiden, zwischen einer gerechten und einer ungerechten Sache? Daß ich nicht lache! Was geht mich General Prim an? Ich bin heute nacht zu Ihnen gekommen, weil ich Ihnen von dem Mann erzählen wollte, dem ich mein Leben verdanke! Hat mich dieser Mann je schlecht oder gemein behandelt? Hat er mich je verraten? Mich, nicht irgend jemanden... Ich bitte Sie, mein Herr, sparen Sie sich Ihre heuchlerischen Skrupel. Wer sind Sie, um über andere zu richten?«

Jaime Astarloa ließ langsam die angehaltene Luft ausströmen. Er war todmüde und hätte sich am liebsten aufs Sofa

250

fallen lassen, er hatte keine Lust mehr auf den Rest der Geschichte. »Was passiert, wenn sie Ihren Freund entlarven?«

Adela de Otero winkte träge ab. »Jetzt kann ihn keiner mehr entlarven«, sagte sie. »Ursprünglich gab es nur zwei Personen, die von der Sache wußten: den Kabinettspräsidenten und den Innenminister, mit dem er persönlich verhandelt hat. Glücklicherweise sind beide gestorben... eines natürlichen Todes, wie Ihnen bekannt sein dürfte. Theoretisch gab es also keine störenden Zeugen mehr. Nichts hinderte ihn daran, erneut mit Prim in Verbindung zu treten – als wäre nichts geschehen.«

»Vor allem jetzt, wo Prim und seine Anhänger wieder Oberwasser haben.«

Adela de Otero lächelte. »Ganz richtig. Und er ist einer ihrer Geldgeber. Stellen Sie sich vor, was für Vorteile er sich damit einhandelt.«

Don Jaime schloß die Augen und nickte stumm. Jetzt war ihm alles klar. »Nur daß ein Rädchen im Uhrwerk nicht richtig spurte...«, murmelte er.

»Sie sagen es. Und dieses Rädchen war Luis de Ayala. Wie Sie wissen, hat der Marquis während seiner kurzen politischen Laufbahn ein wichtiges Amt im Innenministerium bekleidet. Der Minister war sein Onkel Vallespín, also der Mann, mit dem mein Gönner zusammengearbeitet hat. Nach dem Tod Vallespíns bekam Ayala Zugang zu dessen Privatarchiv, und dort ist er auf Papiere gestoßen, die einen guten Teil dieser Geschichte dokumentieren.«

»Ja, aber was für ein Interesse konnte der Marquis daran haben... Ich meine, er hatte sich doch aus der Politik zurückgezogen...«

Adela de Otero wölbte amüsiert die Augenbrauen. »Ayala war bankrott. Er hatte Berge von Schulden, der Großteil seiner Güter war mit Hypotheken belastet. Außerdem hatte er zwei große Schwächen, das Glücksspiel und die Frauen nämlich, und beide kosteten ihn Unsummen.«

»Wollen Sie etwa andeuten, der Marquis habe sich als Erpresser betätigt?«

Sie lächelte spöttisch. »Das will ich nicht nur andeuten, es war so! Luis de Ayala drohte damit, diese Dokumente zu veröffentlichen, ja, er wollte sie direkt an Prim weiterleiten, für den Fall, daß man ihm nicht laufend Kredite gewährte, à fonds perdu, wohlgemerkt. Tja, Maestro, unser lieber Marquis wußte sein Schweigen teuer zu verkaufen.«

»Das kann ich nicht glauben.«

»Es ist mir egal, ob Sie das glauben können oder nicht. Tatsache ist, daß Ayalas Forderungen meinen Freund in ernsthafte Schwierigkeiten brachten. Schließlich blieb ihm gar keine andere Wahl mehr: Er mußte die Gefahr ausschalten, den Marquis zum Schweigen bringen und die Dokumente vernichten. Aber Luis de Ayala war ein vorausschauender Mensch...«

Der Fechtmeister stützte sich mit beiden Händen auf den Tisch und zog den Kopf ein. »Er war ein vorausschauender Mensch, aber er liebte die Frauen«, sagte er tonlos.

Adela de Otero bedachte ihn mit einem nachsichtigen Lächeln. »Und das Fechten, Don Jaime. Sehen Sie, und genau hier kommen wir beide ins Spiel.«

»Heiliger Himmel.«

»Na, na... nehmen Sie es nicht so schwer. Sie konnten ja nicht wissen...«

»Heiliger Himmel.«

Sie streckte ihre Hand nach ihm aus, wollte ihn berühren, doch Jaime Astarloa fuhr zurück wie vor dem Anblick einer Schlange.

»Ich wurde aus Italien geholt«, fuhr sie nach einer Weile fort, »und Sie haben wir benutzt, um an den Marquis heranzukommen, ohne seinen Verdacht zu erregen. Damals war nicht abzusehen, daß sich die Sache so knifflig gestalten würde. Wie sollten wir auch ahnen, daß Ayala die Papiere außer Haus gegeben und Ihnen anvertraut hatte?«

»Dann war sein Tod also umsonst.«

Adela de Otero sah ihn verwundert an. »Umsonst? Keineswegs. Ayala mußte sterben, mit Dokumenten oder ohne. Er war einfach zu gefährlich und zu schlau. In letzter Zeit hatte er sogar mir gegenüber sein Verhalten geändert, als rieche er Lunte. Nein, dieses Problem mußte ein für allemal aus der Welt geschafft werden.«

»Haben Sie es selbst getan?«

»Natürlich. Wer sonst?« Ihre Gelassenheit, ihre Ruhe waren niederschmetternd. »Die Ereignisse überschlugen sich, die Zeit drängte... An jenem Abend haben wir, wie schon oft, in seinem Salon gespeist. Ganz intim, nur wir beide. Ayala ist liebenswürdig, auffällig liebenswürdig, daran merke ich, daß er mir auf die Schliche gekommen ist. Aber das kümmert mich wenig, ich weiß ja, daß wir uns zum letztenmal sehen. Wir tun beide sehr fröhlich, ich sehe ihm zu, wie er eine Champagnerflasche entkorkt, und finde ihn sogar besonders hübsch, so männlich, mit seiner dichten Löwenmähne und den blitzenden weißen Zähnen, die ständig lächeln. Eigentlich fast schade um ihn, denke ich mir.«

Sie zuckte mit der Schulter, als wolle sie sagen: Schicksal.

»Meine vorausgegangenen Versuche, ihm das Geheimnis zu entreißen, waren fruchtlos geblieben«, fuhr sie nach einer Weile fort. »Damit hatte ich nur erreicht, daß er Verdacht schöpfte. Aber jetzt war ohnehin alles egal. Ich beschließe also, ohne weitere Umschweife zur Sache zu kommen, und sage ihm auf den Kopf zu, was ich will: die Dokumente. Und ich biete ihm eine beträchtliche Summe dafür an.«

»Die Luis de Ayala ablehnt«, fügte Don Jaime hinzu.

»Richtig. In Wahrheit war dieses Angebot nur eine List, um Zeit zu gewinnen, und das hat er vielleicht geahnt. Tatsache ist, daß er mir offen ins Gesicht lachte. Die Papiere befänden sich an einem sicheren Ort, sagte er, mein Freund müsse bis ans Ende seiner Tage dafür bezahlen, wenn er nicht wolle, daß sie bei Prim landeten. Und ich sei eine Hure, das hat er auch noch gesagt.«

Adela de Otero schwieg, während ihre letzten Worte in der Luft nachschwangen. Sie hatte sie in völlig farblosem Ton geäußert, ohne die geringste Regung, und der Fechtmeister wußte, daß sie in jener Nacht, in der Villa des Marquis, genau so gehandelt hatte: kühl und teilnahmslos. Alles an dieser Frau war Beherrschung und Kalkül. Adela de Otero war, wie sie focht: kontrolliert und methodisch.

»Aber Sie haben ihn nicht deshalb umgebracht.«

Die junge Frau sah Don Jaime aufmerksam an, als überrasche sie sein Kommentar. »Stimmt. Ich habe ihn nicht deshalb umgebracht. Ich habe ihn umgebracht, weil es bereits so beschlossen war. Ich gehe also in seinen Fechtsaal und nehme ruhig ein Florett von der Wand, eines ohne Knopf an der Spitze. Ayala hält es für einen Scherz, er verschränkt selbstsicher die Arme und schaut mir zu, neugierig, worauf das hinausläuft. ›Ich bringe dich jetzt um, Luis‹, sage ich ganz friedlich zu ihm. ›Vielleicht möchtest du dich verteidigen.‹ Er lacht laut heraus, geht aber darauf ein und holt sich ebenfalls eine Duellwaffe – wahrscheinlich im Glauben, ich hätte ihm ein spannendes Spiel vorgeschlagen. Ich denke, ihm schwebte vor, danach mit mir zu schlafen. Ayala kommt also auf mich zu, mit seinem glatten, zynischen Grinsen, in Hemdsärmeln, schön und stattlich. Unsere Klingen kreuzen sich, dabei wirft er mir mit den Fingern der linken Hand spöttisch einen Kuß zu. Das ist der Moment: Ich sehe ihm in die Augen, täusche ihn mit einer Finte und bohre ihm ohne viel Federlesens das

Florett in den Hals: direkter Stoß mit Drehung der Faust. Der strengste Fechtmeister hätte nichts daran auszusetzen gefunden, Ayala auch nicht. Er wirft mir einen erstaunten Blick zu und ist tot, noch bevor er auf dem Boden liegt.«

Adela de Otero sah Don Jaime an, herausfordernd und frech wie ein Gassenjunge, dem ein toller Streich gelungen ist. Der Fechtmeister konnte die Augen nicht von ihr wenden, fasziniert vom Ausdruck ihres Gesichts, das weder Haß noch Gewissenbisse, noch sonst ein Gefühl verriet, nur blinde Treue für eine Idee, für einen Mann. In ihrer schrecklichen Schönheit, die ihn zugleich betörte und abstieß, erinnerte sie ihn an einen Todesengel. Jetzt zog sie sich aus dem Lichtkegel der Petroleumlampe zurück, als habe sie seine Gedanken gelesen.

»Danach habe ich das ganze Haus durchstöbert, freilich ohne mir groß Hoffnungen zu machen.« Die gesichtslos aus dem Dunkel dringende Stimme jagte ihm Kälteschauer über den Rücken. »Und wie erwartet, habe ich nichts gefunden, obwohl ich bis kurz vor Sonnenaufgang suchte. Aber Ayala hätte so oder so sterben müssen, egal, ob er die Dokumente nun bei sich hatte oder nicht. Inzwischen war Prim in Cádiz gelandet, das Heer revoltierte, es blieb uns also gar keine andere Wahl. Jetzt gab es nur eines für mich: so schnell wie möglich wegzukommen. Ich dachte mir, wenn ich die Papiere nicht gefunden habe, sind sie so gut versteckt, daß sie auch sonst niemand findet. In der festen Überzeugung, mein möglichstes getan zu haben, verließ ich die Villa. Der nächste Schritt war der, aus Madrid zu verschwinden, und zwar ohne Spuren zu hinterlassen. Ich mußte« – sie zögerte, als suche sie nach den richtigen Worten –, »ich mußte in die Dunkelheit zurückkehren, aus der ich gekommen war. Aber auch das war bereits geplant: Adela de Oteros endgültiger Abgang von der Bühne.«

Jaime Astarloa konnte sich nicht länger auf den Beinen halten. Er spürte, wie seine Knie nachgaben, sein Herz immer langsamer schlug. Der Ohnmacht nahe, ließ er sich langsam in den Sessel sinken. Dann stellte er flüsternd eine Frage, deren entsetzliche Antwort er bereits ahnte.

»Was ist mit Lucía passiert? Dem Dienstmädchen?« Er schluckte, hob den Kopf und sah den Schatten an, der aufrecht vor ihm stand. »Sie hatte ungefähr Ihr Alter, die gleiche Körpergröße, das gleiche schwarze Haar... Was hat man ihr angetan?«

Adela de Otero schwieg diesmal sehr lange, bevor sie mit gleichgültiger Stimme fortfuhr: »Das würden Sie doch nicht verstehen, Don Jaime.«

Der Meister streckte zitternd die Hand aus und richtete seinen Zeigefinger auf den Schatten. Die blinde Puppe im Tümpel, da war sie wieder.

»Sie irren sich«, sagte er und wußte genau, daß Adela de Otero den Haß in seiner Stimme wahrnahm. »Ich verstehe sehr gut, wenn auch leider viel zu spät. Sie haben dieses Mädchen absichtlich ausgewählt, stimmt's? Weil es Ihnen so ähnlich sah... Alles, bis hin zu diesem fürchterlichen Detail, war von Anfang an Teil des Plans!«

»Ich sehe, wir haben Sie unterschätzt«, erwiderte die junge Frau gereizt. »Sie sind noch scharfsinniger, als ich dachte.«

Die Lippen des Fechtmeisters verzogen sich zu einer bitteren Grimasse. »Fiel das Mädchen auch in Ihr Ressort?« fragte er angeekelt.

»Nein. Für sie haben wir zwei Männer angeheuert. Sie wissen so gut wie nichts von dieser Geschichte, zwei hundsgewöhnliche Verbrecher. Übrigens dieselben, denen Sie gestern nacht begegnet sind, in der Wohnung Ihres Freundes.«

»Folterknechte!«

»Ja, vielleicht sind die beiden ein bißchen zu weit gegangen...«

»Das bezweifle ich. Diese Scheusale haben haargenau das

getan, was Sie und Ihr Komplize ihnen aufgetragen haben, dessen bin ich mir sicher.«

»Jedenfalls war das Mädchen schon tot, als sie ... nun ja, als sie so zugerichtet wurde. Sie hat kaum gelitten, wenn Ihnen das eine Beruhigung sein kann.«

Jaime Astarloa starrte sie an, als traue er seinen Ohren nicht. »Wie rücksichtsvoll von Ihnen, Adela de Otero – vorausgesetzt, das ist Ihr wahrer Name. Wie rücksichtsvoll. Die Unglückliche mußte also kaum leiden. Das ehrt Ihr weibliches Feingefühl zweifellos.«

»Freut mich, daß Sie zu Ihrer Ironie zurückgefunden haben, Maestro.«

»Nennen Sie mich nicht Maestro, ich bitte Sie. Sie haben wohl gemerkt, daß ich Sie auch nicht mehr Señora nenne.«

Diesmal brach Adela de Otero in schallendes Gelächter aus. »Touché, Don Jaime. Der Treffer hat gesessen, jawohl, mein Herr. Was ist, soll ich fortfahren, oder kennen Sie den Rest der Geschichte schon? In diesem Fall könnten wir gleich dazu übergehen, die Sache ein für allemal zu bereinigen.«

»Sagen Sie mir, wie Sie auf den armen Cárceles gekommen sind.«

»Das war ganz einfach. Wir hatten die Dokumente bereits aufgegeben; denn auf die Idee, daß Sie sie haben könnten, ist natürlich keiner gekommen. Da läutet plötzlich Ihr Freund am Haus meines Gönners und verlangt, in einer dringenden Angelegenheit mit ihm zu sprechen. Man läßt ihn vor, und was tischt er uns auf? Er sei in den Besitz gewisser Papiere gelangt, sehr kompromittierender Papiere, aber keine Sorge, für ein entsprechendes Schweigegeld wolle er sie uns aushändigen und die Sache geheimhalten.«

Jaime Astarloa griff sich mit der Hand an die Stirn, betäubt vom Lärm seiner zusammenbrechenden Welt. »Auch Cárceles!« Ein verzweifeltes Stöhnen begleitete seine Worte.

»Warum wundern Sie sich?« fragte Adela de Otero. »Ihr Freund ist geldgierig und schäbig wie die meisten. Wahrscheinlich glaubte er, sich mit diesem Geschäft gesundstoßen zu können.«

»Auf mich hat er immer ehrlich gewirkt«, widersprach Don Jaime. »Er war so radikal in seinen Ansichten ... so unbeugsam. Ich habe ihm vertraut.«

»Sie haben vielen vertraut, zu vielen, fürchte ich, für einen Mann in Ihrem Alter.«

»Richtig. Ich habe auch Ihnen vertraut.«

»Ach, hören Sie schon auf«, erwiderte sie ärgerlich. »Ihre sarkastischen Bemerkungen führen uns nicht weiter. Möchten Sie nicht erfahren, wie es weiterging?«

»Doch. Fahren Sie fort.«

»Cárceles wurde freundlich verabschiedet, und eine Stunde später bekam er Besuch von unseren Männern. Sie haben das Aktenbündel an sich gebracht und ihn so lange ... bearbeitet, bis er alles ausgespuckt hat, was er wußte, einschließlich Ihres Namens. Dann sind Sie dahergekommen und haben uns die Suppe versalzen, das sei offen zugegeben. Ich habe in einer Kutsche auf der Straße gewartet; die beiden kamen angelaufen, als wäre ihnen der Teufel auf den Fersen. Wissen Sie, daß ich mich unter anderen Umständen richtig amüsiert hätte? Dafür, daß Sie nicht mehr der Jüngste sind, haben Sie den beiden ganz schön zugesetzt: Der eine hatte ein gebrochenes Nasenbein, der andere zwei Stichwunden, im Arm und in der Leistenbeuge. Angeblich haben Sie gekämpft wie ein Löwe.«

Adela de Otero schwieg ein paar Sekunden.

»Jetzt möchte ich Ihnen eine Frage stellen«, fuhr sie dann in neugierigem Ton fort. »Warum haben Sie Ihren Freund, den Armen, in diese Sache hineingezogen?«

»Ich habe ihn nicht hineingezogen, oder besser, ich habe es

wider Willen getan ... weil ich eine Erklärung der Dokumente von ihm wollte. Ich konnte mir keinen Reim darauf machen.«

»Nehmen Sie mich auf den Arm?« Ihre Überraschung klang echt. »Sie müssen sie doch gelesen haben!«

Der Fechtmeister nickte verwirrt. »Natürlich, das habe ich. Aber ich wurde nicht schlau aus ihnen. Alle diese Namen, die Briefe und Anordnungen, ich konnte nichts damit anfangen. Ich habe mich nie für derlei interessiert. Das einzige, was ich verstand, war, daß es um Verrat und um irgendeine Staatsaffäre ging. Aber ich konnte den Namen des Verantwortlichen nicht herausbekommen, und genau deshalb habe ich mich an Cárceles gewandt. Er hat offensichtlich begriffen, um wen es ging. Wie, weiß ich nicht ... vielleicht im Zusammenhang mit den politischen Ereignissen, die in den Papieren erwähnt werden.«

Adela de Otero trat erneut in den Lichtkegel der Petroleumlampe. Zwischen ihren Brauen zeichnete sich eine kleine Sorgenfalte ab. »Ich fürchte, hier liegt ein Mißverständnis vor, Don Jaime. Wollen Sie mir etwa sagen, Sie kennen den Namen meines Freundes nicht? Sie wüßten nicht, von wem wir die ganze Zeit über gesprochen haben?«

Jaime Astarloa hob die Schultern, seine offenen grauen Augen hielten dem forschenden Blick der jungen Frau stand, ohne auch nur einmal zu blinzeln. »So ist es.«

Adela de Otero neigte leicht den Kopf zur Seite und schien angestrengt nachzudenken. »Aber wenn Sie den Brief aus der Akte genommen haben, dann müssen Sie ihn doch gelesen haben!«

»Welchen Brief?«

»Na, den wichtigsten, den Brief Vallespíns an Narváez, den Brief, in dem der Name meines Freundes vorkommt! Haben Sie den etwa nicht bei der Polizei abgeliefert? Haben Sie ihn noch immer bei sich?«

»Ich weiß nicht, von was für einem Brief Sie sprechen.«

Nun war es Adela de Otero, die sich setzte. Argwöhnisch und angespannt ließ sie sich Don Jaime gegenüber nieder. Ihr rätselhaftes Lächeln war einem Ausdruck tiefster Ratlosigkeit gewichen. So hatte der Fechtmeister sie noch nie erlebt.

»Also, passen Sie mal auf, Don Jaime . . . Ich bin heute nacht aus einem ganz bestimmten Grund hierhergekommen. Unter Ayalas Dokumenten befand sich ein Brief des Innenministers, ein Brief mit genauen Angaben über den Mann, der ihm die Informationen über Prims Intrigen zuspielte. Luis de Ayala hat meinem Freund eine getreue Abschrift dieses Briefes zukommen lassen, als er mit seinen Erpressungen begann. Nun befindet sich dieser Brief aber nicht mehr unter den Papieren, die wir Cárceles abgenommen haben. Folglich müssen Sie ihn haben!«

»Ich habe diesen Brief nie zu Gesicht bekommen. Wenn ich das hätte, wäre ich nämlich schnurstracks zum Haus dieses Verbrechers gegangen und hätte ihm meinen Degen in den Leib gerannt. Und der arme Cárceles wäre dann noch am Leben. Ich hatte gehofft, er würde aus diesen Dokumenten irgendwelche Rückschlüsse ziehen können . . .«

Adela de Otero gab ihm mit einer Geste zu verstehen, daß ihr Cárceles in diesem Moment völlig egal war.

»Das hat er auch«, erwiderte sie, »das hätte jeder, der sich nur annähernd mit dem politischen Auf und Ab der letzten Jahre auskennt. Zum Beispiel die Sache mit den Silberminen in Cartagena, die hätte Sie unbedingt auf den Namen meines Gönners bringen müssen. In einem der Schreiben werden verdächtige Personen zur Überwachung empfohlen, hochgestellte Leute, und darunter mein Freund, aber in der Liste der Verhafteten taucht er später nicht auf . . . Diese Papiere enthalten also eine ganze Reihe von eindeutigen Hinweisen auf den Informanten Vallespíns und Narváez'. Wenn Sie kein so weltfremder Mensch wären, hätten Sie mühelos herausgefunden, um wen es sich handelt.«

Die junge Frau erhob sich und schritt gedankenversunken im Zimmer auf und ab. Jaime Astarloa konnte nicht umhin, ihre Kaltblütigkeit zu bewundern. Sie war an drei Morden beteiligt, besuchte ihn in seiner Wohnung auf die Gefahr hin, der Polizei in die Hände zu fallen, und spazierte seelenruhig in seinem Zimmer umher, ohne sich im geringsten um den Revolver und den Degen zu kümmern, die er in Reichweite auf dem Tisch liegen hatte. Ihr einziges Problem schien jener verschollene Brief zu sein! Aus was für einem Stoff war diese Frau bloß gemacht?

So absurd Don Jaime es fand, er konnte nicht verhindern, daß auch er sich den Kopf über diesen mysteriösen Brief zerbrach. Wo mochte er abgeblieben sein? Hatte Luis de Ayala ihm nicht genügend vertraut und ihn womöglich selbst aus der Akte genommen? Der Fechtmeister war absolut sicher, nichts dergleichen gelesen zu haben. Oder doch?

Plötzlich fuhr ihm blitzartig eine Erinnerung durch den Kopf. Mit angehaltenem Atem und offenem Mund versuchte er, ihrer habhaft zu werden, seine Gesichtszüge verkrampften sich vor Konzentration, und zwar so auffällig, daß Adela de Otero ihn verwundert ansah. Schließlich hatte er die Szene wieder vor Augen. Unmöglich. So konnte es nicht gelaufen sein, das war verrückt, und doch...

»Was haben Sie denn, Don Jaime?«

Er stand langsam auf, nahm wortlos die Petroleumlampe und sah sich um, als erwache er aus langem Schlaf. Ja, jetzt erinnerte er sich ganz deutlich.

»Was ist los, so sprechen Sie doch!«

Die Stimme der jungen Frau drang wie durch einen Nebel an sein Ohr. Als er nach Luis de Ayalas Tod den Dokumentenumschlag hervorgeholt und geöffnet hatte, waren ihm die

Papiere entglitten und zu Boden geflattert. Das war in der Ecke dort drüben gewesen, vor der Nußbaumkommode. Don Jaime rannte fast zu dem schweren Möbel, kniete davor nieder und tastete den Fußboden darunter ab. Als er sich wieder aufrichtete, hielt er einen Briefbogen in der Hand.

»Hier ist er!« murmelte er und stierte auf das Blatt, das er in der Luft schwenkte. »Er hat die ganze Zeit dort unten gelegen... Wie blödsinnig von mir!«

Adela de Otero war neben ihn getreten und betrachtete ungläubig den Brief. »Wollen Sie mir erzählen, er sei Ihnen unter die Kommode gefallen? Ohne daß Sie es bemerkten?«

Der Fechtmeister war leichenblaß. »Gott im Himmel«, flüsterte er. »Armer Cárceles! Sie haben ihn völlig umsonst gefoltert... Er wußte nichts von dem Brief!«

Er stellte die Petroleumlampe auf die Kommode und hielt das Blatt ans Licht. Adela de Otero, die neben ihm stand, starrte wie gebannt auf die feinen Schriftzüge.

»Lesen Sie ihn nicht, Don Jaime.« In ihrer heiseren Stimme schwang eine seltsame Mischung aus Bitte und Befehl. »Geben Sie ihn mir ungelesen zurück. Mein Freund hielt es für notwendig, auch Sie zu töten, aber ich habe ihn überredet, mich allein kommen zu lassen. Jetzt bin ich froh darüber. Vielleicht ist ja noch Zeit...«

Die grauen Augen des alten Meisters blickten sie hart an. »Zeit wofür? Um die Toten wieder zum Leben zu erwecken? Um mich von Ihrer jungfräulichen Unschuld zu überzeugen oder von der edlen Gesinnung Ihres Wohltäters? Scheren Sie sich zum Teufel!«

Er senkte die Lider und begann im Schein der rauchenden Flamme zu lesen. Ja, dieser Brief enthielt tatsächlich den Schlüssel zu allem.

An Seine Exzellenz
Señor Don Ramón Narváez
Kabinettspräsident

Mein General!
Die Angelegenheit, über die wir uns neulich privat un-
terhielten, hat eine unerwartete und meines Erachtens
vielversprechende Wendung genommen. In die Affäre
»Prim« ist neben anderen der Generalprokurator der
Banca de Italia in Madrid, Bruno Cazorla Longo, verwickelt. Sein Name dürfte Ihnen nicht unbekannt sein,
da er seinerzeit im Geschäft mit der Eisenbahngesell-
schaft del Norte als Kompagnon Salamancas auftrat.
Nun liegen mir gesicherte Beweise vor, daß Cazorla
Longo die letzte Konspiration Prims mit großzügigen
Krediten gefördert hat und von seiner luxuriösen Nie-
derlassung an der Plaza de Santa Ana aus nach wie
vor engste Beziehungen zu ihm unterhält. Ich habe den
Spitzbuben eine Zeitlang diskret überwachen lassen und
denke, daß wir nun genügend Trümpfe in der Hand haben, um mit Höchsteinsatz pokern zu können. Mit der
Aufdeckung dieses Skandals könnten wir ihn jederzeit in
den Ruin schicken oder auch ein paar Jährchen auf die
Philippinen oder nach Fernando Póo, wo er über seine
Fehler nachdenken könnte, und ich bezweifle, daß ein
an Luxus gewöhnter Mann wie er sich dort besonders
wohl fühlen würde.
   Im Zusammenhang mit der Notwendigkeit, weitere
Einzelheiten über die Machenschaften Prims zu erfahren, von denen wir ja neulich sprachen, kam mir jedoch
ein besserer Gedanke, der Gedanke nämlich, diesen sau-
beren Herrn für unsere Zwecke auszunutzen. Um es
kurz zu machen: Ich habe eine Begegnung herbeigeführt

und ihm die Sache dargelegt – mit dem größtmöglichen Feingefühl, versteht sich. Da der Mann intelligent ist und seine liberalen Neigungen weit hinter den kaufmännischen zurückstehen, war es leicht, ihn für uns zu gewinnen. Er weiß, was ihm blüht, wenn wir ihm wegen seiner revolutionären Eskapaden die Daumenschrauben anlegen, und als gutem Bankier graut ihm allein vor dem Wort »Bankrott«. Mithin, er ist zu einer Zusammenarbeit bereit, vorausgesetzt, es sickert nichts durch. Cazorla Longo verbürgt sich dafür, uns über jeden weiteren Schritt Prims und seiner Agenten zu unterrichten, die er weiterhin mit Geldern unterstützen würde, nur daß uns Zweck und Empfänger ab sofort bekannt wären.

Wie bereits angedeutet, stellt er natürlich Bedingungen. Zum einen besteht er darauf, daß keiner außer Ihnen und mir in die Sache eingeweiht wird, zum anderen verlangt er eine gewisse »Vergütung« für seine Auskünfte. Ein Mann wie er gibt sich nicht mit dreißig Silberlingen zufrieden, das können Sie sich vorstellen; er verlangt, daß ihm vom Kabinett in der für Ende des Monats anberaumten Sitzung die Konzession für die Silberminen von Cartagena zugesprochen wird, an der sowohl er als auch seine Bank interessiert sind.

Wenn Sie mich fragen, so sollten wir auf seine Forderungen eingehen. Ich bin überzeugt, daß wir unserer Regierung und der Krone damit einen großen Dienst erweisen würden, denn vergessen wir nicht: Dieser Mann ist einer der engsten Vertrauten Prims und seines Generalstabs; außerdem gehört er zu den maßgeblichen Stützen der Liberalen Union in Madrid.

Damit ist die Angelegenheit noch längst nicht erschöpft, aber ich halte es für klüger, alle weiteren Aspekte mündlich mit Ihnen zu klären. Lassen Sie mich hier nur noch anfügen, daß Cazorla Longo meines Erachtens ein ebenso schlauer wie ehrgeiziger Zeitgenosse ist. Dank seiner könnten wir bis ins Herz der Konspiration vordringen, und das zu einem annehmbaren Preis, wie mir scheint.

Da ich es unterlassen werde, das Thema während der morgigen Kabinettssitzung anzusprechen, wäre es wohl am besten, wenn wir uns demnächst einmal privat darüber unterhalten.

Es grüßt Ihre Exzellenz untertänigst
Joaquín Vallespín Andreu
Madrid, den 4. November

Jaime Astarloa nickte schweigend mit dem Kopf, während er den Brief zu Ende las.

»Das war also des Rätsels Lösung«, sagte er schließlich mit kaum vernehmbarer Stimme.

Adela de Otero beobachtete ihn mit gerunzelter Stirn. »Ja, das war die Lösung«, erwiderte sie seufzend, als tue es ihr leid, daß der Fechtmeister das Geheimnis nun endgültig gelüftet hatte. »Ich hoffe, jetzt sind Sie zufrieden.«

Don Jaime sah die junge Frau verwundert an, ja, er schien beinahe überrascht, daß sie noch da war. »Zufrieden?« fragte er sie und verzog angewidert den Mund. »Das ist eine traurige Zufriedenheit . . .« Er hob den Brief mit zwei Fingern hoch und wedelte ihr damit vor der Nase herum. »Und jetzt wollen Sie bestimmt, daß ich Ihnen dieses Blatt aushändige. Oder irre ich mich?«

Die Augen der jungen Frau funkelten im Licht der Lampe. »Bitte«, sagte sie und streckte die Hand nach dem Brief aus.

Jaime Astarloa betrachtete sie eingehend und mußte einmal mehr über ihre Verwegenheit staunen. Da stand sie, aufrecht wie eine Statue im Halbdunkel seines Zimmers, und bat ihn völlig gelassen um das Schriftstück, in dem der Name des Hauptverantwortlichen dieser Tragödie vorkam.

»Befördern Sie mich ins Jenseits, wenn ich Ihrem Wunsch nicht entspreche?«

Adela de Otero fixierte ihn wie ein Schlange die Beute. Um ihre Lippen spielte ein spöttisches Lächeln. »Ich bin nicht gekommen, um Sie zu töten, Don Jaime. Das ist nicht nötig.«

Der Fechtmeister zog verblüfft eine Augenbraue hoch. »Was, Sie wollen mich nicht töten?« fragte er, als wäre er wirklich beeindruckt. »Donnerwetter, Doña Adela! Das ist aber sehr rücksichtsvoll von Ihnen.«

Die junge Frau lächelte erneut, diesmal eher spitzbübisch als boshaft, und Don Jaime merkte ihr an, daß sie ihre Worte sorgsam auswählte.

»Ich brauche diesen Brief, Maestro.«

»Zum zweitenmal: Nennen Sie mich nicht Maestro.«

»Ich brauche ihn unbedingt. Wie Sie wissen, bin ich weit dafür gegangen.«

»Ja, das weiß ich allerdings, und zur Not kann ich es Ihnen auch bescheinigen.«

»Ich bitte Sie. Noch ist Zeit.«

Der alte Meister warf ihr einen ironischen Blick zu. »Das sagten Sie schon einmal, aber ich begreife noch immer nicht, wozu noch Zeit sein sollte.« Er hielt den Brief hoch. »Der Mann, von dem dieses Schreiben handelt, ist ein niederträchtiger Halunke, ein Verräter und Mörder. Ich hoffe, Sie erwarten nicht von mir, daß ich bei der Vertuschung seiner Verbrechen mithelfe; ich bin es nicht gewöhnt, beleidigt zu werden, und schon gar nicht mitten in der Nacht. Wissen Sie was?«

»Nein, sagen Sie es mir.«

»Im ersten Moment, als ich Ihre... als ich die Leiche auf dem Marmortisch liegen sah und noch nicht wußte, was wirklich passiert war, da habe ich mir geschworen, den Tod Adela de Oteros zu rächen. Das ist der Grund, warum ich der Polizei gegenüber geschwiegen habe.«

Sie sah ihn nachdenklich an, ihr Lächeln schien eine Spur sanfter geworden zu sein. »Ich danke Ihnen«, erwiderte sie, und es klang fast ehrlich. »Aber Sie sehen ja selbst, daß jede Rache überflüssig ist.«

»Meinen Sie?« Nun war es an Don Jaime, zu lächeln. »Meines Erachtens gibt es noch immer genügend Leute, die gerächt werden müssen. Luis de Ayala, zum Beispiel.«

»Ein nichtsnütziger Schmarotzer und Erpresser.«

»Agapito Cárceles...«

»Der arme Teufel ist seiner eigenen Habgier zum Opfer gefallen.«

Don Jaimes graue Augen blickten der Frau eiskalt ins Gesicht. »Jenes bedauernswerte Geschöpf, Lucía...« sagte er langsam. »Hatte sie es auch verdient zu sterben?«

Adela de Otero senkte zum erstenmal den Kopf. »Lucías Tod war unvermeidlich«, erwiderte sie vorsichtig. »Ich bitte Sie, mir zu glauben.«

»Selbstverständlich. Ihr Wort genügt mir.«

»Das meine ich im Ernst.«

»Aber sicher doch. Wie könnte ich mich unterstehen, Sie nicht ernst zu nehmen?«

Danach trat eine bedrückende Stille ein. Adela de Otero war völlig in den Anblick ihrer Hände versunken, die sie ineinander verschlungen hatte. Die schwarzen Hutbänder fielen ihr auf den nackten Hals. Für Jaime Astarloa war sie der Teufel in Person, aber selbst so fand er sie noch wahnsinnig schön.

Nach geraumer Zeit hob die junge Frau den Kopf. »Was gedenken Sie zu tun?«

Don Jaime zuckte mit den Achseln. »Ich bin noch unentschlossen«, sagte er ehrlich. »Soll ich direkt zur Polizei gehen oder vorher Ihren Wohltäter besuchen und ihm zeigen, was es heißt, eine Spanne Stahl in den Hals zu bekommen? Und erzählen Sie mir nicht, Sie wüßten was Besseres.«

Der Saum des schwarzen Seidenkleides streifte leise über den Teppich. Nun stand sie so dicht vor ihm, daß der Fechtmeister ihren feinen Rosenwasserduft wahrnehmen konnte.

»Ich weiß aber etwas Besseres, Don Jaime«, sagte sie, indem sie ihm tief in die Augen sah und herausfordernd das Kinn reckte. »Ich mache Ihnen ein Angebot, das Sie nicht ablehnen können.«

»Sie irren sich.«

»Nein, ich irre mich nicht«, schnurrte sie, warm und sanft wie eine Katze. »Irgendwo liegt immer etwas verborgen... Jeder Mensch hat einen Preis. Und ich kann Ihren bezahlen.«

Adela de Otero hob die Hände und öffnete den obersten Knopf ihres Kleides. Der Fechtmeister starrte wie gebannt in die veilchenblauen Augen, seine Kehle dörrte aus, während die Frau den zweiten Knopf aufmachte. Ihre weißen Zähne blitzten im Halbdunkel.

Er versuchte sich mit Gewalt von ihr loszureißen, aber ihr hypnotischer Blick fesselte ihn. Endlich gelang es ihm, seine Augen von ihren abzuwenden, aber nun blieben sie an ihrem nackten Hals haften, verfingen sich in der zarten Wölbung der Haut über dem Schlüsselbein, verloren sich im matt schimmernden Dreieck über ihrem Brustansatz.

»Ich weiß, daß Sie mich lieben«, flüsterte sie. »Ich habe es von Anfang an gewußt. Vielleicht wäre alles anders geworden, wenn...«

Ihre Stimme erlosch. Jaime Astarloa hielt die Luft an und fühlte sich der Wirklichkeit entschweben. Auf den Lippen spürte er ihren Atem, ihr Mund öffnete sich, lockend, rot, wie eine aufbrechende Wunde. Jetzt schnürte sie ihr Mieder auf, lautlos glitten die seidenen Bänder durch ihre Finger.

Dann ergriff sie eine seiner Hände, die Berührung brannte ihn wie Feuer, aber er ließ es geschehen, unfähig, sich der Versuchung zu widersetzen. Langsam zog Adela de Otero seine Hand an sich und legte sie auf ihre nackte Brust. Ihr warmes, junges Fleisch pulsierte, und Don Jaime wurde von einer Gänsehaut überronnen, mit einem leisen Stöhnen schloß er die Augen und gab sich der süßen Wonne hin, die ihn umfing. Um die Lippen der jungen Frau spielte ein ruhiges, ungewöhnlich zärtliches Lächeln, als sie seine Hand losließ und die Arme hob, um sich den Hut abzunehmen. Jaime Astarloa beugte sich langsam vor, bis sein Mund auf ihrem nackten Busen lag – er war heiß und weich und wundervoll.

Er nahm die Welt nicht mehr wahr, oder doch nur wie fernes Wellengemurmel an einem verlassenen Strand. Um ihn herum dehnte sich eine einzige, leuchtende Fläche aus, die alles zudeckte; er empfand nichts, weder Reue noch sonst ein Gefühl, ja nicht einmal Leidenschaft, er war entrückt. Das einzige, was zu ihm durchdrang, monoton und anhaltend, war sein eigenes selbstvergessenes Stöhnen, ein lange unterdrücktes Seufzen der Einsamkeit, das die Berührung jener zarten Haut ihm entlockte.

Plötzlich löste sich jedoch aus irgendeinem Winkel seines schlafenden Bewußtseins eine Warnung. Es dauerte eine Weile, dann aber riß Jaime Astarloa den Kopf empor. Als er das Gesicht der jungen Frau sah, fuhr er wie vom Blitz getroffen zusammen. Sie war damit beschäftigt, sich den Hut abzunehmen, ihre Augen funkelten wie glühende Kohlen, ihr Mund zuckte krampfartig, und die kleine Narbe verlieh ihm etwas Diabolisches. Die ungeheure Spannung, die der Fechtmeister in ihren Zügen las, hatte er schon einmal an ihr erlebt, und sie hatte sich ihm unauslöschlich ins Gedächtnis eingegraben: Ja, das war der Ausdruck, den Adela de Oteros Gesicht hatte, bevor sie ausfiel, um ihrem Gegner den entscheidenden, den tödlichen Stoß zu versetzen.

Don Jaime sprang mit einem entsetzten Aufschrei zurück. Sie hatte ihren Hut fallen gelassen, die rechte, zur Faust geballte Hand war erhoben und umklammerte die lange Hutnadel, um sie dem bis vor einer Sekunde über ihre Brust gebeugten Mann ins Genick zu stoßen. Der alte Fechtmeister taumelte gegen Möbel rempelnd zurück, das Blut gefror ihm in den Adern. Vor Entsetzen wie gelähmt, sah er sie den Kopf nach hinten werfen und ein hohles Gelächter anstimmen, das ihn an den Klang der Sterbeglocken erinnerte.

»Armer Meister...« Die Worte kamen ihr langsam und gleichgültig über die Lippen, als rede sie über einen Dritten, dessen Geschick ihr vollkommen egal war; sie enthielten weder Haß noch Verachtung, nur kaltes, unverhohlenes Mitleid. »Naiv und gutgläubig bis zum bitteren Ende... Mein armer, alter Freund!«

Sie betrachtete Don Jaime ausführlich und lachte erneut auf, als ergötze sie sich an seinem Grauen. »Von allen Gestalten dieses Dramas waren Sie die leichtgläubigste, Señor Astarloa, die rührendste und bemitleidenswerteste. Sie wurden von allen an der Nase herumgeführt, von den Lebenden und von den Toten. Wie in einer billigen Schmierenkomödie: Mit Ihrer altmodischen Ethik und Ihrem Allen-Versuchungen-Widerstehen haben Sie die Rolle des lächerlichen Ehegatten gespielt, des Gehörnten, der immer als letzter dahinterkommt. Schauen Sie sich doch an, wenn Sie können! Suchen Sie sich einen Spiegel, und sagen Sie mir, wo Ihr Stolz geblieben ist, Ihr Ehrgefühl, Ihre alberne Selbstgefälligkeit. Wer, zum Teufel, dachten Sie, daß Sie sind? Gut... es war alles sehr rührend, einverstanden. Wenn Sie möchten, können Sie sich noch einmal applaudieren, aber das letzte Mal, es ist höchste Zeit, daß sich der Vorhang senkt, Maestro.«

Noch während sie sprach, war Adela de Otero seelenruhig an den kleinen Tisch herangetreten, auf dem die Pistole und der Degen lagen. Nun ließ sie die nutzlos gewordene Hutnadel fallen und griff nach dem Degen.

»Sie sind ein besonnener Mensch, Don Jaime, bei aller Naivität«, sagte sie mit einem fachmännischen Blick auf die scharfe Stahlklinge. »Deshalb rechne ich fest mit Ihrem Verständnis. Auch ich habe in dieser Geschichte lediglich die Rolle gespielt, die mir das Schicksal zugedacht hat. Und glauben Sie mir, ich habe keine Spur mehr Bosheit darauf verwandt, als absolut notwendig war. Aber so ist das Leben... dieses Leben, aus dem Sie sich immer raushalten wollten... Und nun fällt es Ihnen mit der Tür ins Haus und präsentiert Ihnen die Rechnung für Sünden, die Sie nie begangen haben. Erfassen Sie die Ironie?«

Sie hatte sich ihm genähert und dabei ohne Unterlaß weitergesprochen, wie eine Sirene, die mit ihrem Gesang die Seeleute betört, während das Schiff auf ein Felsenriff zuschießt. In einer Hand hielt sie die Petroleumlampe, in der anderen den Degen. Jetzt stand sie vor ihm, starr und unerbittlich wie eine Statue aus Eis; um ihre Lippen spielte ein Lächeln, als habe sie ihm nicht gedroht, sondern Friede und Versöhnung angeboten.

»Wir müssen scheiden, Maestro. Ohne Groll.«

Mit diesen Worten trat sie einen Schritt vor, entschlossen, ihm den Degen in die Brust zu rammen, und Jaime Astarloa erkannte zum zweitenmal den Tod in ihren Augen. Das riß ihn jäh aus seiner Erstarrung. Er sprang geistesgegenwärtig zurück, drehte ihr den Rücken zu, floh durch die nächstliegende Tür und fand sich im dunklen Fechtsaal wieder. Adela de Otero war ihm auf den Fersen gefolgt, schon erhellte das Licht der Petroleumlampe den Raum. Don Jaime suchte verzweifelt nach einer Waffe, mit der er seine Verfolgerin in Schach halten konnte, hatte aber nur die Wandhalterung mit den Übungsfloretten in Reichweite, und deren Spitzen waren abgestumpft. Besser als nichts, dachte er und packte eines von ihnen, wenngleich ihm die Berührung des Griffes nur schwachen Trost spendete. Adela de Otero, die unter der Tür stehengeblieben war, bückte sich, um die Öllampe auf dem Boden abzustellen; hundertfach wurde die kleine Flamme von den Spiegelwänden des Saals zurückgeworfen.

»Das ist der richtige Ort, um unsere Angelegenheit zu bereinigen«, sagte sie leise und sichtlich beruhigt vom Anblick der harmlosen Übungswaffe in Don Jaimes Hand. »Jetzt will ich Ihnen mal zeigen, was für eine gute Schülerin ich bin.« Mit tödlicher Ruhe und ohne sich im geringsten darum zu kümmern, daß ihr Kleid offen, ihre Brust entblößt war, machte sie zwei Schritte auf ihn zu und nahm Fechtstellung ein. »Tja, Maestro, Ihr berühmter Stoß der zweihundert Escudos... Luis de Ayala hat bereits am eigenen Leib erfahren, wie wirksam er sein kann. Jetzt kommt die Reihe an seinen Erfinder. Geben Sie es zu, die Sache hat ihren Reiz.«

Sie hatte den Satz noch nicht beendet, als ihre Faust auch schon blitzartig vorschnellte. Jaime Astarloa wich zurück und parierte in die Quart, sein stumpfes Florett dem spitzen Degen der Frau entgegensetzend. Die altvertrauten Fechtbewegungen gaben ihm nach und nach sein Selbstvertrauen wieder, erlösten ihn aus der hypnotischen Starre, in die er verfallen war. Natürlich wußte er, daß es völlig sinnlos gewesen wäre, mit einem Übungsflorett anzugreifen. Er mußte in der Defensive bleiben und sich decken, so gut es ging. Am andern Ende des Fechtsaals befand sich ein Schrank, in dem er ein halbes Dutzend Duelldegen und -florette aufbewahrte, aber natürlich würde seine Gegnerin ihn niemals dorthin gelangen lassen. Und selbst wenn, so blieb ihm wohl kaum Zeit, sich umzudrehen, den Schrank zu öffnen und eine Waffe herauszuholen. Oder doch? Einen Versuch war es wert. Er begann also, sich fechtend in jenen Teil des Raumes zurückzuziehen, und hoffte inständig auf eine Chance.

Adela de Otero schien seine Absicht jedoch erraten zu haben, denn sie verkürzte augenblicklich die Mensur und drängte ihn in eine von zwei Spiegeln gebildete Ecke des Fechtsaals ab. War ihm erst einmal die Möglichkeit genommen, weiter zurückzuweichen, so würde sie ihn mühelos aufspießen können, das wußte Don Jaime so gut wie sie.

Die junge Frau kämpfte mit gerunzelter Stirn, ihre Lippen waren nur noch ein dünner Strich; sie versuchte, immer näher an ihn heranzukommen, wollte erzwingen, daß er sich nur noch mit dem unteren Drittel der Klinge verteidigte, das ihm kaum Bewegungsmöglichkeiten ließ. Jaime Astarloa war keine drei Meter mehr von der Wand entfernt, als Adela de Otero einen Fintangriff gegen seine obere innere Blöße führte und ihn damit in ernsthafte Schwierigkeiten brachte. Da er mit seinem Übungsflorett nicht reagieren konnte, wie er eigentlich gewollt hätte, beschränkte er sich darauf, ihren Stoß zu parieren, aber ihre beiden Klingen hatten kaum Bindung aufgenommen, da führte die junge Frau auch schon sehr geschickt eine Faustdrehung durch, mit der sie ihre Degenspitze wieder in die gewünschte Richtung brachte. Den Bruchteil einer Sekunde später riß das Hemd des Fechtmeisters, und etwas Kaltes bohrte sich ihm in die Seite, zwischen Haut und Rippen. Er biß die Zähne zusammen, um einen Aufschrei zu unterdrücken, und sprang zurück. Es war absurd, so zu sterben, durch die Hand einer Frau, in seiner eigenen Wohnung. Das durfte nicht sein! Don Jaime ging erneut in Fechtstellung, während sich sein Hemd unter der Achsel mit warmem Blut tränkte.

Adela de Otero senkte ihren Degen, atmete tief durch und

schnitt eine boshafte Grimasse. »Nicht schlecht für den Anfang, was, Maestro?« fragte sie höhnisch. »Aber lassen Sie
uns jetzt zum Stoß der zweihundert Escudos kommen ... En
Garde!«

Kurz darauf klirrten erneut die Waffen. Jaime Astarloa
wußte, daß es unmöglich war, diesen Stoß zu parieren, ohne
den Gegner ernsthaft zu bedrohen, und daran war mit einem
stumpfen Florett nicht zu denken. Aber noch etwas: Wenn er
seine Deckung ausschließlich auf den oberen Teil des Körpers
konzentrierte, um diesen spezifischen Angriff zu vereiteln,
konnte Adela de Otero die Gelegenheit nutzen, um einen tiefen Treffer mit gleichermaßen tödlichen Folgen zu landen. Die
Situation war also nahezu ausweglos, zumal er mittlerweile
fast die Wand erreicht hatte, wie er mit einem Seitenblick in
den Spiegel zu seiner Linken feststellte. Seine einzige Chance
bestand darin, die junge Frau zu entwaffnen – oder aber fort-
während ihr Gesicht zu bedrohen, wo er auch mit stumpfer
Klingenspitze erheblichen Schaden anrichten konnte. Eine
andere Möglichkeit gab es nicht.

Er entschied sich für die erstere, die ihm einfacher erschien,
lockerte den Arm und verlagerte das Gewicht auf die linke
Hüfte. Dann wartete er, daß Adela de Otero eine Quartbin-
dung nahm; er machte eine Wechselparade, hob die Faust an
und versetzte ihr mit dem unteren Drittel seiner Waffe einen
heftigen Schlag auf die Klinge, aber zu seiner großen Enttäu-
schung behielt Adela de Otero ihren Degen fest in der Hand.
Darauf bedrohte er aus der Quart über den Arm hinweg ihr
Gesicht. Der Stoß fiel kurz aus, der Knopf seiner Florettspitze
näherte sich ihr nur wenige Zoll, aber doch so weit, daß sie
erschrocken einen Schritt zurückwich.

»Sieh mal an«, sagte sie mit einem verschmitzten Grinsen.
»Der Herr möchte mich also entstellen ... Höchste Zeit, ihm
den Garaus zu machen.«

Sie zog die Stirn kraus, ein Ausdruck wilder Freude trat auf ihr Gesicht, während sie mit dem vorgesetzten Fuß aufstampfte und eine Finte ausführte, die Don Jaime zwang, sein Florett in die Quint zu senken. Er hatte seine Bewegung noch nicht zu Ende geführt, als er den Fehler einsah, aber da holte Adela de Otero bereits zum entscheidenden Stoß aus; ihre Degenspitze flog auf ihn zu, es gelang ihm, sie mit einer Flankonade zur Seite wegzudrücken, aber sie wäre ihm zweifellos ins Herz gedrungen, hätte er sie nicht gleichzeitig mit der linken Hand abgewehrt. So bohrte sie sich in seinen Handteller. Adela de Otero zog ihre Waffe sofort wieder zurück, in der Befürchtung, er könne zupacken und sie ihr entreißen. Jaime Astarloa betrachtete einen Moment lang seine blutüberströmten Finger und mußte abermals in Deckung gehen.

Dann geschah etwas Unerwartetes: Inmitten eines Bewegungsablaufs tat sich ihm, urplötzlich, eine Möglichkeit auf, ein Hoffnungsschimmer. Er hatte gerade das Gesicht der jungen Frau bedroht, sie damit zu einer ziemlich schwachen Quartparade gezwungen und war nun dabei, erneut die Ausgangsposition einzunehmen, als blitzartig eine Wahrnehmung in sein Bewußtsein durchdrang... Doch, da war eindeutig eine Blöße in Adela de Oteros Gesicht gewesen, eine kleine Stelle, die sie etwa eine Sekunde lang nicht geschützt hatte, während er in Fechtstellung ging. Don Jaime hatte diesen wunden Punkt nie zuvor wahrgenommen und auch jetzt mehr geahnt als wirklich gesehen. Von diesem Moment an begannen die Berufsreflexe, die sich der alte Fechtmeister durch jahrelange Übung erworben hatte, wieder zu funktionieren, ganz von allein, präzise wie ein Uhrwerk. Die Gefahr war vergessen, sein Geist völlig klar. Er wußte, daß er keine Zeit hatte, diese Intuition zu überprüfen; er mußte sich auf seinen Instinkt verlassen, den Instinkt eines Fechtveteranen. Und während er sich darauf vorbereitete, die

Angriffsbewegung gegen ihr Gesicht zum zweiten- und letztenmal auszuführen, dachte er gelassen: Wenigstens werde ich es nicht mehr bereuen können, wenn ich mich geirrt habe.

Er atmete tief durch, wiederholte exakt den Stoß von vorhin, und Adela de Otero parierte diesmal sehr sicher in der Quart. Darauf ging Don Jaime jedoch nicht sofort in Fechtstellung zurück, wie zu erwarten gewesen wäre, sondern täuschte es nur an und führte aus dieser Finte heraus denselben Stoß noch einmal aus, indem er den Arm seiner Gegnerin umging, mit Kopf und Schultern zurückwich und sein Florett nach oben richtete. Nichts leistete seiner Klinge Widerstand, während sie sanft zu Adela de Oteros Gesicht hinaufglitt. Den Bruchteil einer Sekunde später drang ihr die stumpfe Spitze durchs rechte Auge ins Gehirn.

Quart. Quartparade. Wechselbindung in die Quart
über den Arm hinweg. Ausfall.

Es dämmerte. Durch die Ritzen der geschlossenen Fensterläden fielen die ersten Sonnenstrahlen auf die Spiegelwände des Fechtbodens und wurden hundertfach von ihnen zurückgeworfen.

Terz. Terzparade. Terzstoß über den Arm hinweg.

In den alten Wandhalterungen schliefen rostige Klingen ihren Dornröschenschlaf. Das goldene Licht, das den Fechtsaal erfüllte, konnte ihren schartigen Metallglocken keinen Glanz mehr entlocken; sie waren im Lauf der Jahre stumpf geworden und schlummerten unter einer dicken Schicht Staub.

Quart. Ausfall. Halbkreisparade in die Quart. Stoß.

Auch die Urkunden an der gegenüberliegenden Wand waren verstaubt. Ihre Holzrahmen gingen aus den Fugen, das Pergament war vergilbt, die Schriftzüge waren verblaßt und kaum noch leserlich. Rom, Paris, Wien, Sankt Petersburg. Die Männer, die sie unterzeichnet hatten, waren längst gestorben.

Quartparade. Kopf und Schultern zurück. Tiefer Quartstoß.

Ein Degen mit abgenutztem Silbergriff lag auf dem Boden; in seine arabeskenverzierte Glocke war mit hübscher Schrift das Motto »Hier bin ich!« eingegraben.

Stoß aus der Quart über den Arm. Primparade. Wechselbindung. Ausfall aus der Sekond.

Auf dem verschossenen Teppich stand eine Petroleumlampe, deren rußiger Docht fast abgebrannt war und nur noch knisternd vor sich hinrauchte. Daneben lag, leblos ausgestreckt, der Körper einer Frau, die einmal sehr schön gewesen war. Sie trug ein schwarzes Seidenkleid, ihr Haar war im Nacken mit einer Perlmuttspange in Form eines Adlerkopfes zusammengefaßt. Neben ihrem Hals breitete sich eine Blutlache aus.

Quartstoß nach innen. Quartparade. Stoß aus der Prim.

In einer dunklen Ecke des Fechtsaals schimmerte auf einem alten Leuchtertischchen eine schmale Kristallvase, über deren Rand sich der Stiel einer Rose beugte. Ihre verwelkten Blütenblätter waren pathetisch über den Tisch verstreut und bildeten ein melancholisches Stilleben.

Sekond mit Stoß am Arm entlang. Der Gegner pariert
in die Oktav. Terzstoß.

Durch die Fensterläden drang ein gedämpftes Brausen von
der Straße herauf, ähnlich dem Tosen der Brandung bei aufge-
wühltem Meer. Freudetrunkene Stimmen feierten den neuen
Tag, der die Freiheit versprach. Bei genauem Hinhören hätte
man sogar verstanden, was die Leute schrien, von einer Königin, die ins Exil ging, von gerechten Männern, die mit Koffern
voller Hoffnung aus der Ferne kamen.

Stoß aus der Sekond. Oktavparade. Stoß aus der
Quart über den Arm.

Doch hier oben im Fechtsaal stand die Zeit still, reglos und
unverrückbar wie die verstaubten Gegenstände, die sie in ihr
Schweigen hüllte. Vor einem der Wandspiegel stand, völlig
in sich versunken, ein älterer Herr in Hemdsärmeln. Er war
schlank, hatte weißes Haar und ein graues Bärtchen; seine
Nase war leicht gebogen, die Stirn hoch und klar. Er wirkte
sehr ruhig und kümmerte sich keine Spur um den großen
Blutfleck, der sich in Brusthöhe auf seinem Hemd abzeichnete und mittlerweile eingetrocknet war. Seine Haltung war
stolz und würdevoll. In der rechten Hand hielt er locker und
elegant ein Florett mit italienischem Griff. Er hatte die Knie
leicht gebeugt, den linken Arm rechtwinklig über der Schulter erhoben, seine Hand war lässig eingeknickt, wie es sich
für einen alten Fechter gehörte. Im übrigen maß er der tiefen Stichwunde, die diese Hand aufwies, keinerlei Bedeutung
bei. Die Augen kritisch auf sein Spiegelbild gerichtet, begann
er mit äußerster Konzentration bestimmte Fechtbewegungen
auszuführen, die seine blassen Lippen lautlos kommentierten.
Methodisch und unermüdlich wiederholte er ein ums andere

Mal dieselben Abläufe. Er war völlig in sich gekehrt. Die Welt hätte untergehen können, ohne daß er es gemerkt hätte, während sein Gedächtnis peu à peu die einzelnen Gefechtsphasen rekonstruierte, die unfehlbar zu dem perfektesten Stoß führten, den je ein menschlicher Geist ersonnen hatte – man brauchte sie nur richtig miteinander zu verketten. Jetzt wußte er endlich, wie.

La Navata
Juli 1985

Anmerkungen

Glossar

Assaut: Gefecht
Ausfall: unvermittelter, heftiger Stoß im Fechten
ausfallen: s. Ausfall
Berline: viersitzige Kutsche
binden: das Erfassen der gegnerischen Klinge mit der eigenen
Bindung: s. binden
Casa de Campo: 1722 Hektar großer Park in Madrid (hinter dem Palacio de Oriente)
Cavation: Angriffsvariante beim Fechten
Coupé: Angriffsvariante beim Fechten
Cortes: span. Parlament
Cuatro Caminos: Stadtviertel von Madrid
Einladung: das Reizen des Gegners zu einem Angriff (durch bewußtes Freigeben einer Blöße)
Fechtbahn: hölzernes Podium, auf dem gefochten wird
Fechtboden: Fechtsaal
Foulard: Seidentuch
Glocke: glockenförmiger Handschutz am Florett-, Degen- oder Säbelgriff
Hofkamarilla: Günstlingsclique um einen Herrscher
Kalesche: einspännige, vierrädrige Kutsche

Korb: Gesichtsschutz mit Gitternetz beim Fechten

Manzanares: Fluß durch Madrid

Maske: s. Korb

Mensur: Abstand zwischen zwei Fechtern

Moderados: gemäßigte Liberale (Anführer Narváez), die Isabella II. unterstützten

Palacio de Oriente: Königspalast in Madrid

Phaeton: leichte Kutsche ohne Verdeck

Planche: s. Fechtbahn

Plaza Mayor: berühmter Platz in Madrid, nahe dem Palacio de Oriente

Prado-Promenade: parkartig angelegte Promenade in Madrid, mit Kybelen- und Neptunbrunnen und botanischem Garten

Prim: eine von acht nach der Klingenstellung benannten Einladungen

Progressisten: radikale liberale Gruppierung (Anführer Juan Prim), die sich der Politik Isabella II. widersetzte

Puerta del Sol: berühmter Platz in Madrid, nahe dem Palacio de Oriente

Quart: s. Prim

Quint: s. Prim

Remise: Abstellplatz für Kutschen

Rimesse: Wiederholung eines Angriffs beim Fechten

Riposte: Angriff, der unmittelbar auf eine Parade folgt

ripostieren: s. Riposte

San Isidro: Stadtpatron von Madrid

Sekond: s. Prim

Tempoaktion: Verteidigungshandlung beim Fechten

Terz: s. Prim

Tilbury: zweirädrige Kutsche mit zurücklegbarem Verdeck

touché: getroffen (franz.)

Zarzuela: span. Operettenart

Historischer Abriß

1808 besetzt Napoleon Spanien, entthront Ferdinand VII. und ernennt seinen eigenen Bruder Joseph zum König. Damit löst er landesweit Protest aus, der in einen als Guerillakrieg geführten Unabhängigkeitskrieg einmündet (1808–14). Zu den patriotischen Motiven gesellen sich lange aufgestaute politische und soziale Motive. Breite, liberal gesinnte Kreise der Bevölkerung wollen die Beseitigung der absoluten Monarchie, der feudalen Landbesitzverhältnisse, des engen Zensuswahlrechts, der Inquisition. Doch als der Krieg gewonnen ist, die Franzosen vertrieben sind, stellt Ferdinand VII. das Ancien régime wieder her, geht mit grausamer Härte gegen alle Andersdenkenden vor und leitet damit eine lange Phase nationaler Wirren ein, ein bisweilen sehr blutiges Tauziehen um die Macht zwischen traditionell-konservativen und liberal-fortschrittlichen Kräften.

Auf liberaler Seite kämpfen von nun an auch viele Militärs, zunächst vor allem ehemalige Guerillaführer aus dem Unabhängigkeitskrieg, die politisches Mitspracherecht beanspruchen. Es beginnt die »Ära der Militärrevolten« (1814–75), während der bald dieser, bald jener General putscht und die Macht an sich reißt. Bis auf ein kurzes »konstitutionelles Zwischenspiel« (1820–23) gelingt es Ferdinand, die absolute Monarchie aufrechtzuerhalten. Sie wird erst unter seiner Tochter Isabella II. (bzw. der Königin-Regentin Maria Cristina) abgeschafft, die sich zur Lösung eines Thronfolgekonflikts (»Karlistenkriege«) mit dem liberalen Lager verbündet.

Damit kehrt aber noch längst nicht Friede im Lande ein.

Nun sind es die unterschiedlichen Fraktionen des Liberalismus, die sich im Parlament, vor allem jedoch außerhalb, bekämpfen, denn nur ein kleiner Teil der Bevölkerung besitzt das Wahlrecht. Den konservativen, die Königin unterstützenden »Moderados« stehen die radikaleren Progressisten gegenüber, die vom Prinzip der »Volkssouveränität« ausgehen. Da der Großteil ihrer Anhänger kein Wahlrecht hat und sie somit praktisch nicht auf demokratischem Wege an die Macht gelangen können, verfechten sie die Theorie der Legitimität der Revolution als Ausdrucksmittel der »souveränen Nation« und entfesseln Unruhen und Volksaufstände, die meist in Putsche einmünden. Auf diese Weise kommen Progressisten wie Mendizábal, Calatrava und Baldomero Espartero vorübergehend an die Regierung. Aber auch die Moderierten behelfen sich immer wieder mit Militäraufständen (Narváez, González Bravo u. v. m.).

Vereinfacht ausgedrückt, zeichnet sich die »isabellinische Ära« (1844–68) durch eine nicht abreißende Serie von Putschen oder Putschversuchen aus, durch Korruptionsskandale und Palastintrigen. Die Progressisten machen für die herrschenden Mißstände die »traditionellen Hindernisse« verantwortlich, sprich: die Monarchie und die Günstlingswirtschaft am Hof Isabellas. 1868 kommt es in Cadiz zu einem von den linksliberalen Parteien (Progressisten, Demokraten, Liberale Union) organisierten Militäraufstand unter den Generälen Prim und Serrano, dem sich die unzufriedene Zivilbevölkerung augenblicklich anschließt. Die »Septemberrevolution« führt zum Sturz der Bourbonen, Isabella II. geht ins französische Exil.

Arturo Pérez-Reverte bei Weitbrecht

Der Club Dumas
Roman, 464 Seiten
ISBN 3 522 71760 0

Zwei bibliophile Kostbarkeiten
werden dem cleveren Bücherjäger Lucas Corso zum Ver-
hängnis: ein kostbarer okkul-
ter Band und das Kapitel eines
Originalmanuskriptes von
Alexandre Dumas. Sind beide
wirklich echt? Diese Frage
stürzt ihn in einen Strudel von
Intrige und Verbrechen.

Jagd auf Matutin
Roman, 478 Seiten
ISBN 3 522 72125 X

Eines Nachts schleust ein
Hacker eine Botschaft in den
Privatcomputer des Papstes.
Er erzählt von einer kleinen
Kirche, die »tötet, um sich zu
verteidigen«. Lorenzo Quart,
der beste Agent des päpstli-
chen Geheimdienstes, soll ihn
aufspüren. Eine atemberau-
bende Jagd beginnt ...

Weitbrecht

Pascal Mercier
Perlmanns Schweigen
Roman
640 Seiten
btb 72135

Pascal Mercier

Perlmann, dem Meister des wissenschaftlichen Diskurses, hat es die Sprache verschlagen. Und während draußen der Kongress der Sprachwissenschaftler wogt, verzweifelt Perlmann in der Isolation des Hotelzimmers. In ihm reift ein perfider Mordplan... »Ein philosophisch-analytischer Kriminal- und Abenteuerroman in bester Tradition.«
Frankfurter Allgemeine Zeitung

Arturo Pérez-Reverte
Der Club Dumas
Roman
470 Seiten
btb 72193

Arturo Pérez-Reverte

Lucas Corso ist Bücherjäger im Auftrag von Antiquaren, Buchhändlern und Sammlern. Anscheinend eine harmlose Tätigkeit, bis Corso feststellt, daß bibliophile Leidenschaften oft dunkle Geheimnisse und tödliche Neigungen nach sich ziehen. Für literarische Leckerbissen, die wie Thriller fesseln, gibt es in Spanien seit Jahren nur noch einen Namen –
Arturo Pérez-Reverte.